I0656203

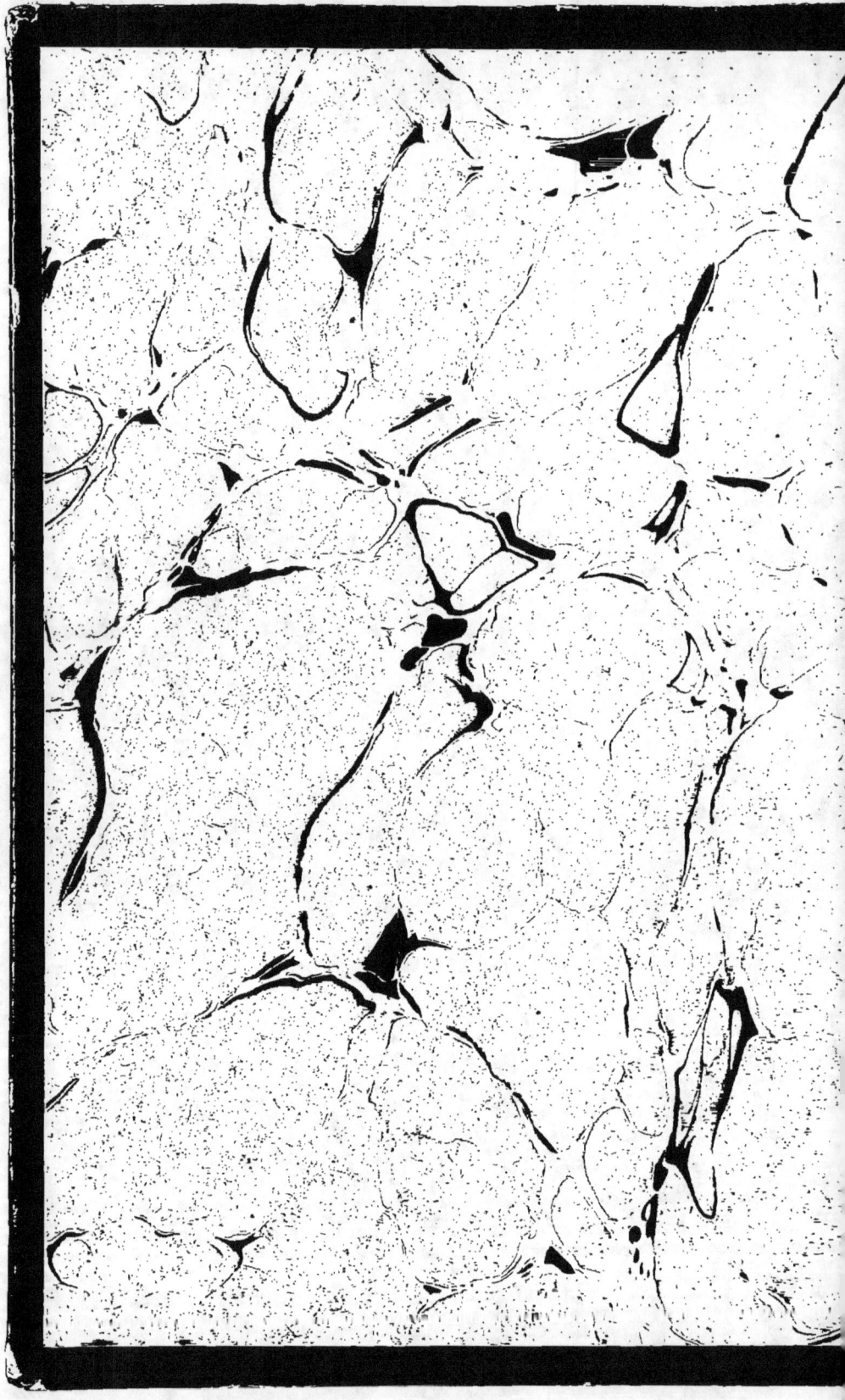

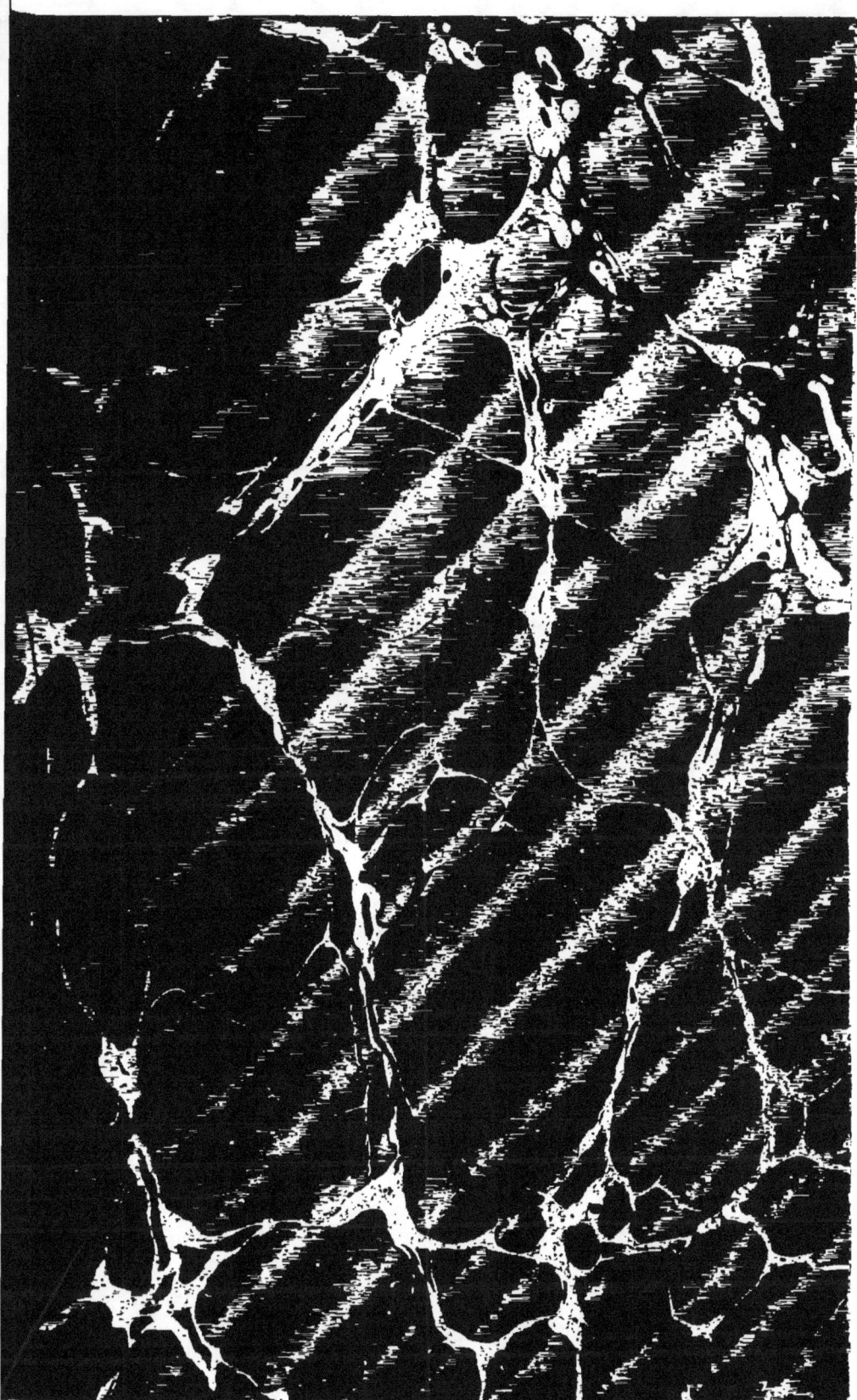

LES

COURS GALANTES

PARIS.—IMPRIMÉ CHEZ BONAVENTURE ET DUCESSOIS,
55, QUAI DES AUGUSTINS.

LES
COURS GALANTES

PAR

GUSTAVE DESNOIRESTERRES

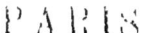

TOME TROISIÈME

LE CHATEAU DE CLAGNY

L'HOTEL LA TOUANNE

L'HOTEL BOISBOUDRAND

LA MAISON DE SONNING

LA BUTTE SAINT-ROCH

PARIS

E. DENTU, ÉDITEUR

LIBRAIRE DE LA SOCIETÉ DES GENS DE LETTRES

Palais-Royal, 13 et 17, galerie d'Orléans.

1863

I

La maison de Condé.—M. le Prince.—Son portrait.—Rose, secrétaire du cabinet. — Ses griefs contre M. le Prince. — Sa maison de campagne à Coye. —Voisine de Chantilly.— M. le Prince la trouve à sa convenance. — Rose ne veut pas la céder. — Manœuvre infernale. — Une invasion de renards. — Louis XIV prend son secrétaire sous sa protection et enjoint à M. le Prince de laisser désormais en repos son voisin.—Une famille de nains.—Les poupées du sang. —Le grand Condé et mademoiselle de Brézé. — L'inconvénient de trop hauts souliers.—Projets d'établissement pour le duc du Maine. — Mademoiselle d'Uzès. — Empressement des Condé. — Le choix tombe sur mademoiselle de Charolois.—*Les Vendanges de Suresnes* et mademoiselle Thomasseau.—Fiançailles.—Absence remarquée de mademoiselle de Condé. — Son chagrin de s'être vu préférer sa sœur. — La duchesse de Montpensier fait également défaut. — Ses motifs.—Menées dont elle est l'objet.—Elle se dépouille pour mettre fin à la captivité de Lauzun.—Promesses illusoires. —Jouée par madame de Montespan et Louis XIV.—Mademoiselle de Bourbon.—Les dangers de la moquerie.—Ressentiment de Mademoiselle. — Toilette de mademoiselle de Charolois. — La bénédiction du lit. — La cérémonie de la chemise. — Madame de Montespan. — Sa conduite avant d'appartenir au roi. Son sentiment sur mademoiselle de La Vallière.

Le mariage de mademoiselle de Chateaubriant avec M. de Lassay nous a introduit au sein de cette cour des Condé à laquelle l'humeur et le caractère du chef donnent une physionomie tout étrange. M. le Prince n'est plus pour nous déjà un inconnu ; ses amours avec madame de Nevers l'ont révélé sous un jour avantageux, et qui s'en tiendrait à cet épisode n'aurait qu'une idée très-insuffisante et très-fausse du personnage. Tour à tour magnifique, parcimonieux, obséquieux, hautain, audacieux et trembleur, courtisan presque rampant à Versailles, despote farouche dans sa famille, retors et taquin dans les affaires, extravagant et monomane à certaines heures et petillant d'esprit et de finesse à certaines autres, changeant de face et de visage sans transition comme sans raison, c'était un bizarre assemblage, une réunion inconcevable, un fantasque amalgame de ce qu'il y a de meilleur et de pire. Saint-Simon nous a laissé un portrait de lui qui ne le flatte pas, où tous ces contrastes se retrouvent. Son gendre de la main gauche, qu'il avait si longtemps promené et désespéré par ses incertitudes et ses caprices, n'est pas plus indulgent : on dirait même qu'il s'est entendu avec le premier, tant ils semblent s'être copiés l'un l'autre. Tous deux reconnaissent et son es-

prit[1], et son savoir, et sa politesse, et l'amabilité de son commerce, quand il lui convenait
d'être aimable. Mais autant de dons et de qualités stériles, qui ne devaient servir que de
repoussoir aux côtés déplorables de ce caractère créé pour le tourment des autres et de
lui-même.

« C'étoit, nous dit Saint-Simon, un petit
homme très-mince, dont le visage d'assez petite mine ne laissoit pas d'imposer par le feu
et l'audace de ses yeux, et un composé des
plus rares qui se soit guère rencontré. Personne n'a eu plus d'esprit, et de toutes sortes
d'esprit, ni rarement tant de savoir en presque
tous les genres, et pour la plupart à fond,
jusqu'aux arts et aux mécaniques, avec un
goût exquis et universel. Jamais encore une
valeur plus franche et plus naturelle, ni une
plus grande envie de plaire ; et quand il vouloit plaire, jamais tant de discernement, de

---

[1] Bussy écrivait à sa cousine : « Pendant le temps
que nous avons fait notre cour au prince, qui, par
parenthèse, a de l'esprit, après le roi, plus que toute
la maison royale..... »—Madame de Sévigné, *Lettres*
(éd. Monmerqué), t. IX, p. 478. Lettre du comte de
Bussy à madame de Sévigné ; à Coligny, ce 9 août
1691.

grâces, de gentillesse, de politesse, de noblesse, tant d'art caché coulant comme de
source. Personne aussi n'a jamais porté si loin
l'invention, l'exécution, l'industrie, les agré-
ments ni la magnificence des fêtes, dont il
savoit surprendre et enchanter, et dans toutes
les espèces imaginables. » Cette dernière
phrase est à noter, et vient donner raison aux
éloges de La Bruyère qui, nous l'avons vu
plus haut, reporte tout l'honneur de la fête
de Chantilly à l'esprit inventif et créateur du
prince.

Mais la médaille a son revers, et quel revers !

« Fils dénaturé, cruel père, mari terrible,
maître détestable, pernicieux voisin, sans
amitié, sans amis, incapable d'en avoir, jaloux, soupçonneux, inquiet sans aucun relâche, plein de manéges et d'artifices à découvrir et à scruter tout, à quoi il étoit occupé
sans cesse aidé d'une vivacité extrême et
d'une pénétration surprenante, colère et d'un
emportement à se porter aux derniers excès
même sur des bagatelles, difficile en tout à
l'excès, jamais d'accord avec lui-même, et
tenant tout chez lui dans le tremblement ; à
tout prendre, la fougue et l'avarice étoient ses

maîtres qui le gourmandoient toujours [1]... »
Lassay porte les mêmes accusations : « Il est
avare, injuste, défiant au-dessus de tout ce
qu'on peut dire ; sa plus grande dépense a
toujours été en espions ; il ne peut pas souffrir que deux personnes parlent bas ensemble,
il s'imagine que c'est de lui et contre lui qu'on
parle [2]... » et le reste à l'avenant.

Saint-Simon, qui nous présente M. le
Prince comme un courtisan des plus déliés,
pour ne pas dire des plus abjects, raconte à
l'appui une aventure sanglante où celui-ci
eut à subir en silence une leçon de tenue
donnée par un homme qui n'était pas même
un grand seigneur. Louis XIV avait placé si
haut la royauté que les princes de son sang
ne s'inclinaient pas moins profondément que
le dernier de ses sujets devant sa radieuse
majesté. En se prosternant aux pieds du
maître, M. le Prince ne faisait que continuer
les soumissions de son père, qui passa la dernière partie de sa vie à racheter, à force de
complaisances, les écarts et les audaces de la

---

[1] Saint-Simon, *Mémoires* (Chéruel), t. VII, p. 138,
139, 140.—Dangeau, *Journal*, t. XII, p. 371, 372.

[2] Lassay, *Recueil de différentes choses* (Lausanne
1756), 1re partie, p. 344, 345.

première. Rien donc à cela que de naturel,
si le maître eût été l'objet absolu de ces adu-
lations et de ce zèle excessif. Mais le fils du
grand Condé ne s'humiliait pas moins, n'avait
pas l'échine moins souple à l'égard des mi-
nistres qu'il recherchait, caressait, se mêlant
sans façon à la foule des solliciteurs, saisis-
sant avec un empressement qui étonnait l'occasion de leur adresser la parole « sans avoir
rien à leur dire, avec le maintien d'un client
qui fait bassement sa cour. » Presque tous les
jours de conseil, on était certain de le rencontrer, après la messe, sur leur passage,
quand ils se rendaient dans le cabinet du roi.
Une telle assiduité n'avait pu échapper ; mais
ceux même sur les brisées desquels M. le
Prince allait gardaient sagement pour eux ce
qu'ils en pensaient. Un seul, qui n'avait rien
à attendre de lui, qui avait d'ailleurs sur le
cœur un tour atroce dont il avait été la victime non résignée, se donna le malin et audacieux plaisir de le rappeler au sentiment de
sa propre dignité et de le faire rougir du
triste personnage qu'il n'avait pas honte de
jouer.

Un matin qu'il s'était montré et plus em-
pressé et plus courtisan que de coutume,

le bonhomme Rose, secrétaire du cabinet,
qui avait acquis par son esprit, sa probité, de
longs services auprès de Louis XIV le rare
privilége de tout dire sans se préoccuper de
la qualité de ceux auxquels il s'attaquait [1],
s'approcha du prince et, s'adressant à lui :
« Monsieur, lui dit-il tout haut, je vous vois
faire ici un manége avec tous ces messieurs,
et depuis plusieurs jours, et ce n'est pas pour
rien ; je connois ma cour et mes gens depuis
longues années, on ne m'en fera pas accroire :
je vois bien où cela va. » Il était moins facile de voir où Rose voulait en venir. Mais il
parlait haut, son ton, ses gestes, la personne
à laquelle il osait s'en prendre, devaient attirer l'attention ; les conversations particu-
lières cessèrent, on s'approcha, on entoura
les deux interlocuteurs, et M. le Prince se vit
enfermé avec cet étrange assaillant, ne sachant trop où il en était et comment lui échapper. Rose, qui avait traîné l'attaque juste
assez pour se constituer l'auditoire le plus
complet, ajouta avec un sourire d'une finesse

---

[1] Il était fils d'un fermier de M. de Chauvallon,
duquel il avait été domestique.—*Sorberiana* (Tolosæ,
1694), p. 213.

et d'une malice diabolique : « Seroit-ce point,
Monsieur, que vous voudriez vous faire premier prince du sang? » Rien ne pouvait être
plus sanglant, plus mérité, d'une plaisanterie
plus heureuse, plus irrésistible. En effet, que
venait faire ici le premier prince du sang, et
qu'avait-il à souhaiter qui ne fût au-dessous de
sa naissance et de son titre? et que répondre
à une pareille drôlerie formulée avec un per-
fide respect par un vieillard de quatre-vingt-
cinq ans? Il fallait ronger son frein en silence
et sourire, si l'on pouvait. « M. le Prince fut
enragé, raconte Saint-Simon, mais il ne put
et n'osa que dire [1]. » Quant à Rose, il se retira,
savourant sa vengeance, car c'en était une [2].

Rose, pour son malheur, avait, près de
Chantilly, à Coye, une jolie terre et une jolie

[1] Saint-Simon, *Mémoires* (Chéruel), t. III, p. 61,
62. — Dangeau, *Journal* (addition de Saint-Simon),
t. I, p. 52, 53.

[2] Rose était à ménager, on savait de quoi il était
capable et on le craignait. Racine écrivait à Boileau :
« ...Faites bien des compliments pour moi à M. Roze.
Les gens de son tempéramment sont de fort dange-
reux ennemis; mais il n'y a point aussi de plus chauds
amis, et je sais qu'il a de l'amitié pour moi. »—Racine,
Œuvres complètes (Éd. Lefèvre), t. VI, p. 214 ; Bourbon, le 28 mai 1687.

maison, avec un joli bois au bout de la forêt, où il se plaisait fort, mais qui eût fort convenu également à M. le Prince. Ce dernier voulait percer des routes et se trouvait arrêté court par le bois de son voisin. Des offres furent faites à Rose qui les déclina. Gourville, chargé de la négociation, prétend qu'il n'eût pas demandé mieux que de vendre sa terre deux fois plus qu'elle ne lui avait coûté ; M. le Prince eût bien payé trois fois la valeur de ce qu'il était nécessaire de terrain pour la route projetée, il eût encore acheté le petit bois, après estimation, le double de ce qu'il pouvait valoir, il ne voulait pas aller au delà. Rose répondit alors qu'il savait le respect qu'il devait à M. le Prince, mais qu'en France chacun était maître de son bien, et qu'il entendait rester chez lui. Celui-ci, furieux, jura qu'il n'en aurait pas le démenti et qu'il s'y prendrait de telle sorte que Rose serait trop heureux d'en passer par son bon plaisir. Il fait ramasser, de tous côtés, trois ou quatre cents renards, qui sont tout aussitôt lancés par-dessus le mur du parc. On se figure aisément quels dégâts commirent ces pensionnaires turbulents, le remue-ménage, la dévastation que ce fléau opéra dans le petit paradis du bonhomme. Ce dernier n'eut pas besoin d'aller aux informations pour savoir d'où partait le coup. En était-il plus avancé et que pouvait-il contre si forte partie?

Si M. le Prince avait compté sur l'impuissance de sa victime, il s'était trompé. Rose court tout d'un trait chez le roi et lui demande la permission de lui faire une question « peut-être un peu sauvage. » Le roi, qui l'aimait et qui était habitué à ses façons, lui demanda de quoi il retournait. « Ce que c'est, Sire, c'est que je vous prie de me dire si nous avons deux rois de France ? — Qu'est-ce à dire? fit le roi assez étonné d'une pareille interpellation. — Qu'est-ce à dire? repartit Rose, c'est que si M. le Prince est roi comme vous, il faut pleurer et baisser la tête sur ce tyran. S'il n'est que premier prince du sang, je vous en demande justice, Sire, car vous la devez à tous vos sujets, et vous ne devez pas souffrir qu'ils soient la proie de M. le Prince. » Rose raconta ensuite le tour atroce qu'on venait de lui jouer et fit partager au roi son indignation. Louis XIV, qui n'était pas fâché, à l'occasion, de faire sentir aux princes de son sang qu'ils n'étaient que ses premiers sujets, manda le coupable, le tança vertement, et lui enjoignit d'avoir à faire disparaître de la propriété jusqu'au dernier des hôtes incommodes qu'il y avait introduits, et de vivre désormais en bon voisin avec son secrétaire du cabinet [1]. La semonce produisit son effet, M. le Prince fit des avances à Rose et n'épargna rien pour le gagner. Il n'en vint que fort insuffisamment à bout, bien que celui-ci se vît dans l'obligation de répondre extérieurement à des politesses partant de si haut. On a pu juger qu'intérieurement le bonhomme n'avait rien moins que pardonné et qu'il n'attendait que l'occasion de prendre sa revanche [2].

[1] Rose était, en réalité, un personnage important. Il avait la plume du roi, écrivait, signait pour lui; il imitait si bien l'écriture de Louis XIV, qu'il n'y eût pas eu moyen de discerner la fausse de la vraie, et le faisait parler avec une dignité, une noblesse, un tact merveilleux. Vigneul-Marville en dit autant, du reste, de Thonier.—*Mélanges d'histoire et de littérature* (Paris, 1725), t. I, p. 311, 312.—Callières lui succéda. Ce fut Rose qui, élu membre de l'Académie française, obtint pour elle le droit de haranguer le monarque comme le Parlement et les autres compagnies supérieures. — D'Alembert (Bélin, 1818), t. II, p. 62. *Éloge du président Rose*.

[2] Saint-Simon, *Mémoires* (Chéruel), t. III, p. 62,

Henri-Jules, sans compter mademoiselle de Chateaubriant, eut dix enfants, quatre garçons et six filles. Des quatre petits princes, le second seul survécut et fut le duc de Bourbon, qui épousa mademoiselle de Nantes, fille naturelle de Louis XIV et de madame de Montespan. L'aînée des filles fut mariée au prince de Conti; venaient après Anne de Bourbon, qui mourut à l'âge de cinq ans, mademoiselle de Condé, mademoiselle de Charolois, mademoiselle d'Enghien (madame de Vendôme), et mademoiselle de Clermont qui ne vécut guère qu'un an [1]. C'était une sin-

63. — Dangeau, *Journal* (addition de Saint-Simon), t. I, p. 52, 53.—Rose n'avait pu, toutefois, empêcher son adversaire de percer une route à travers son bois, ce qui donna lieu entre eux à un démêlé qui dura tant que vécut Rose. Gourville, comme domestique des Condé, n'est pas pour Rose, et trouve très-plaisant, entre autres peccadilles, que les gens de M. le Prince, rencontrant un domestique du bonhomme chargé de faisans qu'il lui apportait de sa terre, l'en débarrassent sans autre forme de procès. Quoi qu'il en soit, après trente ans d'attente, M. le Prince devait en arriver à ses fins et devenir possesseur de la propriété de Rose, qu'il acquit de ses héritiers.—Gourville, *Mémoires* (Michaud et Poujoulat), t. XXIX, p. 362.

[1] Le père Anselme, *Histoire généalogique et chrono-*

gulière famille que cette famille de Condé.
Si le grand Condé était d'une belle sta-
ture, il s'en fallait, en revanche, que sa
femme eût des proportions gigantesques,
comme on en peut juger par une mésaventure plaisante qui lui arriva le propre jour
de ses noces. « Ils furent fiancés, raconte Mademoiselle, dans la chambre du roi, comme
c'est la coutume pour les princes du sang ; et
ce jour-là le prince donna un fort beau ballet
dans le Palais-Cardinal, où le roi, la reine et
toute la cour étoient. Il y eut bal ensuite, où
mademoiselle de Brézé, qui étoit fort petite,
tomba comme elle dansoit une courante, à
cause que, pour rehausser sa taille, on lui
avoit donné des souliers si hauts, qu'elle ne
pouvoit marcher. Il n'y eut point de considération qui empêchât de rire toute la compagnie, sans en excepter M. le duc d'Enghien,
qui ne consentoit à cette affaire qu'à regret,
et que par la crainte qu'il avoit de déplaire à
M. son père [1]. » Son fils et sa belle-fille

logique de la Maison de France (Paris, 1726), t. I,
p. 194, 195.

[1] Mademoiselle de Montpensier, Mémoires (Michaud et Poujoulat), t. XXVIII, p. 14.—Mademoiselle de Brézé était nièce du cardinal de Richelieu.

étaient déjà d'une taille au-dessous de la
moyenne, cette dernière, en outre, quelque
peu bossue, « et avec cela un gousset fin qui
se faisoit suivre à la piste même de loin, »
ce qui n'empêchait pas son mari d'être terri-
blement jaloux[1]. Tous leurs enfants, sauf la
princesse de Conti, qui n'était que petite,
étaient presque des nains : M. le duc de
Bourbon était petit « jusque dans l'excès[2]. »
On voulut trouver la cause d'un phéno-
mène aussi étrange dans la présence d'un
nain que madame la Princesse avait eu longtemps chez elle, et la singulière ressemblance
de M. le Duc et de madame de Vendôme avec
ce nain donnait une sorte d'apparence à
cette supposition[3]. Quoi qu'il en soit, les princesses, que madame la Duchesse appelait
« les poupées du sang, » étaient tellement au-
dessous de la mesure commune, qu'une ligne
de plus ou de moins devenait pour elles quelque chose de plus important et d'autrement
décisif que les charmes de la figure et les séductions de l'esprit. La question n'était pas

[1] Saint-Simon, *Mémoires* (Chéruel), t. VII, p. 142.
[2] Marquis de Sourches, *Mémoires* (Adhelm Bernier, 1836), t. I, p. 95.
[3] Saint-Simon, *Mémoires* (Chéruel), t. II p. 442.

entre elles d'être la plus jolie, mais la moins
petite. Et ce fut, en effet, la seule considération qui détermina le choix de M. du Maine.

Louis XIV répugnait à marier ses bâtards,
nous dit Saint-Simon : « M. le duc du Maine
voulut se marier. Le roi l'en détournoit et lui
disoit franchement que ce n'étoit point à des
espèces comme lui à faire lignée... [1] » Le
jeune prince, conseillé par madame de Maintenon, persista, et son père ne chercha pas
davantage à combattre ces instincts matri-
moniaux. S'il faut en croire madame de
Caylus, il eût été assez dans les vues de
Louis XIV que le choix tombât sur la fille
d'une des grandes maisons du royaume. « Je
sais même, ajoute-t-elle, que le roi avoit eu
dessein de choisir mademoiselle d'Uzès, et
qu'il étoit sur le point de le déclarer, lorsque
M. de Barbezieux vint lui faire part de son mariage avec elle; ce qui fit que le roi n'y songea pas davantage[2]. » Il avait cependant marié
déjà au prince de Conti l'aîné la fille qu'il avait
eue de mademoiselle de La Vallière. Madame
de Montespan et le grand Condé s'étaient pré-

---

[1] Saint-Simon, *Mémoires* (Chéruel), t. I, p. 34.
[2] Madame de Caylus, *Souvenirs* (Michaud et Poujoulat), t. XXXII, p. 183.

tés des premiers à cet arrangement. La marquise travaillait, en effet, pour ses propres enfants en créant un semblable antécédent ; et le mariage de mademoiselle de Nantes avec le jeune prince de Bourbon avait donné raison à une habileté que les simples purent prendre pour du désintéressement. Quant à l'Achille de la Fronde, on l'a dit, il avait à faire oublier le passé, et croyait par cette complaisance effacer dans l'esprit du roi le tenace souvenir de ses rébellions d'autrefois.

Les avances vinrent de M. le Prince qui, en cela fort différent de la duchesse d'Orléans, seconde femme de Monsieur[1], regardait

---

[1] La duchesse d'Orléans prétend que le duc du Maine avait songé à sa fille, et raconte à ce propos une histoire assez inintelligible. « Le duc du Maine pensait qu'il pourrait épouser ma fille ; mais, des marchands qui étaient chez madame de Montespan l'entendirent qui parlait à madame de Maintenon de ce mariage ; ces dames ne pensaient pas que des gens du commun pussent les comprendre ; ils prirent la parole, et dirent : « Mesdames, ne « vous y jouez pas ; il vous en coûtera la vie si « vous faites ce mariage. » Cela empêcha la chose ; madame de Maintenon fut effrayée, elle alla trouver le roi et le pria de n'y plus penser. »—Duchesse d'Orléans, *Correspondance complète* (Charpentier, 1855), t. I, p. 258.

cette alliance comme la fortune de sa maison. La perspective de s'unir aux Condé était, d'autre part, trop avantageuse pour que de pareilles ouvertures se vissent repoussées ou seulement froidement reçues; il ne restait plus qu'à décider laquelle des trois princesses écherrait au duc du Maine. Mais, ce que semblent ignorer Saint-Simon et madame de Caylus, c'est que ces projets dataient de loin, que l'on avait songé un instant à mademoiselle de Bourbon, depuis madame de Conti, quoique plus âgée que le duc du Maine de quatre ans, et que la crainte de s'aliéner la duchesse de Montpensier avait empêché fort probablement, comme on le verra plus loin, de donner suite à ces arrangements.

Mademoiselle de Charolois n'était pas l'aînée de celles qui demeuraient à marier; elle ne venait qu'après mademoiselle de Condé; mais elle était un peu plus grande, elle lui fut préférée. « J'avoue qu'on lui avoit fait tort, dit encore l'auteur des *Souvenirs*, et que si elle étoit un tant soit peu plus petite, elle étoit beaucoup mieux faite, d'un esprit plus doux et plus raisonnable [1]. » Madame du Maine

[1] Madame de Caylus, *Souvenirs* (Michaud et Pou-

n'était pas, toutefois, plus haute qu'un enfant de dix ans. Au commencement de l'automne de 1695, l'on représentait à la Comédie-Française une farce de Dancourt, *les Vendanges de Suresnes,* dans laquelle un acteur, sous le nom de mademoiselle Thomasseau, faisait le personnage d'une naine. Le comédien, pour arriver à un raccourci vraisemblable, marchait sur ses genoux ; une robe longue et traînante, en l'enveloppant tout entier, sauvait les difficultés du travestissement. Cette parade fit courir tout Paris. Mais ne s'avisa-t-on pas de comparer la duchesse du Maine à la demoiselle de la pièce ? Des vaudevilles se répandirent dans lesquels on ne l'appelait que « la princesse Thomasseau ; » et, bien plus tard (en 1713), l'on retrouve des couplets satiriques

joulat), t. XXXII, p. 510.—« Elle épousa depuis, dit Voltaire dans une note, M. le duc de Vendôme, dont elle n'eut point d'enfants. » L'erreur est d'autant plus flagrante, que la duchesse de Vendôme, loin d'être l'aînée de madame du Maine, avait deux années de moins que sa sœur. Ni M. Monmerqué, ni les divers éditeurs des *Souvenirs* n'ont relevé cette méprise. Celle des filles de M. le Prince, dont il est réellement question ici, est Anne-Marie-Victoire, d'abord mademoiselle d'Enghien, puis mademoiselle de Condé.

où ses fils sont désignés sous le sobriquet de Thomasseaux, race de Thomasseau [1].

Mademoiselle de Charolois n'était pas belle. « Quand elle ferme la bouche, dit Madame, elle n'est pas laide, elle a de vilaines dents et mal rangées. Elle n'est pas très-grosse, elle met horriblement de rouge, elle a de jolis yeux, elle est blanche et blonde [2]. » Il est juste d'ajouter qu'elle animait tout cela, et faisait oublier les imperfections et les défauts par sa pétulance, son esprit, la mobilité d'une physionomie qui changeait d'expression et presque de forme comme de sentiments.

[1] *Recueil de chansons historiques* (Bibliothèque impériale. Manuscrits), t. VIII, f° 330 ; t. XII, f° 297. — Dancourt avait eu en vue un tout autre personnage, cette fameuse madame du Noyer, l'auteur des *Lettres historiques et galantes*, dont la figure grotesque lui avait paru bonne à introduire dans cette parade. Celle-ci, se trouvant à la représentation des *Vendanges de Suresnes*, se reconnut la première, et Dancourt eût pu se repentir de ce méchant tour, si le mari eût été homme à épouser le ressentiment de sa femme. — Madame du Noyer, *Lettres historiques et galantes* (Amsterdam, 1720), t. V, p. 65, 117, 172 et suiv.

[2] Duchesse d'Orléans, *Correspondance complète* (Charpentier, 1855), t. II, p. 13.

Lorsque l'on fut bien fixé sur celle des trois filles de M. le Prince que le duc du Maine épouserait et que tout fut arrêté avec le père, qui n'était pas le moins impatient de conclure, Louis XIV alla faire la demande en forme à madame la Princesse. Un mois après, on signait le contrat. Le traitement de la princesse de Conti servit de règle pour mademoiselle de Charolois. Le roi donna à celle-ci cent mille francs comme il les donnait à toutes les princesses du sang, sans compter deux cent mille francs de bijoux, et un million à M. du Maine [1]. Les fiançailles eurent lieu le 18 mars 1692, en présence de toute la cour. Mademoiselle d'Enghien, celle qui bien plus tard épousa le duc de Vendôme, portait la mante de mademoiselle de Charolois. Mademoiselle de Condé n'était pas à la cérémonie, elle était restée à Paris. « Mademoiselle de Condé, dit Saint-Simon, ne vint point à celui-ci (à ce mariage), parce qu'elle étoit si affligée que, pour deux pouces de taille de plus qu'elle qu'avoit sa cadette, elle lui eût été préférée pour un mariage qui la tiroit d'une vie fort

[1] Dangeau, *Journal*, t. IV, p. 25, 45, 46 ; 13 février, 15, 16, 17 mars 1692.

triste et fort esclave, pour la mettre dans tous
les plaisirs de la cour, qu'elle ne s'en consola
point et en mourut à la fin [1]. » C'était prendre
trop à cœur, ce nous semble, les dédains du
duc du Maine, qui, plus d'une fois dans la
suite, eut occasion devant les emportements
et l'humeur fantasque de sa femme de regretter sans doute l'égalité de caractère et la
raison de son infortunée belle-sœur.

La grande Mademoiselle, qui avait plus
que personne le droit de signer au contrat,
ne parut pas davantage. Des susceptibilités à
l'égard de Monsieur et de M. le Prince pour
la succession de madame de Guise, la retin-
rent chez elle. Ce n'était pas là, toutefois,
les seuls motifs. Mademoiselle de Montpensier,
la plus altière et la moins endurante des femmes, croyait avoir à se plaindre du sans-gêne

[1] Dangeau , *Journal* (addition de Saint-Simon) ,
t. IV, p. 47; t. VII, p. 326, 400.—Mademoiselle
de Condé mourut le samedi 23 octobre 1700. Le
père Anselme, *Histoire généalogique et chronologique
de la maison de France*, t. I, p. 341. — *Mercure de
France*, novembre 1700, p. 154 à 160.—La comtesse de
Caylus dit également qu'elle ressentit vivement cet
affront et en conserva le souvenir jusqu'à la fin de
ses jours.— Madame de Caylus, *Souvenirs* (Michaud
et Poujoulat), t. XXXII, p. 510.

avec lequel on en avait usé à son égard, et tenait à protester par son absence. L'on ne s'était montré, il est vrai, ni honnête ni loyal envers elle. L'on n'avait été que trop prodigue de promesses et de belles paroles, quand il avait été question d'obtenir; lorsqu'elle se fut dessaisie, elle n'eut plus qu'à en passer par les dures conditions qu'il plut de lui dicter. Sa rancune était déjà vieille, elle remontait à douze ans de là, à la captivité de Lauzun.

Madame de Montespan venait souvent la voir, elle semblait prendre une part réelle à sa douleur; ses conseils étaient ceux d'une amie véritable qui entre dans vos intérêts et ne demande qu'à vous sortir de peine. Il fallait à tout prix désarmer le roi, dont le ressentiment contre Lauzun était toujours aussi vif. Mademoiselle était sans postérité, et l'on se préoccupait déjà, bien qu'il n'y eût pas de péril en la demeure et qu'elle fût d'une santé à vivre longtemps encore, où irait cet immense héritage. « Si vous leur faisiez espérer votre bien pour M. du Maine ! » lui avait dit un des amis de Lauzun. Elle convint, en effet, que c'était le seul moyen de briser les chaînes de son amant. Elle n'hésita pas, et s'ouvrit à

madame de Montespan, bien plus en suppliante
qu'en femme maîtresse de la situation. Elle
avait affaire à un esprit retors qui, sans
engager outre mesure la parole royale, sut
l'amener à toutes les concessions. On la conduisit près du roi dans les petits cabinets. Il
lui sourit. « Madame de Montespan, dit-il,
m'a appris hier au soir la bonne volonté que
vous avez pour le duc du Maine ; j'en suis
touché comme je dois. Je vois que c'est par
amitié pour moi que vous le faites ; il n'est
qu'un enfant qui ne mérite rien. J'espère
qu'il sera un jour honnête homme ; qu'il se
rendra digne de l'honneur que vous lui voulez faire. Pour moi, je vous assure qu'en toutes occasions je vous donnerai des marques
de mon amitié[1]. » Mais de Lauzun, pas un
mot.

Louis XIV redoublait d'amabilités, sans
pour cela qu'il fût le moins du monde question du prisonnier ; et, si elle le trouvait
étrange et s'en alarmait : « Il faut avoir patience, » lui répétait-on. En revanche, le petit
prince lui était envoyé : on savait son faible

---

[1] Mademoiselle de Montpensier, *Mémoires* (Michaud et Poujoulat), t. XXVIII, p. 493.

pour les enfants. « Comme il avoit bien de l'esprit, on lui dit l'affaire ; on le connoissoit capable de garder un secret. Il me fit de grands remercîments et me venoit voir avec grand soin. » On poussa la recherche, plus tard, jusqu'à lui faire porter ses livrées [1]. Si Mademoiselle était pressée d'en arriver à ses fins, même hâte existait d'autre part. Demande lui fut faite d'une donation de Dombes et du comté d'Eu. Cela sonna mal aux oreilles de mademoiselle de Montpensier qui repartit que son testament réglerait tout. Mais ce n'était pas ainsi qu'on l'entendait, et madame de Montespan avait dit même à l'un des gens de confiance de la princesse : « On ne se moque point du roi ; quand on lui a promis, il faut tenir. » Mademoiselle signa tout. Elle avait donné déjà par un contrat de vente le comté d'Eu à Lauzun ; mais celui-ci, qui se mourait d'ennui à Pignerol, ne crut pas payer trop cher sa liberté par le sacrifice de ce riche apanage [2].

[1] *Mercure galant,* mars 1692, p. 301.

[2] Mademoiselle donna au duc du Maine, le 2 février 1681, la principauté de Dombes, ainsi que le comté d'Eu, que le roi érigea de nouveau en

La romanesque fille de Gaston supposait avoir assez fait pour obtenir la réalisation d'une chimère qui était le but de sa vie : être la femme de Lauzun, l'élever jusqu'à elle à la face de l'univers ! Cela avait été possible un moment et se fût accompli, s'ils eussent su profiter des instants[1]; avec de semblables titres à la complaisance royale, qui oserait désormais s'y opposer ? La pauvre princesse s'abusait étrangement. « Il ne vous faut point flatter, lui dit un jour madame de Montespan : le roi ne consentira jamais que vous épousiez M. de Lauzun comme vous voulez faire, ni qu'on l'appelle M. de Montpensier ; il le fera duc, et si vous voulez vous marier, il ne fera pas semblant de le savoir ; il grondera ceux qui le lui diront : ce sera tout de même. — Quoi ! madame, s'écria celle-ci, il vivra avec moi comme un mari, il ne le sera pas publiquement ? Que pourra-t-on dire et croire[2] ? » Force

pairie, au mois de mars 1694.—Le père Alselme. *Histoire généalogique et chronologique de la maison de France*, t. I, p. 191.

[1] Madame de Caylus, *Souvenirs* (Michaud et Poujoulat), t. XXXII, p. 491.

[2] Mademoiselle de Montpensier, *Mémoires* (Michaud et Poujoulat), t. XXVIII, p. 297.

fut bien, pourtant, d'accepter le pis-aller d'un mariage de la main gauche humiliant pour Lauzun qui, du reste, une fois libre, se conduisit de telle sorte que Mademoiselle, si elle regretta quelque chose, ne dut regretter que d'avoir cédé à un entraînement dont on se montrait parfaitement indigne.

Il paraîtrait que depuis la mort de M. de Vermandois [1], l'on songeait à une des filles de M. le Prince pour le duc du Maine. Mademoiselle cite une petite aventure qui remonte au mariage de mademoiselle de Nantes avec M. le Duc [2], et qui n'était pas de nature à la rendre favorable à ces combinaisons matrimoniales. La grande Mademoiselle avait la conscience de ce qu'elle valait ; bonne et facile avec ses domestiques, elle exigeait des siens des respects qu'elle ne rencontrait pas toujours. Un soir, au souper du roi, elle toussa beaucoup ; cela parut plaisant à mademoiselle de Bourbon qui ne se cacha pas pour en rire avec la princesse de Conti [3]. A une nouvelle

[1] 18 novembre 1683.

[2] 24 juillet 1685.

[3] Anne-Marie de Bourbon, mademoiselle de Blois, fille légitimée de Louis XIV et de mademoiselle de La Vallière. Elle épousa, le 16 juin 1680, Louis-Ar-

quinte, nouveaux ricanements des deux folles.
Louis XIV essaya bien d'expliquer cette in-
convenance à laquelle Monseigneur avait pris
part; mais mademoiselle de Montpensier
n'en avait pas été dupe. Pour elle il n'était
point de petites choses, et ses *Mémoires* sont
pleins d'événements de cette importance.
M. le Prince et madame la Princesse furent
désolés : « Ils ne vouloient pas qu'elle me
déplût. » Mais l'effet était produit, et Mademoiselle ne cacha pas son ressentiment.

« Mademoiselle de Bourbon avoit le bras
droit incommodé : il paroissoit plus court
que l'autre et même elle ne l'allongeoit pas
aisément. Je me souviens qu'on m'avoit dit
qu'elle avoit eu les écrouelles, et que les dro-
gues qu'on lui avoit mises l'avoient estropiée.
Je le dis à madame de Montespan : « Ce sera
« un beau couple si M. du Maine l'épouse :
« un boîteux et une manchote [1]. » Elle me

mand, prince de Conti, qui mourut le 9 novembre
1685, trois mois après précisément cette petite scène.
Elle était naturellement moqueuse et ne cédait que
trop à son penchant pour la raillerie. Mademoiselle
de Bourbon, en s'unissant au frère cadet de son
mari, le prince de La Roche-sur-Yon, devenait
également princesse de Conti, le 29 juin 1688.

[1] « Madame la princesse de Conti est fort petite, dit

dit qu'on n'y songeoit pas. Madame de Montespan conta à madame de Thianges l'aversion qui m'avoit prise pour mademoiselle de Bourbon sur son rire, la peur que j'avois qu'on ne songeât à la marier au duc du Maine, et tout ce que j'avois dit. Madame de Thianges le dit à M. le Prince, et madame de Montespan le dit au roi. Un jour que j'étois chez madame de Maintenon, le roi y vint et me parla de cela, et me dit qu'il ne falloit pas m'inquiéter que l'on mariât le duc du Maine sans ma participation ; qu'il m'avoit trop d'obligation ; qu'il ne falloit pas aussi que je me fâchasse si aisément et que je prisse des aversions pour si peu ; que M. le Prince et madame la Princesse étoient au désespoir. Je dis qu'il n'en falloit plus parler, et que si elle épousoit M. le duc du Maine, je ne les verrois ni l'un ni l'autre. Le roi étoit fort embarrassé et moi fort fière. Je les laissai et je m'en allai [1]. »

Comme on le voit, si Mademoiselle avait

Madame, sans être cependant bossue. » — Duchesse d'Orléans, *Correspondance complète* (Charpentier, 1855), t. II, p. 14.

[1] Mademoiselle de Montpensier, *Mémoires* (Michaud et Poujoulat), t. XXVIII, p. 520.

institué M. du Maine son légataire, elle ne
l'avait pas fait de son propre mouvement,
bien qu'elle se sentit quelque penchant pour
l'enfant; elle avait toujours sur le cœur la
quasi-violence qu'on avait exercée sur ses décisions, et une misère l'avait mal disposée
pour une alliance avec la maison de Condé.
Saint-Simon donne une dernière raison de
son abstention à la signature du contrat du
jeune prince, qui n'est que trop vraisemblable. L'on trouvait qu'elle ne s'était pas
encore assez dépouillée, et, à l'occasion du
mariage, on agit maladroitement près d'elle
pour lui faire faire de nouveaux sacrifices,
auxquels elle se refusa, non par lésinerie, car
elle était grande, mais par un sentiment de
fierté blessée très-légitime [1]. Il est vrai
qu'aussitôt le mariage arrêté, le roi avait
envoyé le duc du Maine demander son adhé-
sion à la princesse, pour laquelle il lui avait
donné une lettre, et que celui-ci l'était allé
trouver à Paris où elle se tenait [2].

Le mariage se fit à la messe du roi. Le

---

[1] Dangeau, *Journal* (addition de Saint-Simon),
t. IV, p. 47; 18 mars 1692.
[2] *Mercure galant*, mars 1692, p. 300.

Mercure, dont c'est l'emploi, entre dans des détails de toilette qui, en dépit de leur puérilité, sont autant de renseignements pour l'histoire de l'ajustement et du costume au XVIIe siècle. Il décrit longuement l'habit du roi, ceux de Monseigneur, du duc du Maine, de M. le Prince et de M. le Duc. Vient ensuite la description des vêtements des princesses. Nous nous bornerons à extraire de ce prolixe récit l'énumération des beautés du costume de la mariée, donné par madame la Princesse. « ... Il y a quelques bas-reliefs parmi les ornemens qui représentent, les uns des Amours attachés à forger des dards, et d'autres à en aiguiser et affiler les pointes. Junon est représentée dans un autre bas-relief, passant dans les airs et commandant aux vents qu'elle y rencontre de se retirer, afin de ne pas troubler la fête des jeunes princes dont elle fait porter les armes. Des coquilles en relief servent de bordure à quelques-unes des pièces qui composent la toilette. Ces coquilles et les vents qui se rencontrent dans les autres pièces, conviennent assez à un général des galères [1]... » Nous en demeurerons là. Mais

---

[1] *Mercure galant,* mars 1692, p. 302 à 319.

ne semble-t-il pas assister à la description du bouclier d'Achille, dans Homère ?

Ce fut l'évêque d'Orléans qui fit la cérémonie [1]. Après le souper, la bénédiction du lit par le même prélat, en présence du roi. Le roi d'Angleterre donna la chemise au marié. En l'absence de la reine d'Angleterre que sa grossesse retenait chez elle, Madame la donna, de son côté, à la duchesse du Maine. Ce cérémonial de la chemise n'est pas l'un des moins étranges de l'étiquette de l'ancienne cour. C'était une faveur que le roi et la reine faisaient aux princes de leur sang, le jour de leurs noces. Le roi et la reine ne se couchaient jamais sans qu'on leur passât la chemise. Quand Monseigneur était chez le roi, cet honneur lui revenait de droit ; à son défaut, c'était à Monsieur, puis à M. le Prince, et ainsi des autres selon qu'ils se trouvaient le plus rapprochés du trône. Les choses avaient lieu de même chez la reine. Elle recevait la

---

[1] C'est à tort que Saint-Simon fait célébrer le mariage par le cardinal de Bouillon, « que quelques affaires, dit le *Mercure*, avoient obligé d'aller visiter une de ses abbayes. » Quant à Dangeau, si minutieux d'habitude, il ne parle nullement de cette substitution de prélat.

chemise des mains de la première princesse
du sang, ou, à son absence, de la main de la
princesse qui marchait après elle. S'il ne se
trouvait aucune princesse du sang, le privilége de donner la chemise à la reine et de
lui présenter « la sale [1], » qui avait été
longtemps celui de la plus ancienne duchesse,
avait fini par devenir le lot exclusif de la
dame d'honneur [2]. Ce privilége était envisagé
comme le plus caractéristique et le plus considérable. Louis XIV, qui fit tant pour ses
bâtards, n'eût pas osé recevoir la chemise de
M. du Maine ou du comte de Toulouse, M. le
Prince étant là, par exemple. Aussi écrivait-il
à Colbert à propos du comte de Vermandois,
le fruit de ses amours avec mademoiselle de
La Vallière : « J'ai ordonné que le comte de
Vermandois fût traité comme les princes de

---

[1] Il faut se hâter d'expliquer ce qu'on entendait
par la *sale*. Heureusement, le terme veut dire autre
chose que ce qu'il semble signifier : « La *sale*, di
Saint-Simon, est une espèce de soucoupe de vermei‍
sur laquelle les boîtes, étuis, montres et l'éventail d
la reine lui étoient présentés couverts d'un taffeta
brodé, qui se lève en la lui présentant. »—Saint-Si
mon, *Mémoires* (Chéruel), t. IV, p. 196, 197.

[2] Chéruel, *Dictionnaire historique des institutions
mœurs et coutumes de la France* (Paris, 1855), t. I, p. 381

Conti. Il faut seulement éviter qu'il se trouve en des occasions trop marquées, comme à la *chemise*, à la *serviette* [1]. »

De pareils détails ne sont pas oiseux. Ce cérémonial avait son importance et sa signification en assimilant les princes légitimés aux princes du sang, pour lesquels on n'eût fait ni plus ni autre chose. Une innovation, sans antécédents jusque-là, devait même avoir lieu plus tard en faveur du Benjamin du roi et de madame de Maintenon. L'on ne portait pas le deuil à la cour des enfants au-dessous de sept ans ; lorsque M. du Maine perdit son premier enfant, une petite fille qui vécut quinze jours [2] et qui était si petite, si peu viable qu'on la tint pendant sa très-courte vie dans une boîte remplie de coton [3], la marquise obtint de Louis XIV l'ordre de

[1] *Œuvres de Louis XIV* (Treuttel et Würtz, 1806), t. V, p. 539. Lettre de Louis XIV à Colbert; au camp de Saint-Tron, le 3 juillet 1675.

[2] Elle vint au monde le 11 septembre 1694, et mourut le 25 du même mois. On l'avait appelée mademoiselle de Dombes.—Le père Anselme, *Histoire généalogique et chronologique de la maison de France* (Paris, 1726), t. I, p. 195.

[3] *Recueil de chansons historiques* (Bibliothèque impériale. Manuscrits), t. VIII, p. 336.

prendre le deuil : cela devait faire loi dans la
suite [1]. Tiraillé par M. du Maine et madame
de Maintenon, le roi cédait aux instances et
aux importunités dont il était l'objet, sans
toutefois s'abuser sur la fragilité de l'édifice
que l'on construisait à l'ombre de son autorité. Lui vivant, l'on n'avait qu'à obéir ; mais
sa mort livrait sans défense aux ressenti-
ments des princes du sang ses bâtards qui
n'eussent pas dû sortir de la noblesse et que
la noblesse haïssait, elle aussi, de toute l'hu-
miliation que lui avait causée cette élévation
non moins insultante que monstrueuse.

Le duc du Maine, né en 1670, n'avait que
vingt-deux ans, lorsqu'il épousa la petite-fille
du grand Condé, qui n'en avait pas encore
seize. A ne regarder qu'à distance, et à ne
le juger que par la triste et passive figure
qu'il fit dans les quelques circonstances où il
devait témoigner de sang-froid et d'énergie,
ce prince, mené et malmené par sa femme,
dont il était l'esclave craintif, homme de
guerre d'un courage plus que douteux, nié
positivement par Saint-Simon qui, du reste,

[1] Dangeau, *Journal*, t. V, p. 84, dimanche 26 septembre 1694 ; t. VII, p. 132, lundi 17 août 1699.

n'est pas moins dur pour la duchesse, M. du
Maine nous apparaît sous des traits d'une
nullité si complète, qu'il ne pourrait venir à
la pensée que ce fût, malgré tout, un homme
d'un rare esprit, d'une finesse à laquelle, il
est vrai, il faudrait donner un autre nom, et
d'une conversation d'un agrément inépuisable. Personne ne ressemblait moins à
Louis XIV que ce prince chéri, qu'il préfé-
rait à tout. « Mon fils, écrit la duchesse d'Orléans, n'a jamais pu croire que le duc du
Maine soit le fils du roi ; » et elle ajoute, quelques lignes plus loin : « Je crois bien que le
comte de Toulouse est fils du roi ; mais j'ai
toujours pensé que le duc du Maine est fils de
Termes, qui était un faux coquin et le plus
grand rapporteur de toute la cour... » Madame,
la meilleure femme du monde, quand il n'é-
tait question ni de madame de Maintenon,
qu'elle appelait « la vieille » et aussi « la gue-
nippe, » ni du duc du Maine, l'ennemi souterrain de son fils, laisse trop naïvement dé-
border le fiel qu'elle avait amassé contre ce
dernier, pour être crue sans examen sur
ce qu'elle ne peut, après tout, présenter
elle-même que comme une conjecture plus
ou moins spécieuse. Ce Termes, qu'elle don-

nerait pour père au prince, était d'ailleurs, avec infiniment d'esprit, un personnage trop décrié, trop avili pour que l'accusation soit admissible, lorsque la favorite pouvait choisir entre les plus jeunes, les plus beaux, les plus illustres. Un Lauzun, un chevalier de Rohan, qui furent en cause un moment, étaient vraisemblables[1] ainsi qu'un Frontenac[2] ou un maréchal de Noailles[3] :

[1] Madame de Caylus, *Souvenirs* (Michaud et Poujoulat), t. XXXII, p. 491. — *Histoire de la vie et du règne de Louis XIV* (La Haye, 1741), t. III, p. 550 (par le père de La Motte, sous le nom de La Hode).

[2] Le bruit avait couru, en effet, qu'il était l'amant favorisé de madame de Montespan, avant qu'elle fût la maîtresse du roi. Louis XIV, pour l'éloigner, l'avait même fait gouverneur de Québec.—*Lettres de madame de Maintenon* (Léopold Collin, 1806), t. II, p. 201. — *Nouveau siècle de Louis XIV ou poésies-anecdotes du règne et de la cour de France* (Paris, 1793), t. IV, p. 40.

[3] A en croire Madame, Louis XIV ne serait pas davantage le père de madame de Bourbon, mademoiselle de Nantes. « J'ai connu, dit-elle, un gentilhomme allemand qui est mort depuis longtemps, et qui m'a juré que madame la Duchesse n'était pas fille du roi, mais du maréchal de Noailles. Il a marqué l'heure où il a vu entrer le maréchal chez la Montespan, et madame la Duchesse est née juste neuf mois après. Cet Allemand s'ap-

de Termes n'est même pas possible [1].

La marquise de Lassay disait à son mari, un jour qu'il se portait garant de la vertu de madame de Maintenon d'un air de conviction qui semblait même dépasser la certitude morale : « Comment faites-vous, monsieur, pour être si sûr de ces choses-là? » Nous ne voudrions pas nous attirer une repartie de ce genre; cependant tout nous autorise à croire à la parfaite honnêteté de madame de Montes-

pelait Bettendorf, il était brigadier dans les gardes du corps; il montait la garde chez la Montespan quand le capitaine de la première compagnie se rendit chez elle. » — Duchesse d'Orléans, *Correspondance complète* (Charpentier, 1855), t. I, p. 303.

[1] « Terme, de même maison que M. de Montespan, n'avoit de noble que sa naissance; il étoit si pauvre et si bas qu'il fit l'impossible pour être premier valet de chambre du roi. Il fut tellement accusé de lui rapporter tout ce qu'il voyoit et entendoit, qu'il étoit seul au milieu de la cour, sans que personne voulût lui parler ou le recevoir. M. le Duc et madame de Conti firent aposter des Suisses, qui le chargèrent si violemment de coups de bâton, qu'il en fut plusieurs jours au lit. » — Dangeau, *Journal* (addition de Saint-Simon), t. I, p. 81; t. IX, p. 448, 449. — Il est question de Termes dans tous les Mémoires du temps. Tous reconnaissent son esprit et le jugent plus ou moins sévèrement sur le reste.

pan, avant ses amours avec le roi. « Loin d'être
née débauchée, dit madame de Caylus, le caractère de madame de Montespan étoit naturellement éloigné de la galanterie et porté à
la vertu. Son projet avoit été de gouverner le
roi par l'ascendant de son esprit : elle s'étoit
flattée d'être maitresse non-seulement de son
propre goût, mais de la passion du roi. Elle
croyoit qu'elle lui feroit toujours désirer ce
qu'elle avoit résolu de ne lui pas accorder[1]...»
Charmante, spirituelle, dévorée du besoin de
plaire, d'avoir des adorateurs, tout une cour
à ses pieds, elle ne vit longtemps autre chose,
et ceux qui se prirent à son sourire furent bien
plus les dupes de leur propre vanité que des
mines décevantes de la marquise. La Fare
tomba des premiers dans le piége[2] et convient qu'elle se moquait de tout le monde, un
seul excepté, le roi, avec qui elle n'eût pu
oser un pareil manége, mais qu'elle était enchantée, ravie, tout honnête femme qu'elle
fût et qu'elle voulût rester, de détacher d'une

---

[1] Madame de Caylus, *Souvenirs* (Michaud et Poujoulat), t. XXXII, p. 482, 494.
[2] La Fare, *Mémoires* (Michaud et Poujoulat),
t. XXII, p. 264.

autre, sans donner aucuns gages, en faisant
même sa cour à la reine, que ces coquetteries
semblaient servir (1666). On sait où mène tôt
ou tard un jeu aussi hasardeux.

Le roi venait de déclarer la fille qu'il avait
eue de mademoiselle de La Vallière et de
créer la mère duchesse (1667); cette dernière
s'étant présentée devant Marie-Thérèse, l'é-
pouse outragée en ressentit un tel saisisse-
ment qu'elle s'en trouva mal. Cette audace
ou cette étourderie (car ce mot d'audace ne va
guère à l'idée qu'on s'est faite de la douce La
Vallière) indigna, plus que personne, madame de Montespan, qui était à mille lieues
alors de se douter qu'elle laisserait loin der-
rière elle, à cet égard, sa timide devancière :
« Dieu me garde d'être maîtresse du roi, dit-
elle ! Si j'étois assez malheureuse pour cela,
je n'aurois jamais l'effronterie de me présenter devant la reine[1]. » S'exprime-t-on de la
sorte, quand la conscience n'est pas tran-

---

[1] Mademoiselle de Montpensier, *Mémoires* (Mi
chaud et Poujoulat), t. XXVIII, p. 399. — «... Elle
étoit alors fort sage, et disoit même, en parlant de
La Vallière : *Si j'étois assez malheureuse pour que
pareille chose m'arrivât, je me cacherois pour le reste de
ma vie.* Nous avons vu qu'elle a, dans la suite, pensé

quille, la conduite exempte de tout reproche? Joignez à cela de réelles terreurs
à l'approche du danger. La femme qui pré-
vient son mari des piéges tendus à sa vertu
et qui lui demande en grâce de l'emme-
ner dans une de ses terres pour la sauver de
l'amour d'un roi, doit en être à sa première
faute ; et, lorsqu'elle succombera, le roi
n'aura à succéder ni à Frontenac, ni à nul
autre[1].

bien autrement. » — *Lettres de madame de Maintenon*
(Léopold Collin, 1806), t. VI, p. 238. *Entretiens de
madame de Maintenon.*

[1] Saint-Simon, *Mémoires* (Chéruel), t. VI, p. 40.

II

Enfance du duc du Maine. — Convulsions occasionnées par le travail de la dentition. — Il devient boiteux. — La Faculté n'y peut rien. — L'empirique flamand. — Madame de Maintenon part pour Anvers avec le petit prince. — Elle prend le nom de marquise de Surgères. — M. du Maine revient boiteux de l'autre pied. — Les eaux de Baréges. — Accueil que les voyageurs reçoivent sur leur route. — On s'arrête à Blaye, chez le maréchal d'Albret. — Second voyage à Baréges. — Séjour à Cognac. — Compagnie d'enfants servant de garde au prince. — Fagon. — Halte à Bordeaux. — Étrange aventure arrivée à madame de Maintenon. — Un abbé à visions. — Le maçon Darbé à l'hôtel d'Albret. — Santé chancelante de M. du Maine — Alertes continuelles. — Esprit précoce du jeune prince. — Il se meurt d'envie de ne plus porter de jupes. — En écrit par deux fois à sa mère. — Un auteur de sept ans. — Épître dédicatoire de madame de Maintenon. — Son affection pour les enfants du roi. — La maison de Vaugirard. — Le feu y prend. — Incertitude de madame de Maintenon. — Réponse curieuse de madame de Montespan. — Dialogue entre Louis XIV et la nourrice. — Tendresse du roi pour M. du Maine. — La jeune duchesse. — Elle trompe son monde. — Laisse paraître peu de religion. — Les vapeurs de M. le Prince. — Il croit être tour à tour lièvre et chauve-souris. — Repas d'outre-tombe avec Luxembourg et Turenne. — Madame du Maine se révèle.

Tout en ne ressemblant aucunement à Louis XIV, M. du Maine était aussi bien son

4.

fils que le comte de Toulouse, si différent de
son frère par la figure, l'esprit, le caractère.
Il était né droit et bien fait. La dentition,
chez les enfants, est toujours une grosse
affaire qui se résout, pour la majorité, en de
vives mais passagères souffrances. Chez le
petit prince, l'éclosion des grosses dents
occasionna de si terribles convulsions qu'une
de ses jambes se raccourcit d'une façon très-
sensible. Il fut livré à la Faculté, qui n'y put
rien. En désespoir de cause, on le conduisit à
Anvers, où se trouvait un habile homme dont
on disait merveille. Ce voyage s'entreprit au
milieu du mois d'avril 1674 : ce fut madame
de Maintenon qui l'accompagna sous le nom
de la marquise de Surgères. Notre empirique,
qui voulait gagner son argent, soumit le
jeune prince à un traitement si violent qu'il
allongea démesurément la jambe malade, et
le résultat de cette belle cure fut de rendre
désormais l'autre trop courte. M. du Maine
revint à Versailles fort souffrant; ce qui ne
devait pas empêcher, au printemps suivant,
d'essayer des eaux de Baréges.

Cette fois, il voyagea en prince, en vrai fils
de roi. Sa gouvernante fut admirable de sollicitude, de tendresse, de résignation. Elle s'ac-

commodait de tout, et quand elle n'avait pas à trembler pour le précieux dépôt qui lui était confié, elle trouvait l'occasion de rire, de jaser, de se moquer, comme si elle n'eût pas eu les plus graves soucis [1]. L'on marchait à petites journées, se prêtant de la meilleure grâce aux ovations que l'on rencontrait sur la route. A Blaye, le maréchal d'Albret et sa femme, d'anciens amis de madame Scarron, font aux voyageurs un accueil dont Louis XIV ne dédaigna pas de témoigner sa gratitude par une lettre de remercîments [2]. La réception n'est pas moins chaleureuse à Bordeaux : « Le roi, écrit Pellisson, nous dit hier au soir au petit coucher, avec plaisir, le grand accueil qui avoit été fait à Bourdeaux à M. le duc du Maine, et la joye que le peuple témoigna de le voir, bien différente des mouvemens où il étoit naguère, et comme marquant son repentir. C'est madame de Maintenon, qui lui en a écrit une lettre de huit ou dix pages.

---

[1] *Lettres de madame de Maintenon* (Léopold Collin, 1806), t. II, p. 45. Lettre à l'abbé Gobelin ; à Montéléone, ce 8 mai.

[2] *Œuvres de Louis XIV* (Treuttel et Würtz, 1806), t. V, p. 536. Lettre de Louis XIV au maréchal d'Albret ; au camp de Latines, le 7 juin 1675.

Elle marque qu'en son absence le petit prince répondit de son chef aux harangues, et qu'au retour l'ayant trouvé fort échauffé de la foule, qui avoit été auprès de lui, elle lui demanda s'il n'aimeroit pas mieux n'être point fils de roi, que d'avoir toute cette fatigue, à quoi il répondit que non, et qu'il aimoit mieux être fils de roi [1]. » Eût-on rendu plus d'honneurs, témoigné plus de respects au Dauphin ?

Au mois de mai 1677, lorsqu'il est décidé qu'il reprendra le chemin de Baréges, un président Nicole se fait l'interprète des nymphes de Clagny et gémit avec elles sur une absence qui va jeter le deuil dans ces beaux lieux. Le *Mercure galant* ne manquera pas davantage à suivre le demi-dieu en toutes ses étapes. Ce ne sont sur son passage que réceptions, que galas, que fêtes : on sait bien que c'est prendre Louis XIV par son côté faible et que nulle flatterie ne vaudrait ces hommages à ce fils adoré. A Cognac, d'Aubigné, gouverneur de la ville et du château, monte à cheval, se met à la tête de cent gentilshommes et va à la rencontre de sa sœur et de son

---

[1] *Lettres historiques de M. Pellisson* (Paris, 1727), t. II, p. 277 ; au camp de Latines, le 3 juin 1675.

élève. Et, pendant les deux jours qu'on demeure dans la ville, une compagnie d'enfants, vêtus en aragons, montent la garde
à la porte du petit prince[1]. Fagon était du
voyage, c'était lui auquel avait été confiée
cette santé précieuse. Il n'avait alors ni l'autorité, ni le renom qu'il conquit par la suite,
et ce fut là le point de départ de son incroyable
fortune. Au reste, les alertes étaient inces-
santes. Madame de Maintenon, témoin passif
de ces rechutes, fait part de ses chagrins à
son confident habituel avec une émotion qui
n'est pas feinte. Il n'est presque pas de jours
où l'on n'essuie quelque accès de fièvre
tierce; mais, la crise passée, on se rassure,
et l'on reprend son chemin. L'on s'arrête
chez la comtesse de Junsac, dont le mari fut
plus tard gouverneur de M. du Maine; puis à
Blaye, où madame de Maintenon devait embrasser, pour la dernière fois, la maréchale
d'Albret[2]. Le duc de Roquelaure, l'intendant

---

[1] *Mercure galant*, juillet 1677, p. 142. — Madame de
Caylus, *Souvenirs* (Michaud et Poujoulat), t. XXXII,
p. 485.

[2] *Lettres de madame de Maintenon* (Léopold Collin,
1806), t. II, p. 75. Lettre à l'abbé Gobelin; octobre 1677.

de Guyenne et les jurats de Bordeaux y étaient
venus en toute hâte. Le lendemain, la cité
bordelaise, hors de ses murailles, se pres-
sait sur les pas de cet enfant chétif qui reçut
encore les compliments de la ville et dut subir les honneurs et les lassitudes de sa condition de fils de roi.

Saint-Simon raconte une aventure étrange
arrivée durant le séjour du duc du Maine à
Bordeaux, sans préciser si ce fut à ce dernier
ou au précédent voyage. Cela importe peu
d'ailleurs, quant au résultat. Madame de Maintenon, ayant trouvé le moyen de se dérober
un instant à ses fonctions de surveillante, était
allée voir une ancienne amie qu'elle avait dans
la ville. Cette amie n'était pas seule; il y avait
là un abbé qui, à l'aspect de la survenante,
se troubla, changea de visage et, tant que
la visite dura, eut les yeux attachés sur
elle, sans articuler une parole, comme fas-
ciné. Cet abbé passait pour avoir des visions
et être doué d'une faculté divinatoire dont
il avait déjà donné des preuves. A peine
madame de Maintenon est-elle sortie, qu'il
est interrogé, assailli, accablé de questions.
Il se défend longtemps de répondre; il finit
par céder, bien convaincu d'avance qu'on

ne fera que rire de ses oracles. « Vous me
forcez, dit-il, et nous nous en repentirons
tous deux ; vous, parce que vous me croi-
rez fou ; moi, parce que je perdrai toute
estime auprès de vous ; mais tout mon art
est faux, ou cette femme sera reine, et il y
a si loin entre ce qu'elle est et la couronne,
que c'est ce qui m'a mis et me met encore hors
de moi-même [1].... » De pareilles prédictions
sont le plus souvent faites après coup, et
l'histoire en tient peu de compte. Saint-Simon, sans qu'il s'en doute, est d'ailleurs trop
friand du merveilleux, pour ne pas laisser en
défiance ; et nous nous fussions gardé de
citer cette bizarre aventure, si, bien avant

[1] Dangeau, *Journal* (addition de Saint-Simon),
t. II, p. 23. Saint-Simon, à la même place, cite une
autre prédiction non moins extraordinaire, et qui,
selon lui, avait été funeste à la faveur du duc de
Créqui.—Le père Laguille, dans des *Fragments de
Mémoires, sur madame la marquise de Maintenon,* en
rapporte une dernière d'un gentilhomme qui, à
l'inspection de la main de la petite Francine, s'écria :
« *Voilà des signes d'une grande fortune, je n'ose dire
qu'elle approchera de la couronne.* » — Édouard Fournier, *Variétés historiques et littéraires* (Jannet, 1857,
t. VIII, p. 63.)—On voit que les prophéties ne firent
pas défaut.

cela, madame de Maintenon, de son propre aveu, n'eût été l'objet d'oracles tout aussi explicites. Interrogée par mademoiselle d'Aumale sur le plus ou moins de véracité d'une prédiction qui avait couru sur sa grandeur future : « Oui, avait-elle répondu, c'étoit une espèce d'architecte [1], qui me dit, pendant que

[1] Un nommé Darbé, qui se mêlait d'astrologie. Ce fut à l'hôtel d'Albret qu'il lui promit cet avenir miraculeux. Aussi écrivait-elle en ce temps à madame de Chantelou, ne sachant où donner de la tête, évincée par Colbert, froidement reçue par cette madame de Chalais, qui, elle aussi, devait faire une si étrange fortune, et plus mal accueillie encore par madame de Lyonne : « Me voilà, madame, bien éloignée de la grandeur prédite. » — *Lettres de madame de Maintenon* (Léopold Collin, 1806), t. I, p. 36. — A une époque où cette grandeur n'était plus un rêve, mademoiselle d'Aumale lui lisait, un jour, la Vie de Bayard ; lorsqu'on fut arrivé à l'endroit où il est annoncé au chevalier qu'il serait le plus grand homme de son époque, mais non le plus riche, madame de Maintenon se mit à dire : « Je lui ressemble, et Darbé me l'avoit prédit. » — *Mémoires manuscrits de mademoiselle d'Aumale.* — La marquise fit chercher Darbé, mais il était mort ; elle fit du bien à ses enfants. Segrais donne à cette recherche un tout autre mobile que la reconnaissance : « S'il s'est trompé, dit-il, c'est qu'il ajoutoit que cette élévation auroit sa fin peu de temps après qu'il

j'étois encore à Paris, et fort éloignée de la faveur, que j'aurois un jour les plus grands honneurs auxquels une femme pût parvenir, plus de bien que je n'en avois alors, mais jamais à proportion de mon état, et que ce seroit toujours l'endroit le plus foible pour moi. Je le dis à quelques-unes de mes amies, qui en rirent comme moi. Cependant tout ce que cet homme m'avoit prédit m'est arrivé[1]. »

On repartit, le lendemain, de Bordeaux; l'on avait hâte de toucher au but du voyage. Cependant les crises ne laissent pas de relâche et tiennent incessamment en alarmes. « Vous savez, écrit de Bagnères madame de Maintenon, qu'il tomba malade dès Amboise; il le fut encore ici; et dès qu'il eut commencé à se baigner à Barèges, la fièvre quarte le reprit : il en a eu quatorze accès. Cela joint au peu d'effet des bains et à l'ennui du lieu où j'étois

---

seroit mort. Madame de Maintenon fut un peu alarmée quand elle apprit qu'il étoit mort; mais un nombre d'années s'est déjà écoulé depuis qu'il n'est plus, et madame de Maintenon se porte bien dans l'état de splendeur où elle est. » — *Œuvres de monsieur Segrais* (Paris, 1755), t. II, p. 9.

[1] *Lettres de madame de Maintenon* (Léopold Collin, 1806), t. VI, p. 236. *Entretiens de madame de Maintenon.*

ne me donnoit pas peu de chagrin. Nous
sommes venus ici où nous l'avons baigné
longtemps sans avoir de succès [1]. Enfin nos
douleurs sont finies, et je l'ai vu considéra-
blement fortifié; j'en ai senti la joie deux jours;
le troisième, la fièvre quarte l'a repris; il n'en
a eu que deux accès : c'étoit hier le jour du
troisième ; et comme je goûtois le plaisir de
le voir passé sans fièvres, nous nous aperçû-
mes que son mal renouveloit. Me voici donc
à envisager sa mort : car s'il est dans l'état où
on le croit, il est presque impossible de le
sauver. Pour comble de désespoir, c'est la
plus jolie créature du monde, et qui surprend
vingt fois le jour par son esprit [2]... » Après
Baréges, on avait essayé de Bagnères [3], où il

[1] « .... M. Fagon, écrivait le petit prince à madame de Montespan, m'échauda hier au petit bain,
j'espère qu'il sera modéré une autre fois, et que je
n'y crieray pas tant. Je me baigne dans les bains
les jours qu'il fait frais, et dans ma chambre quand il
fait chaud. » — Œuvres diverses d'un auteur de sept ans,
p. 74.

[2] Lettres de madame de Maintenon (Léopold Collin,
1806), t. II, p. 57, 58. A M. l'abbé Gobelin; à Bagnères, 27 octobre.

[3] En réalité, on ne savait trop quoi faire. Lors du
premier voyage à Barèges, les médecins de Bor-

avait été relancé, comme ailleurs, par l
noblesse et le clergé. Tous les évêques de la
province accoururent et ce fut à qui s'incli-
nerait devant le frêle rejeton d'une union
doublement adultérine. « On s'empresse partout où il passe à lui rendre les honneurs
qui lui sont dus, raconte le *Mercure,* et son
esprit et ses promptes et vives reparties sont
admirés de tout le monde [1]. »

Quant à l'esprit, il n'y a rien là que d'exact.
Si le corps était malingre, l'intelligence était
alerte et d'une rare précocité. Le duc du
Maine tournait déjà un billet avec une facilité, une désinvolture si peu habituelles
dans un enfant de cet âge qu'on pourrait
croire qu'il n'eût fait qu'écrire sous la dictée
de sa spirituelle gouvernante. Cette lettre,

---

deaux avaient été consultés, et leur décision mit à
nu leur insuffisance en présence d'une infirmité qui,
d'ailleurs, était sans remède. « Le roi dit encore que
les médecins de Bourdeaux, aussi incertains que
ceux de Paris, avoient été d'avis qu'il allât à Bourbon, plustôt qu'à Baréges, et que le lendemain ils
avoient conclu, au contraire, qu'il essayât Baréges
avant que d'aller à Bourbon.» — *Lettres historiques de
M. Pellisson* (Paris, 1727), t. II, p. 278. Au camp de
Latines, ce 3 juin 1675.

[1] *Mercure galant,* août 1677, p. 296.

entre autres, adressée à sa cousine mademoiselle de Thianges , non pas l'aînée
qui était depuis sept ans la femme de
M. de Nevers, mais la cadette et la moins
jolie, cette duchesse de Sforze, dont le nez
tombant dans une bouche d'un vermillon
très-vif faisait dire à M. de Vendôme qu'elle
ressemblait à un perroquet qui mange une
cerise [1] : « Quand j'ay sceu la nouvelle de
vôtre mariage j'ay été fort affligé, et rien ne
m'en pourra consoler, cela vous fait voir l'a-
mour que j'ay pour vous ; à vous dire franchement je suis en colère de ce que vous
consentez à vous marier, après ce que je vous
ay dit de mon extrême passion, vous en de-
vriez avoir beaucoup pour moy, je crains bien,
grosse vilaine, que vous ne demandiez pas
mieux que d'estre mariée. Vostre amant [2].»
Ce ton familier était de mise, entre parents.
Voici un billet d'un autre tour adressé à mademoiselle de Villette, ce prodige d'esprit et
de grâce qui fut madame de Caylus : « Je n'ou-
blieray jamais, mademoiselle, la marque d'a-

---

[1] Madame de Caylus, *Souvenirs* (Michaud et Pou
joulat), t. XXXII, p. 488. — Saint-Simon, *Mémoires*
(Chéruel), t. XII, p. 120, 121, 122.

[2] *Œuvres diverses d'un auteur de sept ans*, p. 43.

mitié que vous m'avez donnée en partant de
Cognac, et je vous pardonne le mal que m'a
fait vostre modestie. Je vous envoyerai mon
portrait, afin que vous ayez toujours vostre
amant devant les yeux[1]. » Il ne faut pas
perdre de vue que cette charmante créature
n'avait pas cinq ans alors. Veut-on savoir
comment il en use avec une femme en puissance de mari ? Nous citerons cet autre billet,
à la duchesse de Foix : « Je suis malheureux,
madame, de m'être adressé à une personne
mariée : mais aucun homme ne peut vous
résister, je vous prie de trouver bon que nous
ayons un petit commerce de lettres, l'amour
nous inspirera assez de matière pour nous
entretenir. Je suis à vous autant qu'on y peut
estre[2]. »

Ce badinage n'est pas d'un enfant de sept
ans et contraste étrangement, en tous cas, avec
deux autres billets tracés durant le dernier
voyage de Baréges, et qui nous rejettent en
pleine réalité. Ils sont écrits l'un et l'autre à
madame de Montespan. « ... J'ay encore une

[1] *Œuvres diverses d'un auteur de sept ans*, p. 39. A
Cognac, ce 27 décembre 1677.
[2] *Ibid.*, p. 41. A Fontainebleau, au mois de décembre 1678.

prière à vous faire qui est qu'on ne me mette plus de juppes, j'en marche mieux, et je vous le demande, ma belle madame. » Cela lui tient au cœur, et il y revient en une autre rencontre : « Vous m'avez écrit une lettre dont je suis ravy, madame, et puisque vous m'ordonnez de vous demander une récompense, je vous prie, ma belle madame, que je ne mette plus de juppes [1]... » Les enfants ne s'émancipaient pas alors aussi aisément que de nos jours, et, loin de faire des hommes avant l'heure, on gardait, dans les transitions successives menant à l'adolescence, une lenteur qui paraîtra, à bon droit, excessive. Anne d'Autriche ne voulait-elle pas, pour nous ne savons quel manquement, faire donner les verges au duc d'Anjou, qui n'avait pas moins de dix-sept ans? et il n'y échappait que par le refus de son gouverneur et du sous-gouverneur [2]. Le grand Dauphin (l'élève de Montausier et de Bossuet) dans son enfance, était fouetté par ses femmes. Plus tard, le fouet passa aux mains de

---

[1] *Œuvres diverses d'un auteur de sept ans*; p. 52. 71.
[2] Guy Patin, *Lettres* (Paris, 1846), t. II, p. 320. 19 juin 1657.

son gouverneur qui agissait si consciencieu-
sement qu'il crut, dans une de ces exécutions,
s'être cassé le bras[1]. On sait que la future
comtesse de Caylus mit pour principale condition de sa conversion qu'on ne lui donne-
rait plus le fouet[2]. C'était à dix ans que les
princes quittaient leurs gouvernantes pour
un gouverneur. Le duc du Maine, en demandant qu'on remplaçât les jupes par les chausses et le justaucorps, réclamait une faveur
à laquelle son âge n'avait pas droit, et nous ne
savons, en somme, si l'on souscrivit à sa requête.

Il y aurait eu mauvaise grâce, en tous
cas, à répondre par une fin de non-recevoir,
au moment même où il allait donner les meil-
leures preuves de virilité intellectuelle. Madame de Maintenon, fière de progrès qui étaient
son ouvrage, imagina de recueillir les devoirs
du petit duc et d'en faire un volume sous le
titre d'*Œuvres diverses d'un auteur de sept ans*.
C'étaient des versions de Florus, de Justin et
d'autres historiens latins, surveillées et sans

---

[1] *Revue des Deux-Mondes*, t. XXXIII, p. 551 (1er juillet 1861). Michelet, *Louvois et Saint-Cyr*.

[2] Madame de Caylus, *Souvenirs* (Michaud et Poujoulat), t. XXXII, p. 479.

doute remaniées par son précepteur Le Ra-
gois, le neveu de l'abbé Gobelin, et l'auteur
d'une Histoire de France par demandes et par
réponses que, sous la Restauration encore, on
faisait apprendre dans les colléges. Disons que
ces divers fragments, tout en tenant une
bonne part du volume [1], sont loin d'avoir
l'intérêt de la seconde moitié, composée de
lettres écrites, soit au roi, soit à madame de
Montespan et où l'on remarque une finesse,
un esprit étonnants. Mademoiselle de Montpensier dit dans ses *Mémoires*, que M. du
Maine lui écrivit plusieurs fois de Baréges·
L'on ne retrouve cependant aucune de ses
lettres dans ce recueil. C'est à regretter d'autant plus qu'il eût été curieux de voir avec

[1] On sait quel cas il y a à faire de ces chefs-d'œuvre où l'auteur en nom est celui qui a la moindre
part. Dans les *Œuvres de Louis XIV* (Treuttel et
Würtz, 1806), on a inséré une traduction des *Com-
mentaires* de Jules César, par Louis le Bien-Aimé,
qui n'ajoutera rien à la gloire de Louis XIV; t. VI,
p. 255-260.—Il existe aussi des *Éléments de géométrie
de monseigneur le duc de Bourgogne*, qui sont des leçons écrites par le prince, pendant le cours de quatre années que fit Malézieu, de 1696 à 1700, et ras-
semblées par Boissière, bibliothécaire du duc du
Maine, en 1715.

quels ménagements il en usait envers la
redoutable Mademoiselle : on lui avait fait la
leçon, il savait ce dont il retournait et, de
l'aveu de celle-ci, il était fort capable de remplir dignement son rôle [1].

En tête du livre se trouvait une épître dédicatoire de la gouvernante à la marquise de
Montespan qui est si bien un véritable chef-
d'œuvre de mesure, de convenance, de flatterie, d'art et de style, qu'on a voulu qu'elle fût
de Racine [2]. Elle fit l'admiration de Bayle,

[1] « Il a été deux fois à Barèges, d'où il écrivoit
souvent; et même il m'écrivoit, et on faisoit fort
valoir l'amitié qu'il avoit pour moi naturellement. »
—Mademoiselle de Montpensier, *Mémoires* (Michaud
et Poujoulat), t. XXVIII, p. 492.

[2] Brossette prétend que madame de Maintenon
s'adressa à Racine, qui en eût revu et corrigé le
style. Celle-ci était, en tout cas, très-capable de
faire sans aucune aide cette jolie lettre. Luneau de
Boisjermain est l'un des premiers, sinon le premier, qui l'ait insérée dans les œuvres de Racine
comme étant de lui. Charles Nodier en attribue
aussi la paternité au poëte et donne à l'appui des
raisons qui ne sont peut-être pas aussi concluantes
qu'elles lui paraissent.—*Mélanges tirés d'une petite bibliothèque.*—Si Racine, comme c'est notre avis, n'est
pour rien dans cette épître dédicatoire, il est en revanche l'auteur d'un madrigal qu'il met dans la
bouche du petit prince. Ces vers, qui ne se trou-

juge compétent et désintéressé : « Cette épître dédicatoire, dit-il, est tournée de la manière la plus délicate : il semble qu'on n'y touche pas, ou qu'on ne veuille qu'effleurer : cependant on loue jusqu'au vif, et on va bien loin en peu de paroles. » Si peu de paroles qu'il y ait, et tout exquis qu'il soit, nous sommes forcé de réprimer la tentation de citer ce petit chef-d'œuvre. Bien qu'il ne fût nullement destiné à la publicité [1], il n'est rien

vent pas dans l'édition de Boisjermain, ont été insérés pour la première fois dans les *Pièces intéressantes et peu connues pour servir à l'histoire de la littérature, par M. D. L. P.* (de Laplace), Bruxelles, 1785, t. IV, p. 186.—Boileau ne fut pas moins courtisan que son ami, et il composa également un madrigal destiné à mettre au bas du portrait de M. du Maine en Apollon, portrait que nous n'avons pas trouvé dans l'exemplaire de la Bibliothèque impériale. — Boileau, *Œuvres complètes* (édition de Saint-Surin), t. II, p. 538, 539.—Ses vers n'eurent que peu de succès auprès de madame de Maintenon. « Je vous envoie, écrit-elle à madame de Saint-Géran, deux exemplaires des vers qui seront en bas du portrait du prince; ils sont pourtant de Boileau. J'ai dans la tête que Racine et Coulanges même auroient mieux fait. »—*Lettres de madame de Maintenon* (Léopold Collin, 1806), t. II, p. 117.

[1] Les *Œuvres diverses d'un auteur de sept ans* ne furent tirées qu'à sept ou huit exemplaires.

moins que rare à cette heure ; on peut le lire
dans la correspondance de madame de Maintenon [1] et même dans quelques éditions des
œuvres de Racine [2], cela nous dispense de lui
donner place ici.

Madame de Maintenon n'est pas un personnage sympathique, et cette absence d'attrait
a rendu plus qu'injuste à son égard. Elle fut
jeune, elle fut adorable et adorée, et « deux
grands yeux fort mutins, un très-beau cor-
sage, de belles mains et beaucoup d'esprit »
furent toute la dot qu'elle apporta à son mari,
qui la déclara assez riche. On ne veut, pourtant, la voir que vieille et en guimpe, le
visage chagrin et rembruni de l'arrière-
saison. Sa bonté contenue est taxée de sé-
cheresse ; sa générosité d'hypocrisie comme
sa dévotion ; son abnégation, son désintéressement à l'endroit des siens, d'hypocrisie encore et d'égoïsme. Enfin rien ne
trouve grâce auprès d'une postérité pré-
venue. On aime mieux les autres avec leurs
défauts, leurs emportements, leur faste qui

[1] *Lettres de madame de Maintenon* (Léopold Collin,
1806), t. I, p. 54 à 58.

[2] Racine, *Œuvres* (Luneau de Boisjermain. 1768),
t. VI, p. 427, 428, 429.

ruine l'État que cet être sans besoins, sans
dépense, qui met sa gloire dans sa modération
et sa médiocre fortune. Pourquoi cette rigueur, cette extrême injustice envers madame
de Maintenon, quand, malgré ses colères, son
arrogance, un despotisme qui se fit sentir
tant d'années, on est tout préparé à l'indul-
gence pour cette Montespan si insolente et si
hautaine? Serait-ce que la dernière chose que
l'on pardonne à une femme c'est de n'être
pas femme, de n'avoir aucun des côtés, bons
ou méchants, qui font la femme? Madame
de Montespan le fut, elle, autant qu'il est
possible; on lui en sait gré et on excuse le
reste. Ce qui manque à madame de Maintenon,
c'est la passion, c'est l'élan ; a-t-elle jamais
aimé? Saint-Simon l'accuse d'avoir cédé à Vil-
larceaux[1], et nous sentons bien, nous autres,
que l'accusation est calomnieuse. Madame de
Maintenon, qui n'eut pas toujours la même rigidité, ne fut jamais tentée. Elle n'eut pas de
mérite à demeurer vertueuse, elle n'était pas
faite pour aimer, elle en convient volontiers
elle-même; et c'est cela qui nous rend à notre
insu, plus que rigides envers cette organisa-

---

[1] Saint-Simon, *Mémoires* (Chéruel), t. I, p. 36, 37.

tion si bien douée à d'autres égards, si spirituelle, si sensée, et qui, en définitive, si elle
fut sans passion, ne fut ni sans tendresse, ni
sans sensibilité.

Ne fit-elle pas preuve de toute la sensibilité,
de toute la tendresse, de toute l'abnégation
d'une mère envers les enfants du roi, et particulièrement le duc du Maine? Elle se con-
sacra à eux corps et âme, s'enferma clandes-
tinement avec eux non sans risques d'abord
pour sa bonne renommée, vivant de leur vie
et dans les transes à la moindre alerte. « Je
sens, écrivait-elle à l'abbé Gobelin, avec beaucoup de douleur, que je n'aime pas moins
cet enfant-ci que je n'aimois l'autre[1]; et cette
foiblesse me met en si mauvaise humeur que
j'ai pleuré tant que la messe a duré. Rien
n'est si sot que d'aimer avec excès qui n'est
point à moi, dont je ne disposerai jamais; et

---

[1] « L'aîné des enfants du roi et de madame de
Montespan mourut à l'âge de trois ans. Madame
de Maintenon en fut touchée comme une mère
tendre et beaucoup plus que la véritable; sur quoi,
le roi dit, en parlant de madame de Maintenon :
« Elle sait bien aimer; il y auroit du plaisir à être
« aimé d'elle. » — Madame de Caylus, *Souvenirs* (Michaud et Poujoulat), t. XXXII, p. 482.

6

qui ne me donnera dans la suite que des soins qui déplairont à ceux à qui il appartient, ou des soucis qui me tueront[1]. »

C'était être mauvais prophète et prendre bien à rebours un avenir qui l'indemnisera à usure de tout le mal qu'elle se donna pour ces enfants de son cœur. M. du Maine, pour ne parler que de lui, fut bien plus à elle qu'à madame de Montespan et ne ressentit que pour elle une affection sincère, quand sa mère selon la nature n'eut que les dehors et des témoignages extérieurs. De quel côté furent les torts? du côté de la marquise ou de celui de son fils? Madame de Montespan, trop occupée de sa fortune et de son orgueil, ne voyait ses enfants qu'à la volée, tandis que madame Scarron, comme on l'appela longtemps, ne les quittait point; et si quelque accident survenait, ce n'était pas la véritable mère qui s'en alarmait le plus.

Il arriva, à l'époque où tout se passait encore dans l'ombre, au fond d'une maison mystérieuse du faubourg Saint-Germain,

[1] *Lettres de madame de Maintenon* (Léopold Collin, 1806), t. II, p. 15. Lettre de madame de Maintenon à l'abbé Gobelin; à Versailles, ce 14 juillet 1674.

« fort au delà de madame de La Fayette[1], quasi auprès de Vaugirard, dans la campagne[2], » et « par delà les Carmes[3], » que le feu se déclara à une poutre de la chambre des

[1] Madame de La Fayette demeurait rue de Vaugirard, en face les dames du Calvaire, au coin de la rue Férou.

[2] Madame de Sévigné, *Lettres* (édit. Monmerqué), t. III, p. 158, 159. ·Lettre de madame de Sévigné à madame de Grignan; Paris, 4 décembre 1673. —Cette maison, située, dit M. d'Argenson, « quelques maisons après la barrière de la rue de Vaugirard, » fut habitée dans la suite par M. et madame de Plélo; un marquis de Vilaines lui succéda en 1740. Bien que cette maison tombât déjà en ruines, il en subsiste encore des parties, boulevard Montparnasse, n° 25. —Marquis d'Argenson, *Mémoires* (Jannet, 1857), t. II, p. 167. — Édouard Fournier, *Variétés historiques et littéraires* (Jannet, 1857), t. VIII, p. 74. — Avant l'occupation de cet hôtel spacieux, où madame de Montespan établit, vers la fin de 1672, madame Scarron sur un très-bon pied, avec un carrosse, des gens et des chevaux, quoique d'une façon toujours murée, les enfants avaient été logés séparément, hors Paris, à la garde d'une nourrice; leur gouvernante alors ne demeurait pas encore avec eux. Le fait de la réunion des enfants semblerait indiquer que ce fut à l'hôtel de la barrière de Vaugirard que cette alerte eut lieu.

[3] Mademoiselle de Montpensier, *Mémoires* (Michaud et Poujoulat), t. XXVIII, p. 485.

enfants. Toutefois, le défaut d'air avait empêché qu'il ne fît des progrès très-rapides et
permettait de se reconnaître. Madame de
Maintenon était fort embarrassée : si ses gens
étaient insuffisants à circonscrire ce commencement d'incendie, elle pourrait être
obligée d'appeler du dehors à l'aide, et c'en
était fait de leur incognito. Dans cette appré-
hension, elle envoie demander quel parti
elle aurait à prendre. L'exclamation qu'une
pareille nouvelle arracha à madame de Montespan est étrange : « J'en suis bien aise;
dites à madame Scarron que c'est une marque
de bonheur pour ces enfants[1]. » C'est là, on le
sait, un préjugé assez répandu parmi le
peuple. Mais était-ce la pensée qui devait
venir à une mère tendre en semblable circonstance?

Un jour, les enfants sont menés à Saint-
Germain; la gouvernante reste dans l'anti-
chambre, la nourrice seule est introduite
près du roi et de la favorite. « A qui sont
ces enfants? lui dit le roi. Ils sont sûrement,
répondit-elle, à la dame qui demeure avec

[1] Madame de Caylus, *Mémoires* (Michaud et Poujoulat), t. XXXII, p. 482.

nous; j'en juge par les agitations où je
la vois au moindre mal qu'ils ont[1]. Et qui
croyez-vous, reprit le roi, qui en soit le père?
Je n'en sais rien, répondit la nourrice;
mais je m'imagine que c'est quelque duc ou
quelque président au Parlement. La belle
dame est enchantée de cette réponse et le roi
en a ri aux larmes.[2]» La marquise avait tort de
rire. Elle eût mieux fait de prendre ombrage
d'une affection qui, à la longue, pouvait em-
piéter sur des droits que le sang n'assure pas
toujours, quand ni le dévouement ni les soins
ne s'y mêlent. Elle n'en fit, par la suite, que
la trop sévère expérience. Mais revenons au
duc du Maine.

Qui sait si cette infirmité qui donne au
maintien quelque chose d'indécis et de gau-

---

[1] A Anvers, chez l'empirique auquel fut confié le
petit prince, madame Scarron ne put supporter
même la vue de l'appareil, ce qui fit dire à quelqu'un qui assistait au traitement : « Nous ne voïons
pas le père de cet enfant; mais, à coup sûr, voilà
la mère. » — La Beaumelle, *Mémoires pour servir à
l'histoire de madame de Maintenon* (Amsterdam, 1756),
t. II, p. 42.

[2] *Lettres de madame de Maintenon* (Léopold Collin,
1806), t. I, p. 52. Lettre de madame de Maintenon à
madame d'Hudicourt: Paris, le 24 décembre 1672.

che n'influa pas essentiellement sur la nature du jeune prince? Dès le voyage d'Anvers, il en souffrait, il en avait honte: « Au
moins , monsieur , disait-il à l'empirique,
je ne suis pas né comme cela : voïez ma
mère: et papa n'est rien moins que boiteux. »
Le duc du Maine eut le caractère faible et in-
certain comme la marche; parce qu'il était
timide, il devint dissimulé ; s'il eut à attaquer
ou à se défendre, ce fut occultement, souter-
rainement. Sa condition de bâtard, si délicate,
semblait conspirer, elle aussi, à faire de ce
prince un politique à la façon de Philippe II,
bien plus qu'un cœur ouvert comme Henri IV,
dont, après tout, il était l'arrière-petit-fils.
Madame de Maintenon n'était pas femme à
corriger ces instincts de discrétion et de dis-
simulation . nature pleine de réserve, de
mesure, elle ne pouvait que développer des
défauts (des qualités, si l'on prend garde au
milieu où il se trouvait) qui le rendirent
si puissant en réalité; car Louis XIV se voyant
caressé, adulé par ce fils chéri, d'ailleurs ad-
mirablement seriné par la marquise, se laissait aimer et amuser avec d'autant plus de
complaisance qu'on ne l'amusait plus guère,
et que celui-là seul parvenait à le désennuyer

et à le faire sourire. Et de là à une influence presque souveraine, si elle était adroitement déguisée sous des airs de dévouement et de désintéressement sans bornes, on sait combien la pente est rapide.

Madame du Maine, très-jeune et très-éprise, édifia d'abord toute la cour par sa modestie, sa bonne tenue, et une docilité dont madame de Maintenon fut parfaitement dupe. « Parlons, écrit-elle à madame de Brinon, de madame la duchesse du Maine : le roi en est très-content. Voilà ce mariage que vous trouviez si raisonnable à faire; j'étois fort de cet avis. On m'a dit que la princesse ira passer la semaine sainte à Maubuisson[1]; reposez-la bien : on la tue ici par les contraintes, par les fatigues de la cour; elle succombe sous l'or, sous les pierreries : sa coëffure pèse plus que toute sa personne. On l'empêchera de croître et d'avoir de la santé; elle est plus jolie sans

[1] Madame de Brinon, d'abord supérieure de Saint-Cyr, d'où l'avaient fait éloigner ses grands airs et l'enivrement de la faveur, avait été reléguée, depuis 1688, à Maubuisson. Madame de Maintenon, qui avait cru devoir la sacrifier à l'intérêt de ses élèves, n'avait pas cessé pour cela de correspondre avec elle.

bonnet qu'avec toutes les parures. Elle ne mange guère; elle ne dort peut-être pas assez, et je meurs de peur qu'on ne l'ait trop tôt mariée. Je voudrois la tenir à Saint-Cyr, vêtue comme l'une des *vertes*, et courant d'aussi bon cœur[1]. Il n'y a point dans les couvents d'austérités pareilles à celles auxquelles l'étiquette de la cour assujettit les grands ...[2] »

Mais madame de Maintenon dut bientôt rabattre de ses illusions et de son admiration sans partage, bien que le charme subsistât toujours : « ... Vous m'avez trompée, écrit-elle plus tard à la même madame de Brinon, sur madame la duchesse du Maine dans l'ar-

---

[1] Les demoiselles de Saint-Cyr étaient divisées en quatre classes, suivant l'âge et l'instruction, toutes vêtues de même, à la seule différence de la couleur de leurs rubans, qui servait aussi à les désigner : les *rouges* d'abord, puis les *vertes*, les *jaunes* et en dernière transformation les *bleues*. Madame de Maintenon n'eût donc pas fait de la jeune duchesse même une élève de première ou de seconde classe, puisqu'elle la rangeait dans les vertes, qui prenaient cette couleur à onze ans pour la garder jusqu'à quatorze. — Théophile Lavallée, *Histoire de la maison royale de Saint-Cyr* (Paris, 1853), p. 31, 77, 140.

[2] *Lettres de madame de Maintenon* (Léopold Collin, 1806), t. II, p. 283, 284.

ticle principal, qui est celui de la piété : elle
n'a veine qui y tende ; elle veut faire en tout
comme les autres. Je n'ose rien dire à une
jeune princesse élevée par la vertu même [1] ; je
ne voudrois point la faire dévote de profession :
mais j'avoue que je voudrois bien la voir ré-
gulière et agréable à Dieu, au roi et à M. le
duc du Maine, assez sensé pour vouloir sa
femme plus sage que bien d'autres. Je lui
avois donné une dame d'honneur qui est une
sainte ; mais elle est peu autorisée, et ne fait
que la suivre [2]. Ce n'est qu'une enfant : elle
auroit plus besoin d'une gouvernante que
d'une dame d'honneur. Du reste, elle est telle

---

[1] Par madame la Princesse. « Elle étoit également
laide et vertueuse, avec beaucoup de piété. » — Dangeau, *Journal* (addition de Saint-Simon), t. XII,
p. 371. — Saint-Simon, *Mémoires* (Chéruel), t. XIX,
p. 436.

[2] C'était madame de Saint-Valery qui, trois mois
après la lettre qu'on vient de lire, se retirait pour
céder la place à madame de Manneville. Celle-ci
prit possession de la charge de dame d'honneur de
la duchesse du Maine, le 10 décembre 1693. Elle se
retira elle-même en 1702, et fut remplacée par madame de Chambonas, femme du capitaine des gardes
du duc du Maine. — Dangeau, *Journal*, t. IV, p. 49.
50, 409, 412 : t VIII, p. 309.

que vous me l'avez dépeinte, jolie, aimable,
gaie, spirituelle, et par-dessus tout cela, fort
éprise de son mari, qui de son côté, l'aime
passionnément, et la gâtera plutôt que de la
gronder... j'avoue que je voudrois aimer la
duchesse du Maine, étant ce qu'elle est, à un
homme qui est la tendresse de mon cœur [1]... »

La jeune duchesse, à part les exigences de
cour, mena d'abord une vie fort retirée et
très-obscure, entièrement remplie par les
livres et les savants. Madame du Maine, malgré sa frivolité, eut toujours un amour sincère pour l'étude; et elle s'entourera tant
qu'elle vivra, d'artistes et de poëtes qui de-
vront, il est vrai, s'accommoder à ses fantaisies et à son humeur. Toutefois, si elle ne se
manifesta pas davantage alors, c'est que son
père, par une malice bizarre, comme il ne lui
en venait en tête que trop souvent, lui avait
fait une peur extrême de la jalousie de son
mari et de son tempérament sauvage. Il
avait en même temps fait la leçon à son gendre, lui donnant à entendre que sa femme

---

[1] *Lettres de madame de Maintenon* (Léopold Collin,
1806), t. II, p. 285, 286. Lettre de madame de Maintenon à madame de Brinon ; à Versailles, ce 27
août 1693.

était « très-particulière, adonnée à ce genre
de vie et d'étude, et qu'il la désespéreroit s'il
lui proposoit d'en changer[1]. » Les deux époux
furent, l'un et l'autre, assez longtemps dupes
de cette double mystification. Un ennui réci-
proque leur ouvrit les yeux, et cette décou-
verte n'était pas plutôt faite qu'ils se préci-
pitaient, avec une ardeur égale, dans le tour-
billon de toutes les fêtes et de tous les plaisirs.
Mais, une fois déchaînée, madame du Maine
ne devait plus s'arrêter, et son mari eût pu
deviner ce qui en résulterait, qu'il se fût
prêté sans doute de moins bonne grâce à une
transformation dont il allait être l'incessante
victime.

La princesse s'affranchit vite de toute
contrainte, même envers le roi, si habitué à
ce que tout pliât devant lui, et qui dut renoncer à réduire cette jeune femme mutine, ce
terrible enfant gâté dont les violences épou-
vantaient son mari pour plus d'une raison.
Saint-Simon fait plusieurs fois allusion aux
anxiétés qu'inspirait au duc son excessive
exaltation[2]. Il n'y eût pas eu là de quoi pour-

---

[1] Saint-Simon, *Mémoires* (Chéruel), t. VII, p. 89,
90.

[2] *Ibid.;* t. V, p. 78, 348; t. VI, p. 4; t. XI, p. 271.

tant baser ces frayeurs, si elles n'eussent eu d'autre fondement que les pétulances et les emportements d'une organisation vive comme le salpêtre. Mais les étranges vapeurs auxquelles son père était sujet légitimaient jusqu'à un certain point ces inquiétudes de M. du Maine.

M. le Prince passa les vingt dernières années de sa vie à alarmer les siens par mille lubies, mille extravagances inouïes qui n'avaient rien de bien différent de la folie, si ce n'est que cet état était intermittent, et qu'au plus fort de ses accès il apportait la même lucidité et la même vigilance dans les affaires d'intérêt. A son dernier voyage en Bourgogne, où il allait présider les États, il s'était mis dans la tête qu'il était devenu lièvre; il avait défendu de sonner les cloches, parce que, prétendait-il, le son des cloches l'eût obligé de fuir au fond des bois. Il lui arriva de se croire chauve-souris; il fit lambrisser et plafonner de grosse toile, à Chantilly, un cabinet où il se retirait, quand cette idée le poursuivait, craignant, s'il demeurait dans sa chambre, de se meurtrir contre le plancher et les murailles. Une autre fois il s'imagina qu'il était changé en plante, et exigea, en conséquence, qu'on l'arrosât.

« Après s'être mis dans le petit jardin de
l'hôtel de Condé, il chargea de cette commis-
sion un de ses pages, nommé M. de Plain-
ville, qui n'en voulut rien faire, et laissa les
deux arrosoirs qu'il avoit remplis d'eau, et
s'en alla, en fuyant, se cacher dans l'hôtel.
M. le prince en fut dans une colère épouvantable contre lui, et cette idée lui étant passée
comme une autre, il oublia le tour que ce
page lui avoit fait.

« Elle fit place à une autre qui fut de se
croire mort; il dit alors qu'il n'avoit plus besoin de nourriture. On fut fort embarrassé
pour l'en faire revenir ; et si on n'avoit pas
trouvé le moyen de le faire manger, il seroit
effectivement mort de faim. Voici comment
on s'y prit :

« Girard, l'un des valets de chambre, qui
depuis a laissé un fils qui est devenu secrétaire de M. le Duc, à qui ce prince a donné la
charge de secrétaire de la province de Bourgogne, vacante par la mort de M. de Millin ;
ce Girard, dis-je, et Richard, son autre valet
de chambre, s'imaginèrent de lui faire prendre de la nourriture. Ils se couvrirent pour
cela, l'un et l'autre, de draps, et entrèrent
dans sa chambre, l'un sous le nom du feu

maréchal de Luxembourg, et l'autre sous celui de son grand-père. Après une conversation qui roula sur le pays des morts qu'il étoit venu habiter avec eux, ils le prièrent à dîner chez le maréchal de Turenne, où ils lui dirent qu'ils devoient aller. Il fut surpris de la proposition, et leur dit qu'il ne croyoit point qu'on mangeât chez les morts; mais l'ayant assuré du contraire, il les suivit dans un souterrain de l'hôtel de Condé, où il trouva un autre de ses gens vêtu de même qui faisoit le personnage du maréchal de Turenne. Ils se mirent tous ensemble à table et mangèrent fort bien, servis par des domestiques aussi vêtus de draps blancs. Tant que cette idée a continué, il a toujours mangé dans ce souterrain; on lui faisoit donner des repas par tous les grands hommes de sa connaissance qui étoient morts[1]. »

[1] *Mémoires du comte de Maurepas* (Paris, 1792), t. I, p. 266, 267, 268.—Saint-Simon, qui rapporte également cette anecdote, fait honneur de l'expédient à Finot, médecin du prince, et à un autre de ses confrères qui lui était adjoint. « On disoit tout bas qu'il y avoit des temps, raconte-t-il encore, où tantôt il se croyoit chien, tantôt quelque autre bête dont il imitoit les façons; et j'ai vu des gens très dignes de

Ces vapeurs [1], M. le Prince pouvait en avoir transmis le germe à ses enfants, et le duc du Maine, comme il le dit un jour à madame

foi qui m'ont assuré l'avoir vu, au coucher du roi et pendant le prie-Dieu, et lui, cependant, près du fauteuil, jeter la tête en l'air subitement plusieurs fois de suite, et ouvrir la bouche toute grande comme un chien qui aboie, mais sans faire de bruit. » — Saint-Simon, *Mémoires* (Chéruel), t. VII, p. 146.—Dangeau, *Journal* (addition de Saint-Simon), t. XII, p. 375. — On remarquait un jour devant sa belle-fille qu'il n'avait pas été tourmenté de ses vapeurs pendant un grand mois, celle-ci qui, en digne fille de la caustique madame de Montespan, passait son temps à faire des épigrammes et des chansons sur tout le monde, sans qu'aucune considération pût la retenir, rimait à ce propos le couplet suivant, qui vient confirmer ces incroyables vertiges :

> Quelle fortune ! n'être ni loup, ni lapin
> Pendant le cours d'une lune
> Quelle fortune !

— Madame du Noyer, *Lettres historiques et galantes*, (Amsterdam, 1720), t. I, p. 208.—*Recueil de chansons pour servir à l'histoire-anecdote* (Bibliothèque Mazarine. Manuscrits), t. III, p. 319, 320.

[1] Le petit-fils de Louis XIV, Philippe V, était sujet à des vapeurs pareilles. Il laissait pousser démesurément les ongles de ses pieds, et, s'il se déchirait en dormant, il disait qu'on avait profité de son sommeil pour lui faire ces blessures ; d'au-

la Princesse, redoutait que la tête de sa femme,
pour peu qu'on exaltât une cervelle aussi ar-
dente, ne se détraquât tout à fait. Ces craintes
étaient outrées. Madame du Maine était volon-
taire, emportée; la résistance la plus mesurée
suffisait pour la mettre hors d'elle; mais ses
folies ne furent jamais que des étourderies ou

tres fois, il prétendait qu'il y avait des scorpions autour de son lit qui le piquaient. Enfin, comme le
prince de Condé, il se croyait quelquefois mort, et
demandait pourquoi on ne l'enterrait pas. Le duc
d'Orléans, fils du Régent, ne croyait, en revanche, à
la mort de personne, et il refusa de garder le curé de
Saint-Paul pour confesseur, parce que celui-ci avait
voulu lui faire accroire que mesdames d'Alincourt
et de Gontaut étaient mortes. Elles l'étaient, de toute
notoriété, madame de Gontaut depuis plus d'un an,
madame d'Alincourt depuis trois ans. Même opiniâ-
treté à la mort de l'abbé d'Houtteville, son bibliothécaire. Que ces imaginations fantasques aient eu,
ou non, chez ce dernier la cause que leur attribue
d'Argenson, n'en voilà pas moins, de compte fait,
trois princes de la maison de Bourbon atteints et con-
vaincus de monomanie, pour ne pas dire de folie. —
*Pièces intéressantes et peu connues pour servir à l'histoire
de la littérature, par M. D. L. P.* (de Laplace), Bruxelles, 1785, t. II, p. 152. — Lémontey, *Histoire de la
Régence* (Paris, 1832), t. I, p. 281.—Marquis d'Argenson, *Mémoires* (Jannet, 1857), t. I, p. 249, 250, 254.

des légèretés menaçantes seulement pour la
bourse de son mari. Ce dernier, en donnant
un pareil prétexte à sa longanimité, s'efforçait
de cacher, aux autres comme à lui, son in-
fériorité et sa faiblesse. En réalité, sa femme
le dominait, elle lui faisait peur. Elle l'écra-
sait de son titre de bâtard en lui opposant
l'illustration de la maison de Condé. M. du
Maine, à ce compte, n'avait pas la foi vive de
sa sœur, la duchesse d'Orléans, la femme du
Régent, qui, elle, n'était que trop infatuée de
son origine royale. « La Montespan, écrivait
sa belle-mère, la guenipe (madame de Maintenon) et toutes les femmes de chambre ont
fait croire à madame d'Orléans qu'elle avait
fait beaucoup d'honneur à mon fils en con-
sentant à l'épouser. Elle ne peut supporter
nulle contradiction au sujet de sa vanité
comme fille du roi. Elle ne comprend pas
quelle différence il y a entre des enfants légitimes et des bâtards [1]. »

Madame du Maine, en définitive, tant
qu'on ne la contrariait ni dans ses fantaisies
ni dans la ruineuse mise en scène de ses

[1] Duchesse d'Orléans, *Correspondance complète*
(Charpentier, 1855), t. I, p. 303.

7.

plaisirs, était, comme on le verra, affable, caressante, charmante; elle voulait plaire, et rien ne lui coûtait pour y parvenir. Aussi M. du Maine laissait-il faire, assistant ou n'assistant pas, selon qu'il était ou non retenu près du roi, aux bals, aux spectacles, aux réjouissances que donnait sa femme à Clagny.

III

L'abbé Lécuyer et madame de Montespan. — Refus d'absolution à la favorite. — Bossuet et le duc de Montausier
donnent raison au prêtre.— M. de Condom est chargé de
préparer la marquise à une séparation.—Emportements de
celle-ci. — Elle essaye en vain de mettre Bossuet dans ses
intérêts.—Repartie de Bourdaloue à Louis XIV.—Clagny.
— Commencements d'Hardouin Mansart. — Madame de
Montespan se résigne. — La reine se réconcilie avec elle.—
Les Carmélites de la rue du Bouloi.—Douze cents ouvriers
à Clagny.—Description de ce palais enchanté.—Sollicitude
de Louis XIV envers la marquise. — Efforts de Bossuet
pour rendre durable la conversion des deux amants.— Retour de la favorite à la cour. — Visage désolé du prélat. —
Entrevue du roi et de madame de Montespan. — Réserve
dans leurs rapports.—Le jubilé. — Départ du roi pour l'armée.—Il revient à Saint-Germain.— La chaîne se renoue.
— Les confesseurs de Louis XIV.— Les pères Paulin, Annat, Ferrier, La Chaise et Le Tellier.— Écueil d'un pareil
emploi. — *La Chaise de commodité.* — La ménagerie de
Clagny. — Dépenses prodigieuses. — L'argent manque un
moment.— Grève d'ouvriers au xviie siècle.— Donation de
Clagny. — Madame de Montespan l'abandonne au duc du
Maine, auquel il était substitué.

Le château de Clagny s'était élevé dans de
singulières circonstances. C'était en 1675 [1].

1 .Mademoiselle de Montpensier dit, dans ses *Mémoires* : « L'année sera marquée en tant d'endroits

Madame de Montespan s'étant présentée, le
jeudi saint, devant un prêtre de la paroisse,
l'abbé Lécuyer, se vit refuser l'absolution. La
favorite alla se plaindre au roi qui manda le

dans l'histoire et mémoires de ce temps-là, que je
n'ai que faire de le mettre ici. » Pareil soin n'est
jamais inutile pour la postérité, et, dans l'espèce,
il n'eût été rien moins que superflu. Ainsi, madame de Caylus, qui ne savait toute cette aventure
que par ouï-dire (trop jeune d'ailleurs pour la
bien connaître, eût-elle été alors à la cour) la reporte à une année plus tard, au jubilé de 1676.
Rulhière, dans ses *Éclaircissements historiques sur la
révocation de l'édit de Nantes* (1788), t. I, p. 84, 86,
87, trompé par l'auteur des *Souvenirs*, reproduit
l'erreur. L'abbé Ledieu indique, en effet, le jeudi
saint de 1675 ; et son autorité suffirait, ce nous
semble, à défaut d'autres preuves. « Nous avons
un témoignage encore plus décisif, dit le cardinal de Bausset ; nous avons sous les yeux les
minutes originales des lettres que Bossuet écrivit à Louis XIV, alors à son armée de Flandre,
pour l'entretenir de ses religieuses dispositions. Il
lui parle, dans ces lettres, des dispositions également édifiantes de madame de Montespan. Ces lettres sont tout entières de la main de Bossuet. L'une
d'elles porte la date du 20 juillet 1675, et l'autre,
qui est antérieure, ne porte aucune date. Cette
preuve de fait est plus décisive que tous les raison-
nements de l'auteur des *Éclaircissements.*»—Le cardinal de Bausset. *Histoire de Bossuet* (1830), t. II, p. 127.

curé M. Thibaut. Mais le curé déclara avec fermeté qu'il ne pouvait blâmer un prêtre d'avoir fait son devoir. Cette réponse était de nature à impressionner un prince demeuré religieux au sein même de ses désordres. Le duc de Montausier et Bossuet furent appelés, l'un le gouverneur, l'autre le précepteur du grand Dauphin; et le roi s'ouvrit à eux comme aux deux plus honnêtes gens, et aux conseillers les meilleurs et les plus autorisés de son royaume. Ce prêtre n'avait-il fait que ce qu'il devait faire, ou son zèle ne l'avait-il pas emporté trop loin? Le prélat n'hésita pas à donner raison au refus du confesseur, et déclara nettement que l'absolution était impossible dans la situation où le roi et madame de Montespan se trouvaient l'un à l'égard de l'autre. Le duc de Montausier parla avec plus de force encore, s'il faut en croire madame de Maintenon, et remua tellement la conscience du prince que celui-ci lui dit, en lui serrant la main : « Je vous promets de ne plus la revoir[1]. » Un côté

1 *Lettres de madame de Maintenon* (Léopold Collin, 1806), t. II, p. 109, 110. Lettre à la comtesse de Saint-Géran.—Le cardinal de Bausset altère légèrement le texte en le citant.—*Histoire de Bossuet* (1830), t. II, p. 127, 128.

saillant du caractère de Louis XIV, c'est la loyauté, la droiture, le sentiment et l'amour du bien qu'il ne faut que lui rappeler au plus fort de ses passions. Très-jeune alors, se méfiant des entraînements de son cœur, il disait à Villeroi, à Le Tellier, à de Lyonne, au maréchal de Gramont et à Colbert, son entourage le plus intime : « Vous êtes tous mes amis, ceux de mon royaume que j'affectionne le plus et en qui j'ai le plus de confiance. Je suis jeune, et les femmes ont ordinairement bien du pouvoir sur ceux de mon âge. Je vous ordonne à tous, que si vous remarquez qu'une femme, quelle qu'elle puisse être, prenne empire sur moi et me gouverne le moins du monde, vous ayez à m'en avertir. Je ne veux que vingt-quatre heures pour m'en débarrasser et vous donner contentement là-dessus [1]. »

Bossuet fut chargé de disposer la marquise à cette séparation. Tous les soirs, le prélat partait de Versailles en poste, et se rendait à Paris « avec un manteau gris sur le nez [2]. »

[1] *Mémoires de Charles Perrault* (Avignon, 1759), p. 38, 39.

[2] Mademoiselle de Montpensier, *Mémoires* (Michaud et Poujoulat), t. XXVIII, p. 489.

Mais il ne devait pas s'attendre à trouver une âme résignée et prête à s'envoler vers les Carmélites. Par une singulière coïncidence, au moment où avait lieu cette séparation du roi et de sa maîtresse, mademoiselle de La Vallière, soutenue par Bossuet, prononçait des vœux irrévocables[1], et, chose étrange, il avait fallu antérieurement vaincre les obstacles qu'y avait apportés sa rivale. «....J'ai dit ce que je dois, écrivait Bossuet à ce sujet au maréchal de Bellefonds; et j'ai autant que j'ai pu, fait connoître le tort qu'on auroit de la troubler dans ses bons desseins. On ne se soucie pas beaucoup de la retraite; mais il semble que les Carmélites font peur. On a couvert, autant qu'on a pu, cette résolution d'un grand ridicule [2]... »

Madame de Montespan, tout d'abord, tomba dans des rages inexprimables, elle ferma sa porte, ne voulut voir personne, et passa deux jours dans cette solitude et ce désordre, à écrire et à anéantir ce qu'elle avait écrit. La tâche fut

---

[1] Ce fut le 20 avril 1674 qu'elle se réfugia aux Carmélites; elle fit sa profession le 26 juin 1675.

[2] Bossuet, *Œuvres complètes* (Versailles, 1818), t.XXXVII, p. 56. Lettre de Bossuet au maréchal de Bellefonds; à Saint-Germain, ce 25 décembre 1673.

rude pour Bossuet. « Elle l'accabla de reproches ; elle lui dit que son orgeuil l'avoit poussé à la faire chasser ; qu'il vouloit seul se rendre maître de l'esprit du roi, pour le tourner à son intérêt, et voyant que Bossuet n'opposoit que de la douceur et du calme à ses extravagantes déclamations, elle chercha à le gagner par des flatteries et des promesses ; elle fit briller à ses yeux l'éclat de la pourpre, et tout ce que les premières dignités de l'Église et de l'État pouvoient offrir de séduisant à l'ambition[1]. » Ces emportements furent, en effet, d'une violence à ne rien ménager, et Bossuet eut grand besoin, comme il l'avoue, de faire abnégation de lui-même pour demeurer à la hauteur de sa mission [2].

[1] L'abbé Ledieu, dont Bausset a eu tous les manuscrits dans les mains, dit encore : « que madame de Montespan avoua souvent depuis, que, dans le temps où elle étoit le plus aigrie contre Bossuet, elle avoit fait faire une exacte recherche de sa vie, et qu'elle n'avoit rien trouvé à reprendre en aucun état où il avoit été, et que la justice l'obligeoit à lui rendre ce témoignage. » Rien de cet épisode, un peu profane, il est vrai, n'a été reproduit par l'abbé Guettée, dans son édition des *Mémoires et journal sur Bossuet*, de Ledieu (Paris, 1856).

[2] Bossuet, *Œuvres complètes* (Versailles, 1818),

Le roi, de son côté, n'était pas moins désespéré. Il ne fit pas la cène, selon l'u-
sage, se tint caché, et se montra chez la
reine, les yeux rouges « comme un homme
qui avoit pleuré. » Les remords l'empor-
taient, toutefois : il voulait se réconcilier
avec Dieu et s'acquitter de ses devoirs de
chrétien. Aussi partit-il pour l'armée de
Flandres sans revoir sa maîtresse, sans
même lui écrire. Bourdaloue prêchait alors
le carême à la cour, et sa parole austère n'a-
vait pas peu contribué à faire naître dans
l'esprit religieux du prince de salutaires
frayeurs. On sait sa réponse à Louis XIV,
lorsque le roi, fier d'une pareille victoire
sur lui-même, lui dit : « Mon père, vous devez
être bien content de moi, madame de Montespan est à Clagny. — Oui, Sire, répliqua Bourdaloue ; mais Dieu seroit bien plus satisfait
si Clagny étoit à soixante-dix lieues de Versailles. »

Clagny, malheureusement, était aux portes
de Versailles et si près de la demeure royale
qu'il en était une véritable dépendance. Il ne

t. XXXVII, p. 81, 82 et suivantes. Lettre de Bossuet
au maréchal de Bellefonds ; à Saint-Germain, ce 20
juin 1675.

peut être inutile de rechercher les traces et
de préciser l'emplacement et l'étendue de ce
domaine complétement disparu, dont l'im-
passe et une grille d'octroi rappellent seuls,
actuellement, le nom et le souvenir. Le ha-
meau de Clagny était fort ancien et remontait
historiquement aux règnes de Charles VII et de
Louis XI. Pierre Lescot, l'architecte du Louvre
et l'auteur de la charmante façade intérieure
de l'horloge, en avait été seigneur. Par suite,
Clagny était devenu la propriété de l'hôpital
des Incurables, aux administrateurs duquel
Louis XIV l'acheta, le 30 novembre 1665,
pour en faire présent à madame de Montespan. Mais ce ne fut qu'en 1672 qu'il fut sérieusement question d'élever un château sur les
terrains nouvellement acquis. Le prince, médiocrement satisfait de son architecte Antoine
Lepautre, prit le parti de mettre ces travaux
au concours. Michel Hardouin présenta alors
son fils au roi et obtint pour lui la permission
d'entrer en lice. Ce dernier, plus connu sous
le nom de Mansart qu'il adjoignit au sien après
la mort de son oncle, envoya trois dessins.
Soit hasard, soit mauvais vouloir, ces projets
égarés ou écartés ne furent l'objet d'aucun
examen. Louis XIV, dont la mémoire embras-

sait aussi bien les petits détails que les choses
les plus importantes [1], se souvint de la requête
de Michel Hardouin et témoigna sa surprise
de l'abstention de son fils, après leur commune démarche. Le surintendant des bâtiments répondit qu'il n'avait de projets que
ceux qu'il mettait sous les yeux de Sa Majesté.
Hardouin, appelé par le ministre, déclara qu'il
avait déposé trois dessins dans ses bureaux et
qu'ils avaient été enfermés dans un carton. Les
projets se retrouvèrent et furent aussitôt ac-
ceptés [2]. Les travaux, toutefois, ne commencèrent guère qu'en 1674 [3].

[1] Lorsque le roi touchait les écrouelles, il faisait
remettre de l'argent à chaque malade. Comme il y
avait toujours grand concours de monde, la tentation devait venir à bon nombre de se présenter deux
fois au lieu d'une et de doubler ainsi la gratification
royale. Mais c'était compter sans l'étonnante mémoire
de Louis XIV, qui s'apercevait toujours de la fraude.
—Nemeitz, *Séjour de Paris* (Leyde, 1727), t, I, p. 226.

[2] L'abbé Lambert, *Histoire littéraire du règne de
Louis XIV* (Paris, 1751), t. III, p. 110, 111, 112.

[3] Généralement l'on assigne au commencement
des travaux l'année 1676. Mais cette phrase que
nous avons citée du roi à Bourdaloue et une lettre
de madame de Sévigné, à la date du 7 août 1675, in-
diquent suffisamment que la mise à l'œuvre eut
pour point de départ au moins cette année-là ; et,

Madame de Montespan, si rétive d'abord, si pleine d'amertume, vaincue par la constance, la modération, l'onction de M. de Condom, et aussi par l'excès même et la violence de son désespoir, avait fini par se résigner, mais non pas, c'est à croire, sans quelque vague espérance dans une affection qui n'était rien moins qu'éteinte. « Je vois autant que je puis, écrivait le prélat au roi, madame de Montespan, comme Votre Majesté me l'a commandé ; je la trouve assez tranquille, elle s'occupe beaucoup de bonnes œuvres, et je la vois fort touchée des vérités que je lui propose, qui sont les mêmes que je dis à Votre Majesté. Dieu veuille vous les mettre à tous deux dans le fond du cœur et achever son

comme les travaux, à l'époque du refus des sacrements étaient déjà notablement poussés, il faudrait toujours faire remonter la création de Clagny à la fin de 1674. Au reste, nous lisons au bas d'une vue de ce château : « Clagni est une maison de délices que le roy fit bâtir pour la première fois l'année 1674, à 200 pas de Versailles, sur le chemin de Paris. Le bastiment n'ayant pas été trouvé assez commode, le roy en fit faire un autre plus considérable l'année 1676... en cette présente année 1679, les dedans ne sont pas encore achevez.» — Bibliothèque impériale (Cabinet des estampes), *Vue de Clagni* par Perelle.

ouvrage, afin que tant de larmes, tant de violence, tant d'efforts que vous avez faits sur vous-même ne soient pas inutiles [1]. »

Si Bossuet ne semblait pas douter de la sincérité de ce repentir, pourquoi la pauvre Marie-Thérèse, si longtemps malheureuse des infidélités du roi, se fût-elle montrée plus sceptique? Elle venait d'assister à la profession de foi de mademoiselle de La Vallière, madame de Montespan était touchée de la grâce, n'était-ce pas une nouvelle existence qui s'ouvrait pour elle? Habituée à tout souffrir sans se plaindre, heureuse toujours des moindres bontés de son époux, elle se sentit prise pour la pécheresse repentante d'une belle passion qu'elle lui témoigna avec plus de candeur que de convenance et de mesure. Elle envoyait savoir de ses nouvelles, et celle-ci de répondre au messager : « Remerciez bien Sa Majesté, et dites-lui que quoique aux portes de la mort, je me porte encore trop bien [2]. » La marquise s'était jetée dans les bonnes

[1] Bossuet, *Œuvres complètes* (Versailles, 1818), t. XXXVII, p. 85.

[2] *Lettres de madame de Maintenon* (Léopold Collin, 1806), t. II, p. 110. Lettre de madame de Maintenon à la comtesse de Saint-Géran.

œuvres, visitant les églises et les maisons religieuses; la reine ne trouve rien de mieux
que de l'y accompagner. « La reine et madame de Montespan, écrit madame de Sévigné, furent lundi aux Carmélites de la rue
du Bouloi plus de deux heures en conférence;
elles en parurent également contentes; elles
étoient venues chacune de leur côté, et s'en
retournèrent le soir à leurs châteaux [1]. » La
reine ne la quittera plus. Elle va la voir le
11 juin à Clagny, reste une demi-heure dans
sa chambre, passe dans celle de M. de Vexin,
un des fils adultérins, qui était malade, et
emmène ensuite sa rivale faire collation
à Trianon. Trois jours après elle dînait
avec elle et sa sœur madame de Fontevrault, aux mêmes Carmélites de la rue du
Bouloi [2].

Cependant, douze cents ouvriers avaient été
mis à Clagny. La présence de la marquise,
qui s'était sans doute établie au vieux château

[1] Madame de Sévigné, *Lettres* (édit. Monmerqué),
t. III, p.277. Lettre de madame de Sévigné à madame
de Grignan; à Paris, mercredi 29 mai 1675.

[2] *Ibid.*, t. III, p. 297, 298. Lettre de madame de
Sévigné à madame de Grignan; à Paris, vendredi
14 juin 1675.

« un petit bâtiment fort ancien [1], » stimulait
le zèle de chacun, et les travaux se poussaient
avec vigueur. Il fallait bien cet élément nouveau d'intérêt pour apaiser les rumeurs, les
élans et les révoltes qui faisaient tempête au
dedans d'elle. Les bâtiments sont à peine
sortis de terre que l'on crie déjà merveille.
« Le palais d'Apollidon ou les jardins d'Armide
en sont une légère description. Pour moi, je
me représente Didon qui fait bâtir Carthage.
La femme de son ami solide (la reine) lui fait
des visites, et toute la famille tour à tour [2]... »
C'est madame de Sévigné qui dit cela. Quelque
temps après, elle écrivait encore à sa fille :
« Nous fûmes à Clagny ; que vous dirai-je ?
c'est le palais d'Armide ; le bâtiment s'élève à
vue d'œil, les jardins sont faits. Vous con-
noissez la manière de Le Nostre. Il a laissé
un petit bois sombre qui fait fort bien [3]. Il y

[1] *La Vie de Jean-Baptiste Colbert* (Cologne, 1695),
p. 39.

[2] Madame de Sévigné, *Lettres* (édit. Monmerqué),
t. III, p. 317. Lettre de madame de Sévigné à madame de Grignan ; à Paris, mercredi 3 juillet 1675.

[3] « Sa situation (de Clagny) est à costé d'un petit
bois fort ancien, dont la beauté a engagé le roy à
en faire la dépense... » — *Mercure galant*, novembre

a un bois entier d'orangers dans de grandes caisses ; on s'y promène, ce sont des allées où l'on est à l'ombre ; et pour cacher les caisses, il y a des deux côtés des palissades à hauteur d'appui, toutes fleuries de tubéreuses, de roses, de jasmins, d'œillets ; c'est assurément la plus belle, la plus surprenante et la plus enchantée nouveauté qui se puisse imaginer : on aime fort ce bois [1]. » Des Hollandais avaient été appelés pour construire des portiques, des berceaux, des cabinets ; et c'est de Clagny que date cette architecture en treillages si savante, si tourmentée, qui n'a été abandonnée que de nos jours ; plus ingénieuse que gracieuse, exerçant d'ailleurs sur la nature une sorte de discipline et de contrainte qui alors était dans tout [2].

La terre de Clagny était d'une étendue assez restreinte et, lorsque le roi fit venir Le Nôtre,

1686 ; seconde partie, p. 86, 98, 99.—Un bois ne s'improvisant pas comme un parterre, la description de madame de Sévigné paraîtrait singulière sans cette explication.

[1] Madame de Sévigné, *Lettres* (édit. Monmerqué), t. III, p. 361. Lettre de madame de Sévigné à madame de Grignan ; à Paris, mercredi 7 août 1675.

[2] Dargenville, *Voyage pittoresque des environs de Paris* (Paris, 1768), p. 185.

celui-ci déclara qu'il n'y avait rien de bien à
faire dans un espace aussi borné. Louis XIV
eut bientôt trouvé le remède. Il fit l'acquisi-
tion de la propriété riveraine de Glatigny dont
Clagny, à vrai dire, n'allait plus être qu'une
annexe; car, sur le prix de quatre cent mille
francs environ que coûtèrent les deux domai-
nes, Clagny ne figure que pour un chiffre de
soixante-quinze mille francs[1]. Louis XIV,
dans son horreur de l'exigu et du mesquin,
ne sut jamais faire que des châteaux, même
des moindres lieux de repos : on sait ce que
devait être Marly à l'origine et ce qu'il devint.
Un autre inconvénient auquel il était moins
aisé de remédier et qui lui sauta aux yeux,
c'était l'étroitesse de la cour. Mansart s'était
aperçu à temps de ce défaut de proportion, il
avait voulu y aviser, mais il lui avait fallu suivre intégralement le projet tel qu'il avait été
agréé. Le mécontentement de Louis XIV tout

---

[1] En examinant les registres des dépenses des
bâtiments du roi, on voit que les terres de Clagny
et de Glatigny coûtèrent d'achat 405,502 fr., et les
constructions du château et des dépendances, les
jardins y compris, 2,356,728 livres 7 sous 8 deniers.
— J. A. Le Roi, *Histoire des rues de Versailles* (Versailles, 1861). 2e édition, p. 6.

en le désespérant, ne fit qu'éperonner ce génie plein de ressources; il s'y prit si bien que
le château parut changé de place et arracha
un cri d'admiration et de réparation au grand
roi : « Il n'y a qu'un Mansart capable de faire
un ouvrage aussi achevé[1]. » Le plan de Clagny était, dans des proportions moindres,
celui, à peu de choses près, dont on se servit
pour le palais de Versailles. Comme Versailles,
le château regardait l'est et l'ouest. Le pavillon du milieu occupait approximativement
l'emplacement actuellement envahi par le
boulevard un peu à l'ouest de la grille de
Glatigny ; les deux ailes s'étendaient, de
chaque côté, là où s'échelonnent les constructions dont ce boulevard est bordé[2]. Ces

[1] J. Duchesne, *Notice historique sur la vie et les
ouvrages de Jules Hardouin Mansart* (extrait du *Ma-
gasin encyclopédique*, an VIII (1805), numéro d'août,
p. 617.

[2] M. Le Roi a déterminé d'une façon très-exacte
l'emplacement du château et du domaine de Clagny,
maintenant complétement recouvert de constructions ou coupé de rues. « Clagny s'étendait, dit-
il, d'un côté, de la rue du Plessis, où commençait
l'étang qui portait le même nom, à l'avenue de Picardie, et, de l'autre, des bois de la butte de Picardie à l'a-
venue de Saint-Cloud. Du côté de l'avenue de Saint-

ailes étaient continuées par deux autres ailes en retour, n'ayant qu'un rez-de-chaussée et construites en arcades. Toute la décoration extérieure consistait en un ordre dorique portant un attique avec des combles à la Mansart [1]. Si Clagny ne fut pas, comme on l'a dit, le coup d'essai de Jules Hardouin, ce fut au moins le point de départ de ses

Cloud à la place où est aujourd'hui le lycée et les élégantes propriétés qui bordent cette avenue au nord, depuis la rue de l'Abbé-de-l'Épée jusqu'au carrefour de Montreuil, se trouvaient des bâtiments occupés par une écurie et une jolie ménagerie. » —J. A. Le Roi, *Histoire des rues de Versailles* (Versailles, 1861), 2e édition, p. 6.

[1] Quatremère de Quincy, *Histoire de la vie et des ouvrages des plus célèbres architectes*, t. II, p. 257.— *Vie des fameux architectes,* par M. D*** (d'Argenville), 1787, p. 367, 368.—Du même, *Voyage pittoresque des environs de Paris* (Paris, 1768), p. 181, 183.—Hurtaut et Magny, *Dictionnaire historique de la ville de Paris et de ses environs* (Paris, 1779), t. II, p. 348, 349.— *Mercure galant*, novembre 1686 ; seconde partie, p. 86 à 98. — *Les plans, profils et élévations du château de Clagny, du dessin de M. Mansart, architecte du roi, mis en lumière par M. Michel Hardouin, contrôleur des bâtimens de Sa Majesté, qui les a gravés lui-même* (1680), in-fol.—Voir aussi deux *Vues de Clagny*, par Rigaud.

grandes conceptions et son premier chef-d'œuvre [1].

Clagny devait être une fiche de consolation pour cette maîtresse qu'on ne reverrait plus, puisque c'était l'arrêt du ciel, mais avec laquelle, en somme, on n'avait pas cessé de correspondre. Louis n'est préoccupé que de Clagny et des moyens de le rendre plus digne de l'exilée. Colbert reçoit lettre sur lettre. « ... Madame de Montespan m'a mandé que vous avez donné ordre qu'on achète des orangers, et que vous lui demandez toujours ce qu'elle désire ; continuez à faire ce que je vous ai ordonné là-dessus, comme vous avez fait jusqu'à cette heure [2]... » Et sept ou huit jours après : « Continuez à faire ce que madame de Montespan voudra [3]. » Pour l'argent ce n'est pas ce qui arrête : « La dépense est excessive, lui écrit-il à trois jours de distance,

---

[1] Il venait de construire l'hôtel de ville d'Arles, quand il reçut l'ordre de commencer les travaux de Clagny.

[2] *Œuvres de Louis XIV* (Treuttel et Würtz, 1806), t. V, p. 533. Lettre de Louis XIV à Colbert; au camp de Gembloux, le 28 mai 1675.

[3] *Ibid.*, t. V, p. 535; au camp des Latines, le 5 juin 1675.

et je vois par là que pour me plaire rien ne
vous est impossible. Madame de Montespan
m'a mandé que vous vous acquittiez fort
bien de ce que je vous ai ordonné, et que
vous lui demandez toujours si elle veut quelque chose : continuez à le faire toujours [1]. »
Pareille recommandation et immuablement
dans les mêmes termes : « ... Je suis très-
aise que vous ayez acheté des orangers pour
Clagny, continuez à en avoir de plus beaux,
si madame de Montespan le désire [2]. » Tout
cela indique-t-il un cœur bien détaché ? Au
moins était-ce peu se conformer aux exhor-
tations de Bossuet, qui écrivait de son côté :
« Songez, Sire, que vous ne pouvez être véri-
tablement converti, si vous ne travaillez à
ôter de votre cœur non-seulement le péché,
mais la cause qui vous y porte. La conversion véritable ne se contente pas seulement
d'abattre les fruits de mort, comme parle
l'Écriture, c'est-à-dire les péchés ; mais elle
va jusqu'à la racine, qui les feroit repousser

---

[1] *Œuvres de Louis XIV* (Treuttel et Würtz, 1806),
t. V, p. 536, 537 ; au camp des Latines, le 8 juin
1675.

[2] *Ibid.*, t. V, p. 538 ; au camp, sur la hauteur de
Nay, le 15 juin 1675.

9

infailliblement si elle n'étoit arrachée [1].

Louis XIV était sincère pourtant, il avait édifié son armée en faisant ses dévotions à la fête de la Pentecôte ; madame de Montespan s'était également approchée de la sainte table [2]: des deux parts, on avait dépouillé le vieil homme, restait à savoir si l'on ne broncherait pas au retour [3]. Cette conversion avait rencontré plus de sceptiques que de gens confiants en sa durée. Nous avons entendu la réponse judicieuse et presque plaisante de Bourdaloue (si ce mot allait à un tel personnage) ; le monde pouvait-il se mon-

---

[1] Bossuet, *Œuvres complètes* (Versailles, 1818), t. XXXVII, p. 82, 83. Lettre de Bossuet à Louis XIV.

[2] Madame de Sévigné, *Lettres* (édit. Monmerqué), t. III, p. 290. Lettre de madame de Sévigné à madame de Grignan ; à Paris, vendredi 7 juin 1675.

[3] « L'on doit vous avoir mandé, écrit le marquis du Pas à M. de Feuquières, la sortie de la cour de *Licidas* (madame de Montespan), *il* est toujours à Paris, et les habiles prétendent que la chose est sans retour ; voilà ce qui fait la grande affaire. » — *Lettres inédites des Feuquières* (Paris, 1845), t. III, p. 249. Lettre de M. le marquis Antoine du Pas à M. le marquis Isaac de Feuquières ; à Paris, le 19 avril 1675. — Cette lettre est une preuve de plus de l'infidélité des *Souvenirs* de madame de Caylus qui place, on l'a vu, cette rupture en 1676.

trer plus convaincu de l'action souveraine de
la grâce que le saint prédicateur? Au début
de cette aventure, madame de Scudéry écrivait à son ami Bussy, à la date du 16 avril :
« Le roi et madame de Montespan se sont
quittés, s'aimant, dit-on, plus que la vie,
purement par un principe de religion. On
dit qu'elle retournera à la cour sans être
logée au château, et sans voir jamais le
roi que chez la reine. J'en doute, ou que du
moins cela puisse durer ainsi, car il y auroit grand danger que l'amour ne reprît le
dessus. » Et Bussy de lui répondre : « Je sais
la retraite de madame de Montespan, mais ce
que je sais aussi, c'est qu'elle ne demeurera
à la cour que comme maîtresse; car on ne
remporte la victoire sur l'amour qu'en
fuyant [1]. » En effet tout était là : rentrer ou
ne pas rentrer à la cour.

Trop de gens étaient intéressés à ce qu'elle
y rentrât pour qu'il y eût quelque probabi-
lité de l'en tenir à distance. Il eût fallu que
madame de Montespan se démît de sa charge

[1] *Lettres de Bussy-Rabutin,* supplément, première
partie, p. 184, 185. — Madame de Sévigné, *Lettres*
(édit. Monmerqué), t. III, p. 265, 266. Lettre de madame de Sévigné à Bussy; à Paris, ce 10 mai 1675.

de surintendante de la maison de la reine ; et ce n'était pas le moment de l'en dépouiller, quand son repentir lui avait conquis l'affection de sa royale maîtresse. Et, d'ailleurs, était-il donc impossible que le roi et la marquise se vissent sans scandale et en toute honnêteté ? Rien ne pouvait effacer le passé et empêcher que le petit duc du Maine et le comte de Vexin ne fussent à l'un et à l'autre et n'eussent établi entre leurs auteurs un lien, que l'expiation épurerait sans doute, mais qu'elle était impuissante à anéantir. Le tout était d'éviter les occasions de rechute, ce qui était aisé aussitôt qu'on le voulait sincèrement.

Fort de ces bonnes raisons, le roi, dès avant son retour, avait décidé que la marquise reparaîtrait à Versailles. Ce parti-là ne lui avait pas été conseillé par Bossuet, qu'il s'était bien gardé de consulter. Le prélat, averti de ce qui se passait, va avec son élève au-devant de Louis XIV, à huit lieues de Versailles, et se présente, le visage sérieux, empreint d'une tristesse qui avait bien sa signification. Mais le prince coupa court à des remontrances qu'il prévoyait et dont il n'était pas disposé à tenir compte : « Ne me dites rien, j'ai

donné mes ordres pour qu'on prépare au château un logement à madame de Montespan [1]. »

Le roi arriva le dimanche 21 juillet, et la
cour reprit son train accoutumé. Si madame
de Montespan y avait reparu, ce n'était pas
sur le pied d'autrefois ; elle n'était plus, elle
ne devait plus être qu'une amie, mais une
amie dont la société était encore précieuse et
dont on n'eût pas eu la force de se priver.
« L'attachement est toujours extrême ; on en
fait assez pour fâcher le curé et tout le
monde, et peut-être pas assez pour elle, car
dans son triomphe extérieur il y a un fond
de tristesse. Toutes les dames de la reine sont
précisément celles qui forment sa compagnie ;
on joue tour à tour chez elle, on y mange ; il
y a des concerts tous les soirs [2]... » Tout se
passait en parfaite honnêteté, et, si les incré-
dules comptaient sur un rapprochement inévitable, une lettre de la même madame de
Sévigné, datée du 11 septembre, annonçait, en

---

[1] Le cardinal de Bausset, *Histoire de Bossuet* (Paris,
1830), t. II, p. 139.

[2] Madame de Sévigné, *Lettres* (édit. Monmerqué),
t. III, p. 346. Lettre de madame de Sévigné à madame de Grignan ; à Paris, ce mercredi 31 juillet
1675.

revanche, chez le roi le ferme propos de per-
sister dans cette affection innocente, en même
temps que le chagrin chez la marquise de le
trouver si affermi [1]. L'année s'acheva de la
sorte. Une circonstance heureuse, le *Jubilé*
vint au secours de leur mutuelle faiblesse. La
dévotion prit la place des préoccupations mon-
daines. La solennité de Pâques ne laissa pas
davantage au relâchement et à la tiédeur le
loisir de se substituer à toute cette ferveur.
Le roi fit ses pâques, et, presque aussitôt [2], il
repartait pour l'armée, tandis que madame
de Montespan allait se baigner à Bourbon.

La prise de Bouchain, d'Aire et de Condé
signala la présence de Louis à la tête de ses
troupes. Mais il était revenu dès le 8 juillet. « Le roi arrive ce soir à Saint-Germain, et
par hasard madame de Montespan s'y trouve
aussi le même jour. J'aurois voulu donner un
autre air à ce retour, puisque c'est une pure
amitié [3]. » L'on marche, et cela se devine, un

---

[1] Madame de Sévigné, *Lettres* (édit. Monmerqué),
t. III, p. 463, 464. Lettre de madame de Sévigné à
madame de Grignan ; à Orléans, mercredi 11 septembre 1675.

[2] 16 avril 1676.

[3] Madame de.Sévigné, *Lettres* (édit. Monmerqué),

peu à l'aveuglette, et il serait difficile de préciser le moment exact d'une rechute qui ne saurait pourtant être reculée. « Enfin elle revint, raconte Mademoiselle, et le roi l'alla voir à Clagny, et madame de Richelieu disoit : « Je « suis toujours en tiers, » apparemment ce tiers ne dura pas longtemps. Madame de Montespan eut mademoiselle de Blois et M. le comte de Toulouse, qui furent nourris chez madame d'Arbon, femme de l'intendant de M. Le Tellier et on les y tint fort cachés [1]. » Madame de Caylus, qui ne raconte d'ailleurs que par ouï-dire, tout en confondant les époques, donne un même dénoûment à l'entrevue. « ... Le roi vint donc chez madame de Montespan, comme il avoit été décidé ; mais insensiblement il la tira dans une fenêtre ; ils parlèrent bas assez longtemps, pleurèrent et se dirent ce qu'on a accoutumé de dire en pareil cas ; ils firent ensuite une profonde révérence à ces vénérables matrones, passèrent dans une autre chambre, et il en advint

---

t. IV, p. 372. Lettre de madame de Sévigné à madame de Grignan ; à Paris, mercredi 8 juillet 1676.

[1] Mademoiselle de Montpensier, *Mémoires* (Michaud et Poujoulat), t. XXVIII, p. 489.

madame la duchesse d'Orléans, et ensuite le comte de Toulouse [1]. » Et l'aimable comtesse ajoute : « Je ne puis me refuser de dire ici une pensée qui me vient dans l'esprit, il me semble qu'on voit encore dans le caractère, dans la physionomie et dans toute la personne de madame la duchesse d'Orléans des traces de ce combat de l'amour et du jubilé. »

Madame de Maintenon, qui avait pris fort à cœur la conversion du roi[2], et qui eût voulu sans doute d'autres mesures pour rendre impossible tout retour, n'avait que trop bien prévu ce qu'il devait advenir. A ses yeux, Bossuet n'était pas sans reproches; au moins avait-il fait preuve de plus de zèle que de clairvoyance. « Je vous l'avois bien dit, écrit-elle à la comtesse de Saint-Géran, que M. de Condom joueroit dans toute cette affaire un personnage de dupe ! Il a beau-

---

[1] Madame de Caylus, *Souvenirs* (Michaud et Poujoulat), t. XXXII, p. 448.—Mademoiselle de Blois naquit le 4 mai 1677, et le comte de Toulouse, le 6 juin 1678.

[2] *Lettres de madame de Maintenon* (Léopold Collin, 1806), t. II, p. 45. Lettre de madame de Maintenon à l'abbé Gobelin ; à Monteleone, ce 8 mai.

coup d'esprit, mais il n'a pas celui de la
cour. Avec tout son zèle, il a précisément fait
ce que Lauzun auroit eu honte de faire. Il
vouloit les convertir, et il les a raccommo-
dés ; c'est une chose inutile que tous ces
projets ; il n'y a que le père de La Chaise qui
puisse les faire réussir. Il a déploré vingt
fois avec moi les égaremens du roi ; mais
pourquoi ne lui interdit-il pas absolument
les sacremens [1] ? » Madame de Maintenon
fait sans doute allusion à une circonstance
qui, si elle ne fut pas inventée à plaisir, mé-
tamorphoserait Bossuet en une sorte de Gé-
ronte de comédie et d'entremetteur ingénu.

« Le roi, dans le fond, a toujours été,
raconte La Fare, un prince religieux et ti-
moré. Il rencontra par hasard, un jour, le
saint sacrement que l'on portoit à Versailles
à un de ses officiers. Il l'accompagna pour
l'exemple jusque chez le mourant, et ce
spectacle le toucha si fort, qu'à son retour
il ne put s'empêcher de faire part à sa mai-

---

[1] *Lettres de madame de Maintenon* (Léopold Collin,
1806), t. II, p. 116, 117. Lettre de madame de Maintenon à madame de Saint-Géran ; à Versailles, lundi.
1676.

tresse du trouble de sa conscience. Elle dit
qu'elle étoit aussi touchée de repentir, et ils
résolurent de se séparer. L'évêque de Meaux
fut appelé pour les aider dans ce dessein : la
dame partit pour Paris, et l'évêque, après
avoir eu plusieurs conférences avec le roi, et
après avoir fait durant huit jours plusieurs
voyages à Paris, dans lesquels il porta sans
le savoir des lettres qui ne parloient rien
moins que de dévotion, fut bien étonné
quand il la vit de retour à Versailles, et plus
encore quand de ce raccommodement il vit
naître M. le comte de Toulouse, le dernier des
enfans que madame de Montespan a eus du
roi...[1]» Il y a, dans ce récit de La Fare, presque
autant d'inexactitudes que de mots. Quoique
ayant une charge près de Monsieur, il allait
peu à la cour, où il n'était pas sur le meilleur
pied, et il n'est pas étonnant qu'il confonde les
temps et les faits. Ainsi, la cause de ce retour
éphémère vers Dieu n'est pas celle qu'il sup-
pose ; ainsi Bossuet n'était que M. de Condom
et pas encore l'évêque de Meaux. Il serait
étrange que la seule circonstance vraie fût

[1] La Fare, *Mémoires* (Michaud et Poujoulat),
t. XXXII, p. 288.

ce va-et-vient de billets doux, dont le prélat se fût fait, dans sa candeur, le messager fidèle. Au moins ce rapprochement amer de la gouvernante entre Bossuet et un Lauzun donne-t-il à tout cela quelque apparence.

Quant au refus des sacrements, madame de Maintenon en parle fort à son aise. La position n'est pas aussi commode qu'elle semble le croire, pour un pauvre confesseur qui, serré entre son devoir et sa place, voudrait bien tout accommoder, les affaires du ciel et les siennes propres, et celles également de son ordre. C'étaient les jésuites qui avaient le monopole de la conscience du roi, et, avant tout, il ne fallait pas le compromettre par une exagération de zèle et des rigueurs intempestives. Là où la sévérité janséniste n'eût transigé à aucun prix, ces pères ne repoussaient pas tout tempérament en accord avec la faiblesse humaine. Mais, devant un scandale permanent, une liaison persistante, la contenance du confesseur devenait des plus délicates, et il est curieux de voir comment il tournait la difficulté, quand il la tournait. De 1649 à 1715 Louis XIV eut cinq directeurs : le père Paulin d'abord, puis le père Annat (qui en faveur du *Formulaire*

tolérait mademoiselle de La Vallière [1]), et
Ferrier [2], dont la rigidité n'était pas non plus
sans accommodements. L'abbé Le Camus (cet
abbé Le Camus, qui, en son temps, avait été
accusé d'avoir baptisé un cochon à Roissy)
et le père Ferrier visitaient un jour Versailles, pièce à pièce et dans ses moindres
recoins. Une porte résiste et les arrête au
beau milieu de leur promenade. Cependant,
on s'obstine et l'on triomphe de l'obstacle.
Ils entrent et se trouvent en face d'un tableau d'assez grande dimension, représentant
Louis XIV en conquérant, jeune, brillant,
dans tout l'enivrement de la victoire, con-
templant avec amour une femme étendue
sur des fleurs et qui n'était autre que madame de Montespan. « Cela vous regarde, dit
malignement le futur cardinal au confesseur.
—Qui ? moi ! je n'ai rien vu, » répondit vivement le jésuite en baissant les yeux [3].

---

[1] *Recueil de chansons historiques* (Bibliothèque impériale. Manuscrits, 1666), t. XXXIV, fº 60.

[2] *Œuvres de Louis XIV* (Treuttel et Würtz, 1806),
t. VI, p. 361.

[3] Barrière, *Tableaux de genre et d'histoire* (Paris,
1828),. p. x; *Manuscrit inédit d'un contemporain de
Louis XIV.*

Au père Ferrier avait succédé le père de La
Chaise, personnage doux, conciliant, surnom-
mé, dans un mouvement de mauvaise humeur, par madame de Montespan, « La Chaise
de commodité [1], » mais que Le Tellier devait
faire regretter. Bossuet s'était un instant substitué à lui, et cet empiétement sur ses at-
tributions lui avait sauvé, pour une fois, les
difficultés de la tâche [2]. Que ne pouvait-il lui
venir aussi bien en aide dans la suite ! Trois
ans plus tard, en 1678, après la prise de
Gand et d'Ypres, le confesseur ne trouvait
d'autre moyen, effectivement, d'échapper aux
embarras de sa position que de faire le
malade à Lille ; du moins en fut-il accusé.
C'était quelques jours avant Pâques ; à défaut de son confesseur ordinaire, le roi
envoya chercher le père Champ, un jésuite,
mais un jésuite rigide celui-là, plein de lu-
mières, et qui avait, à la mort d'Annat, décli-
né cette succession périlleuse, quelques instances que lui fissent les pères de sa compa-

[1] La Fare, *Mémoires* (Michaud et Poujoulat),
t. XXXII, p. 288.
[2] Bossuet, *Œuvres complètes* (Versailles, 1818),
t. XXXVII, p. 85. Lettre de Bossuet à Louis XIV.
1675.

gnie. Il arriva, cette fois encore, ce qui était arrivé déjà en 1675 ; comme l'abbé Lécuyer, le père Champ refusa net l'absolution devant l'obstination dans un lien réprouvé [1]. Mais pour en agir de la sorte, il fallait n'être pas confesseur en titre, il fallait n'avoir pas voulu l'être.

Quoi qu'il en soit, Clagny s'élevait comme par enchantement. Ses jardins étaient charmants et faisaient l'admiration générale. Il y avait surtout une ménagerie dont on parlait comme d'une huitième merveille. On sait l'amour pour les bêtes que professaient les grandes dames du XVIIe siècle : il fallait avoir sa ménagerie [2]. Louis XIV donne à la duchesse

---

[1] Marquis de Sourches, *Mémoires* (Adhelm Bernier), t. I, p. 89; t. II, p. 223. — Le père Champ ou de Champs, auteur du traité *De Hæresi janseniana*, qui fut successivement professeur du prince de Conti pour la rhétorique, la philosophie et la théologie, recteur du collège de Paris, trois fois provincial et ensuite supérieur de la maison professe, est présenté ailleurs comme un homme fin et que la cour trouva *trop fin,* ce qui lui fit préférer le père de La Chaise. — Le père André, *Documents inédits pour servir à l'histoire de la philosophie du XVIIIe siècle* (Charma et G. Maucel), 1857, t. I, p. 134.

[2] Toutes les femmes n'étaient pas en état d'avoir

de Bourgogne une ménagerie à Trianon[1] ;
nous avons vu l'abbé de Chaulieu chercher
des recrues à celle de la duchesse de Bouillon[2]. C'est Dangeau, ce parfait et raffiné courtisan, qui se charge de peupler de ses deniers la ménagerie de la favorite. « Il a commencé la ménagerie de Clagny : il a ramassé
pour deux mille écus de toutes les tourterel-
les les plus passionnées, de toutes les truies
les plus grosses, de toutes les vaches les plus
pleines, de tous les moutons les plus frisés,
de tous les oisons les plus oisons, et fit hier
passer en revue tout cet équipage, comme
celui de Jacob, que vous avez dans votre

leur ménagerie. Mais c'était être bien dépourvue
que de n'avoir pas à montrer un ou deux animaux
rares. La fameuse mademoiselle de Scudéry possédait deux caméléons qui lui avaient été expédiés
d'Égypte et que les poëtes célébrèrent, aussi bien
qu'une pigeonne dont la mort donna naissance à
plus d'une élégie, entre autres à un : « Placet de la
pigeonne morte, au ròy. » Genest, *Poésies à la louange
du roy* (chez Pierre le Petit, 1674), p. 32, 33, 36.

[1] Madame du Noyer, *Lettres historiques et galantes*
(Amsterdam, 1720), t. I. p. 261.

[2] Chaulieu, *Œuvres* (La Haye, 1777), t. II, p. 168,
169. Lettre à madame de Bouillon; à Aix, le 31 octobre 1681.

cabinet de Grignan [1]. » La marquise aimait
les bêtes au point de s'en faire des joujoux :
« Elle atteloit six souris à un petit carrosse
de filigrane, et s'en laissoit mordre ses belles
mains [2], » nous apprend madame de Maintenon. Elle avait sa volière déjà à Saint-Germain, et son amant n'avait pas dédaigné
d'entrer dans les détails les plus minutieux à
cet égard. « Vous ne m'avez rien mandé,
marquait-il à Colbert, dans toutes les lettres
que vous m'avez écrites, touchant le travail
qu'on fait à Saint-Germain, sur les terrasses
de l'appartement de madame de Montespan.
Il faut achever celles qui sont commencées
et accommoder les autres; l'une en volière
pour y mettre des oiseaux, et pour cela il ne
faut que peindre la voûte et les côtés, et mettre un fil de fer à petite maille, qui ferme du
côté de la cour, avec une fontaine en bas,
pour que les oiseaux puissent boire; à l'autre,
il faudra la peindre et ne mettre qu'une fon-

[1] Madame de Sévigné, *Lettres* (édit. Monmerqué),
t. V, p. 66. Lettre de madame de Sévigné à madame
de Grignan ; à Paris, mercredi 18 novembre 1676.

[2] *Lettres de madame de Maintenon* (Léopold Collin,
1806), t. V, p. 217. Lettre de madame de Maintenon
à madame de Caylus ; 25 janvier 1718.

taine en bas, madame de Montespan la des-
tinant pour y mettre de la terre et en faire
un petit jardin. Mandez-moi ce que vous avez
fait là-dessus jusqu'à cette heure [1]. »

Nous avons vu, dès le début, Jules Hardouin aux prises avec des difficultés que sur-
monte son génie. Mais des épreuves d'un autre genre l'attendaient. Il existe une lettre de
Mansart à Colbert, en date du 10 septembre
1677, aussi curieuse par sa teneur que par son
orthographe, où il annonce au ministre une
grève d'ouvriers, comme on dirait de nos jours.
« ... Vous scaures, monseigneur, que tous les
taileurs de piere ont tous quite le bâtiment,
et il ny a na pas une seulle qui travaille depuis lundy e midy, fondant leur revolte sur
ce qui dise que l'on leur doit quatre semaine,
et quapesolument il ne travaileront pas qu'il
ne soit péié, ce qui cose un grand désordre
dans le bâtiment dont jay cru vous devoir
doner avis [2]. » Ce n'est pas la première mu-
tinerie de ce genre dont on trouve trace dans

---

[1] *Œuvres de Louis XIV* (Treuttel et Würtz, 1806),
t. V, p. 514, 515. Lettre de Louis XIV à Colbert;
Nancy, le 26 septembre 1673.

[2] Delort, *Mes Voyages aux environs de Paris*, t. II,
p. 98.

10.

les écrits du temps, et Guy Patin, dix-sept
ans auparavant, signale une émeute d'ouvriers contre laquelle on dut sévir énergi-
quement[1]. Nous n'avons pas la réponse de
Colbert à Mansart, et nous ne savons si elle
fut dans le goût de celle que Louvois faisait
dans la suite à Pitter, le même qui exécuta la
plus grande partie des travaux de terrasse-
ments de Versailles. Des sommes énormes
lui étaient dues, il demandait de l'argent
sans en obtenir; un jour Louvois, ennuyé
de ses continuelles doléances, le payait de
cette étrange boutade : « On sait qu'un entre-
preneur est un animal plaintif[2]. » Quoi qu'il
en soit de la passagère rébellion dont il est
question dans la lettre de Mansart, Clagny
ne laissa pas que de se poursuivre, et s'ache-
vait à la fin de 1679, en 1680 au plus tard.

Madame de Montespan ne jouit, longtemps,
de Clagny qu'en la qualité de locataire, une
locataire qui ne payait pas de loyer et n'avait
point à se préoccuper de l'entretien des maisons et des jardins. Le roi avait voulu sans

[1] *Lettres de Guy Patin* (Paris, 1846), t. III, p. 219.
Paris, le 8 juin 1660.
[2] J. A. Le Roi, *Histoire des rues de Versailles* (Versailles, 1861), 2ᵉ édition, p. 590.

doute, par un raffinement charmant, ne faire
le présent que lorsqu'il serait digne en tout
point de celle à laquelle il le destinait. Ce
fut au commencement de 1685 qu'il mit fin à
cette occupation transitoire par une donation
des terres de Clagny et de Glatigny enregis-
trée à la chambre des Comptes et à la cour des
Aides. Ces terres étaient substituées au duc du
Maine et à ses enfants mâles, et, à leur défaut,
à la postérité masculine du comte de Toulouse, à l'extinction de laquelle elles étaient
reversibles à la couronne. Par le fait même, le
roi cessait d'avoir à sa charge l'entretenement
de la maison, des jardins et du parc et en
laissait le soin et le poids à la donataire [1].
Ainsi Clagny, destiné à être le lieu de retraite
de la somptueuse pécheresse, ne fut pour la
favorite que la consécration de sa victoire.
Cette splendide demeure, à deux cents pas
de Versailles, dont elle était en quelque sorte
un raccourci, ne pouvait, en effet, être le séjour d'une disgraciée. Aussi, la marquise
sentit-elle, lorsque tout fut fini entre elle et

[1] Dangeau, *Journal*, t. I, p. 147 ; mardi 3 avril 1685.
—Marquis de Sourches, *Mémoires* (Adhelm Bernier,
1836), t. I, p. 24.

le roi, qu'il n'y avait plus lieu de rester à Clagny : elle abandonna au duc du Maine ce palais qui avait englouti déjà tant d'argent et où sa belle-fille allait tant en dépenser encore dans des fêtes et des divertissements que cependant dépasseront les magnificences de Sceaux.

Cela ne se fit pas sans quelque révolte intérieure. Madame de Montespan, malgré sa hauteur, son arrogance, n'agit pas autrement que La Vallière et demeura trop longtemps pour sa dignité en un pays où elle n'était que soufferte, et fort impatiemment même. Toutefois, la religion, l'orgueil, la raison prirent le dessus d'un reste d'attrait et de faiblesse. Elle s'était retirée à Saint-Joseph ; elle pria son ancien persécuteur, son consolateur désormais, M. de Meaux, de dire au roi sa résolution. On ne lui laissa pas le temps de se raviser. Le grand appartement des bains qu'elle occupait à Versailles fut donné à son fils le duc du Maine [1], qui laissa le sien à mademoiselle de Blois ; on disposa également

---

[1] Il le quitta, un an après, pour loger dans l'aile neuve, sur l'appartement de Mademoiselle. — Dangeau, *Journal*, t. IV, p. 26 ; 15 février 1692.

de son appartement de Fontainebleau. Elle
ne s'attendait pas à tant de célérité et ne put
s'empêcher de témoigner qu'on s'était un peu
hâté de la démeubler[1]. Ce fut le duc du Maine,
assure Saint-Simon, qui se chargea d'annon-
cer à la pauvre femme que l'heure de la retraite avait sonné pour elle, et Bossuet n'eut
qu'à achever ce qui avait été si impitoya-
blement commencé[2]. Que M. du Maine ne
ressentît pas pour madame de Montespan
une affection très-vive, cela se peut ; mais
qu'il ait joué le rôle qu'on lui prête avec cette
dureté inexorable, rien n'est moins dans la
mesure prudente et doucereuse de son esprit.
Nous avons sous les yeux une lettre où il
parle de sa mère avec un grand sentiment de
convenance et de respect, et où il entend
que sa volonté soit observée avec le dernier
scrupule[3]. Tout cela peut n'être qu'extérieur ;
mais s'il eut à préparer la marquise à un

[1] Dangeau, *Journal*, t. III, p. 300, 325, 338 ; 15
mars, 15 avril, 19 mai 1691.

[2] Saint-Simon, *Mémoires*, (Chéruel), t. VI, p. 40 ;
t. XIII, p. 32.—Madame du Noyer, *Lettres historiques
et galantes* (Amsterdam, 1720), t. I, p. 23.

[3] Depping, *Correspondance administrative de
Louis XIV*, t. IV, p. 768. Lettre du duc du Maine à
de Harlay ; à Versailles, ce 26 avril 1695.

exil éternel, il y dut apporter des ménage-
gents infinis. Quoi qu'il en soit, l'abandon
de Clagny, comme nous venons de le dire,
était la conséquence naturelle de ce premier
renoncement, et la favorite évincée se par-
tagea désormais entre Saint-Joseph, Fontevrault, Antin, et les Eaux de Bourbon où elle
devait mourir[1].

[1] La communauté de Saint-Joseph, rue Saint-
Dominique, qu'elle avait bâtie, fut sa vraie demeure. Son appartement, bien que dans l'enceinte du couvent, avait pourtant un accès par une
cour particulière. C'est à même cet assez vaste local
que madame du Deffand, plus tard, s'arrangea un
appartement plus restreint où elle n'en reçut pas
moins toute l'élite de la société du xviiie siècle.

I V

Les précepteurs du duc du Maine. — Chevreau.—De Court.
—Malezieu. — Le prince envoie sa chasse aux Jésuites.—
Remercîments en vers grecs. — M. du Maine et l'Acadé-
mie. — La duchesse du Maine astronome. — Anastasie
Serment. — Liée avec Quinault. — Propos de Pavillon. —
Elle baise la main du grand Corneille.— Madrigal qu'il lui
adresse.—Réplique de la demoiselle.—Voyage à Naples.—
Elle quitte Grenoble et part pour Paris. — Pourquoi elle
y vient.—Un troisième galant.—Sa chienne Blanquette.—
Charles Genest.—Elle lui apprend à faire des vers.—Genest
à la recherche d'une belle main.—Il s'embarque.—Capturé
par les Anglais et amené à Londres. — Instituteur et maquignon.— Il entre au service de M. de Nevers.— Ode sur
la conquête de la Hollande. — Mot du père Ferrier. —
Genest se fait abbé.—Genest cartésien.—Bossuet le prend
en amitié.—Un nez phénoménal. — L'abbé va sur les brisées du marquis d'Hoquincourt.—Le joueur de gobelets.—
Passion des princes pour le dessin. — Maison de Genest
au Plessis-Piquet.—Le valet des Feuillants boit son vin.
—Châtenay.— Le duc et la duchesse du Maine chez Malezieu.— Fêtes.—La pyrotechnie au xviie siècle. — L'observatoire de Châtenay. — La comédie à Clagny.—Pénélope.
— La duchesse du Maine monte sur la scène avec Baron.
— Joseph. — Larmes qu'il fait verser.—M. le Duc se fait
fort de ne pas pleurer. — Vaincu dès le premier acte. —
La ville moins sensible que la cour.

La duchesse du Maine ne se révéla pas de
prime abord. Madame de Maintenon s'était vite

aperçue de son peu de religion, mais la jeune
princesse aimait à l'adoration son mari, qui
l'aimait comme un fou, et le bonheur de son
fils d'élection faisait passer sur bien des
choses.

« D'ailleurs, cette enfant, trop tôt mariée,
avait à soutenir les assauts et les fatigues
de grossesses successives qui devaient l'é-
puiser sans la tuer. Ces grossesses ne l'empêchaient pas, toutefois, de prendre sa
part des plaisirs qui bourdonnaient autour
d'elle : si elle n'allait pas à eux, ils venaient
à elle, et le bal se donnait dans sa propre
chambre, elle dans son lit et regrettant fort
de n'être que spectatrice. « Le 21, écrit le
Mercure, il y eut bal chez madame la duchesse
du Maine. Il dura depuis onze heures et
demie jusqu'à trois. Il y avoit grand nombre
de masques. Lorsque madame la duchesse de
Bourgogne fut arrivée, M. de Malezieu, sous
l'habit de Saturne, à la tête de plusieurs des
plus considérables des divinités, vint réciter
quelques vers à madame la duchesse de
Bourgogne, faits à la louange de cette princesse ; la collation fut servie sur un grand
nombre de corbeilles. Cette princesse a donné
vingt fois de pareils bals depuis l'ouverture

du carnaval [1]. » Madame du Maine était alors enceinte pour la quatrième fois [2], et avait perdu ses trois premiers nés qui furent peut-être victimes d'une turbulence peu d'accord avec sa situation.

Le nom de Malezieu nous amène tout naturellement à parler de ce personnage, la première et la plus importante figure de cette petite cour qui lui dut ses fêtes les plus ingénieuses. Lorsque le jeune duc du Maine vint à grandir, l'on songea à l'entourer de gens en état de développer cette intelligence précoce et qui semblait tant promettre. On avait d'abord jeté les yeux sur Pavillon, trop indépendant pour accepter aucune chaîne [3]. A son refus, trois hommes d'une égale érudition, quoique dans des genres différents, furent

[1] *Mercure galant*, février 1700, p. 131, 232, 282. — Dangeau, *Journal*, t. VII, p. 232, 262, 263 ; 16 janvier, 21, 23 février 1700.

[2] Ces trois enfants étaient mademoiselle de Dombes, née le 11, morte le 26 septembre 1694 ; Louis-Constantin, né le 27 novembre 1695, mort le 28 septembre 1698 ; et mademoiselle d'Aumale, morte le 24 août 1699.—Le père Anselme, *Histoire généalogique de la maison de France* (Paris, 1736), t. I, p. 194, 195.

[3] *Œuvres d'Étienne Pavillon* (Amsterdam, 1750), t. I, p. LXV, LXXVII.

appelés près du prince. Le savant Chevreau,
dont la persuasion et l'éloquence avaient
triomphé des scrupules de la duchesse d'Orléans et décidé une conversion à laquelle la
politique eut sans doute aussi sa part[1], était
déjà installé comme précepteur, quand Court
et Malezieu durent quitter leur retraite et
leurs affaires, pour se consacrer exclusivement à l'éducation de M. du Maine. Nous dirons peu de choses de Court, savant modeste,
réservé, un peu sauvage même, vivant à Versailles en voyageur qui ne doit qu'y passer.
L'abbé Genest nous le présente comme un
sage : c'est le philosophe chrétien dans ce
qu'il a de doux, d'onctueux, de bienveillant et
de détaché[2]. Quoique également indiqués au
choix du roi par M. de Montausier et Bossuet,
ces deux hommes n'avaient d'autre ressem-

[1] L'abbé Lambert, *Histoire littéraire du règne de
Louis XIV* (Paris, 1751), t. I, p. 556 à 562. — Titon
du Tillet, *Le Parnasse françois*, second supplément
(1743-1755), p. i.

[2] L'abbé Genest, *Portrait de M. de Court* (Paris,
1696).—Le duc du Maine l'avait fait son secrétaire
des commandements. Court mourut le 16 août 1694
d'une fièvre violente, au camp de Vignemont, près
de Huy, où il avait suivi le prince. Il n'avait que
quarante et un ans.

blance qu'un commun amour de la science et
des lettres. Nicolas Malezieu par sa souplesse,
une amabilité qui métamorphosait le plus souvent le savant en étourdi, avait tout ce qu'il
fallait pour réussir à la cour, et y réussit
pleinement. Il sut conquérir l'estime et
l'affection de son élève qui, l'éducation finie,
se l'attacha à un autre titre. Madame du
Maine, ravie de trouver dans le même personnage un esprit supérieur et un esprit charmant, un astronome qui était également un
poëte, une sorte de Protée, prêt à prendre
toutes les formes et tous les habits, le compas
du mathématicien ou la houlette du berger
d'églogue, selon qu'elle était sérieuse ou
désœuvrée, ayant autant de ressources qu'elle
avait de fantaisies ; madame du Maine,
disons-nous, l'institua son grand maître des
cérémonies, l'instigateur, l'ordonnateur infatigable de ses plaisirs, tâche laborieuse,
ardue, qu'il sut remplir durant plus de
trente années sans paraître un instant au-
dessous de ce qu'on attendait de lui.

« La princesse, dit l'un des intimes les plus
illustres de la cour de Sceaux, aimoit à donner chez elle des fêtes, des divertissemens,
des spectacles ; mais elle vouloit qu'il y en-

trât de l'idée, de l'invention, et que la joie eût de l'esprit. Malezieu occupoit ses talens moins sérieux à imaginer ou à ordonner une fête, et lui-même y étoit souvent acteur. Les vers sont nécessaires dans les plaisirs ingénieux ; il en fournissoit qui avoient toujours du feu, du bon goût et même de la justesse, quoiqu'il n'y donnât que fort peu de temps et ne les traitât, s'il faut le dire, que selon leur mérite. Les impromptus lui étoient assez familiers, et il a beaucoup contribué à établir cette langue à Sceaux, où le génie et la gaieté produisent assez souvent ces petits enthousiasmes soudains. En même temps, il étoit chef des conseils du duc du Maine, à la place de d'Aguesseau et de Guibert, conseillers d'État, qui étoient morts, et il étoit chancelier de Dombes, premier magistrat de cette souveraineté. L'esprit même d'affaire ne s'étoit pas refusé à lui[1]. »

Il eût été assez étrange que le duc du Maine qui, dès l'âge de sept ans, traduisait Florus et Justin, se fût plu, sous trois maîtres comme Chevreau, Court et Malezieu, à

---

[1] Fontenelle, *Œuvres complètes* (Belin, 1818), t. I, p. 385. *Éloge de Malezieu.*

démentir les légitimes espérances qu'il avait laissé concevoir au point de départ. Il en advint tout autrement. Elevé dans la vénération et l'amour de l'antiquité, il maniait la langue d'Horace et de Santeuil [1] comme la sienne propre; celle d'Homère et de Pindare ne lui était pas moins familière. Un jour qu'il avait envoyé sa chasse au collége des Jésuites de Paris, le père Le Tellier, alors recteur, sentant qu'une pareille politesse ne pouvait demeurer sans remercîment, allait de chambre en chambre stimuler la verve poétique des jeunes préfets. Le père André fit un compliment en vers grecs : « Je n'avois pas, dit-il, le temps d'en faire de latins [2]. » Mais encore fallait-il avoir la certitude d'être entendu.

Au moment de choisir un successeur à l'auteur du *Cid* et de *Polyeucte,* Racine, qui était alors directeur de l'Académie, demanda qu'on voulût bien reculer l'élection de quinze jours : M. du Maine avait manifesté quelque désir de se mettre sur les rangs, et c'était

[1] *Le Poëte sans fard* (1701). p. 62, satire XVII.

[2] Le père André, *Documents inédits pour servir à l'histoire de la Philosophie du XVIIIe siècle* (Charma et G. Mancel, 1857), t. II, p. 352.

11.

là un honneur trop inespéré pour n'être pas
pris en grande considération par la compagnie. Le délai, on le pense bien, fut accordé
tout d'une voix. On ne s'en tint pas là, et Racine fut chargé d'assurer le prince que,
quand il n'y aurait pas de place vacante, *il n'y
auroit point d'académicien qui ne fût bien aise
de mourir pour lui en faire une* [1]... « Nos pré-
décesseurs, remarque plaisamment d'Alembert, étaient, comme l'on voit, autant de Dé-
cius, prêts à s'immoler pour l'honneur de la
patrie. Mais le protecteur de l'Académie se
montra plus difficile en cette occasion que
l'Académie même ; la grande jeunesse de
M. le duc du Maine empêcha le roi de donner son consentement à cette élection ; et les
mânes de Corneille furent privées de l'honneur d'être louées par un prince [2]. » En
somme, l'Académie s'était ouverte nombre
de fois à des candidats qui n'avaient pas plus
de titres, avec un savoir moins réel et une
prédilection moins sincère pour les lettres. Le
duc du Maine les aimait avec entraînement,

[1] Marmontel, *Choix de pièces tirées des anciens Mer-
cures et des autres journaux*, t. XXVII, p. 177, 178.

[2] D'Alembert, *Œuvres complètes* (Belin, 1821), t. II,
p. 516. *Éloge de J. d'Estrées.*

et ne sut pas toujours s'arracher à leur sé-
duction, même dans les passes les plus im-
périeuses et les plus critiques.

Au moins, sur ce point, les deux époux
étaient-ils d'accord. Madame du Maine, au sein
des dissipations et des frivolités de sa vie bon-
dissante, avait des retours subits et passion-
nés vers l'étude. Il fallait alors que Malezieu
lui traduisît à livre ouvert Virgile, Térence
Sophocle, Euripide, coupant ses lectures par
des remarques lumineuses sur ces anciens
qu'il possédait à fond [1]. Ou bien, c'étaient des
observations astronomiques, des calculs, des
déductions à perte de vue qui eussent effrayé
l'esprit le plus brisé à cette gymnastique,
et dans lesquels la jeune femme se plongeait
avec une sorte de furie. « S'il n'eût pas été
assez savant, dit encore Fontenelle, il eût
été obligé de le devenir toujours de plus en
plus pour faire sa cour et pour suivre les
progrès de qui prenoit ses instructions [2]. »

Faisons la part de l'exagération et de la
flatterie. Fontenelle lisait ces lignes en pleine

---

[1] *Mercure galant,* septembre 1709, p. 83 à 88. *Lettre
sur M. de Malezieu.*

[2] Fontenelle, *Œuvres complètes* (Belin, 1818), t. I,
p. 386. *Éloge de Malezieu.*

Académie, et il savait bien que ses paroles re-
tentiraient jusqu'à Sceaux. De son côté, Lassay, qui n'avait pas pardonné au duc et à la
duchesse du Maine, malgré le bon accueil dont
il avait ensuite été l'objet, les difficultés qu'ils
avaient antérieurement soulevées contre son
mariage, Lassay veut que tout ce grand savoir
de sa fantasque belle-sœur soit pur artifice,
et l'écho plus ou moins fidèle de son perpétuel souffleur. « ... C'est un enfant de douze
ans, dit-il, dont Malezieu s'est tellement
rendu maître de l'esprit, que non-seulement
il la fait agir et parler comme il veut, mais il
la fait penser, et elle ne juge des personnes
et des choses que suivant l'idée qu'il lui en
donne. Quand elle soutient une opinion, ce
qu'elle fait avec beaucoup trop de vivacité,
et pourtant avec une éloquence naturelle,
et des paroles assez choisies, il est si aisé de
voir qu'elle ne fait que répéter ce que cet
homme lui a appris, et particulièrement
quand il s'agit de science, que j'ai toujours
envie de crier *perroquet*, pendant que la compagnie admire le bel esprit et le grand savoir
de la duchesse [1]... » Mais pour parler de

[1] Lassay, *Recueil de différentes choses*, 1re partie,

sciences et en discourir avec quelque déve-
loppement, encore faut-il comprendre ce que
l'on dit. Cela admis, à moins que l'on n'exige
que tout savant soit un créateur, nous ne
voyons pas ce qu'on serait en droit de demander au delà. Et c'était un assez rare mérite,
ce nous semble, à la jeune femme d'avoir
pu suivre son guide sans s'être laissé rebuter par les obscurités et les aspérités de la
route.

La tâche si lourde d'amuser cette enfant
gâtée, exigeante, fantasque, que tout n'amusait pas, il s'en fallait, était sans doute
au-dessus des forces d'un seul homme, et
Malezieu, malgré son zèle et les ressources
d'un esprit inépuisable, se fût trouvé insuf-
fisant devant une telle besogne, si on ne lui

p. 370 à 376. — Lassay a crayonné plusieurs portraits
plus ou moins satiriques qu'il laisse à deviner, car
il ne nomme pas les originaux et remplace leurs
noms par des points. On lit, à la page 341 : « Voici
quelques portraits anonymes dont nous ne pouvons
donner la clef. » Mais, si quelques-uns sont demeu-
rés des énigmes pour nous, celui de M. le Prince,
(qui pourrait être plus bienveillant de la part d'un
gendre), ceux du duc et de la duchesse du Maine
et de Malezieu sont tracés et circonstanciés de telle
sorte, qu'il n'y a point la moindre place au doute.

fût pas venu en aide de plus d'un côté. Certes,
et on le verra, les collaborateurs ne lui
manqueront pas, et dans la suite, Sceaux ne
sera qu'une nichée de poëtes et d'improvisateurs faisant sortir de terre les divertissements
et les féeries comme Pompée prétendait en
faire surgir des armées. Mais il eût été peu
prudent de compter exclusivement sur ces
secours qu'amenait le hasard et inattendus
comme tout ce qu'il suscite. Heureusement pour Malezieu, le ciel lui dépêcha un
esprit de sa trempe, sinon de sa portée,
aussi ignorant peut-être qu'il était instruit,
mais suppléant au savoir par une imagination riante, beaucoup de facilité, de souplesse et un vif désir de plaire, d'entrer dans
la familiarité des grands, sauf à être un peu
leur bouffon.

Sorti de fort bas, Genest avait fait plus
d'une agacerie à la fortune, et ne s'était
pas tenu pour battu à la première disgrâce.
Il avait essayé un peu de tout. Il demeurait
dans l'Ile avec sa mère, une simple sage-
femme. Le hasard avait placé sur le même
palier une fille d'un mérite extraordinaire
qui, du Dauphiné, était venue s'abattre à
Paris où elle ne tarda pas à se créer d'illustres

relations. Louise-Anastasie Serment (dont
la famille nous semble être la même que
celle de l'avocat consistorial Severin de
Serment), avait reçu une brillante éducation
fécondée d'ailleurs par un ardent amour de
l'étude: elle parlait latin comme ses compa-
triotes Chorier et Salvaing de Boissieu, et
faisait, à l'occasion, en cette langue des vers
qui valent, à coup sûr, ses vers français.
Guyonnet de Vertron, qui a publié quelques
unes de ses poésies, lui consacre une place
honorable dans sa *Nouvelle Pandore,* à côté de
mademoiselle de Scudéry, de madame de
Salier, de mademoiselle Bernard et des
célèbres de son temps. L'académie des *Ricovrati,* de Padoue, se faisait gloire de se l'être
acquise. Elle y était connue sous la désignation de la *Philosophe.* Chaque membre, on le
sait, avait là son nom de guerre, d'académie,
voulons-nous dire ; la marquise de Rambouillet s'appelait la *lumière de Rome,* madame de La
Suze l'*immortelle,* madame de Villedieu l'*inépuisable,* mademoiselle de La Vigne la *charmante,* madame Deshoulières, la *parfaite*[1].

[1] Guyonnet de Vertron, *La Nouvelle Pandore* (Paris,
1698), t. I, p. 431, 432. *Les sept Merveilles de la répu-*

Quoi qu'il en soit du talent poétique de mademoiselle Serment, dont on va être à même de décider, c'était une femme d'un goût éclairé, d'un esprit distingué et de bon conseil; du moins Corneille et Quinault ne dédaignaient-ils pas de tenir compte de ses avis et de ses jugements. Pour ce dernier, il avait bien ses raisons, si nous en croyons certain quatrain de Pavillon [1]. Quinault était marié pourtant, et la reconnaissance eût dû le prémunir contre toute affection extra-conjugale [2]. Mais faut-il prendre à la lettre ces quatre méchants vers de

blique des Lettres, ou les Dames tant françoises qu'italiennes de l'Académie des Ricovrati, mortes.

[1] *Œuvres d'Étienne Pavillon* (Amsterdam, 1750), seconde partie, p. 68.

[2] « Un marchand qui aimoit la comédie conçut tant d'estime pour lui, qu'il l'obligea de prendre un appartement chez lui. Ce marchand, quelque temps après, vint à mourir. M. Quinault fit les affaires de la famille et épousa ensuite la veuve de son bon ami, de laquelle il a eu plus de quarante mille écus de bien.... » — *Menagiana* (Paris, 1729), t. III, p. 262, 263. — Quinault était alors amoureux d'une jolie personne, nommée Louise Goujon; mais ses parents lui forcèrent la main, et il épousa la veuve. — *Œuvres de Quinault* (Paris, 1824), t. I, p. xvij. Notice de Crapelet.

Pavillon ? Mademoiselle Serment n'était pas une beauté. Il existe une gravure de Lefebure qui nous la représente coiffée à la Ninon, médiocrement jolie, avec deux grands et gros yeux vifs et tant soit peu hardis. Elle était libre dans ses manières. Un jour, dans un élan d'admiration, elle baisa la main de Corneille, ce qui lui attira du père de notre théâtre ce galant madrigal :

Mes deux mains à l'envi disputent de leur gloire,
Et dans leurs sentiments jaloux,
Je ne sais ce que j'en dois croire.
Philis, je m'en rapporte à vous,
Réglez mon amour par le vôtre ;
Vous savez leurs honneurs divers ;
La droite a mis au jour un million de vers,
Mais votre belle bouche a daigné baiser l'autre.
Adorable Philis, peut-on mieux décider
Que la droite lui doit céder ?

La réponse de mademoiselle Serment fut celle d'une honnête muse, qui n'engage pas son cœur dans les élans de son esprit :

Si vous parlez sincèrement,
Lorsque vous préférez la main gauche à la droite,
De votre jugement je suis mal satisfaite.
Le baiser le plus doux ne dure qu'un moment ;
Un million de vers dure éternellement,
Quand ils sont beaux comme les vôtres ;

> Mais vous parlez comme un amant,
> Et peut-être comme un Normand :
> Vendez vos coquilles à d'autres [1].

Littérairement , mademoiselle Serment était de l'école de Rambouillet, de cette école platonique et quintessenciée de l'*Astrée* et du *Cyrus* où tout se passait en langueurs et en oiseuses tendresses. On pouvait, à la rigueur, se laisser aimer, mais sans jamais accorder de ces faveurs dont l'amant ait à se prévaloir. Du moins soutient-elle cette thèse dans une lettre à M. de Vertron, qui n'était pas faite, il est probable, pour demeurer ignorée [2]; et ce n'est pas dans de telles

---

[1] Pierre Corneille, *Œuvres complètes* (Paris, 1830), t. X, p. 201, 202.—Corneille était, après tout, en dehors de la scène, un bonhomme tout rond et très-peu brillant, nullement taillé en Amadis. — Vigneul-Marville, *Mélanges d'histoire et de littérature* (Paris, 1725), t. I, p. 193, 194, 195.—Il le savait bien et en convenait avec une rare candeur :

> En matière d'amour, je suis fort inégal,
> J'en écris assez bien et le fais assez mal.
> J'ai la plume féconde et la bouche stérile ;
> Bon galant au théâtre et fort mauvais en ville ;
> Et l'on peut rarement m'écouter sans ennui,
> Que quand je me produis par la bouche d'autrui.

[2] Guyonnet de Vertron, *La Nouvelle Pandore* (Paris, 1698), t. I, p. 78 à 82.

circulaires qu'il faut aller chercher la pensée
pratique d'une femme. En dehors de cette
convention purement littéraire, mademoiselle
Serment, nous avons tout lieu de le croire,
raisonnait plus humainement. Il existe dans
un des recueils manuscrits de la bibliothèque
·de Grenoble un huitain acrostiche, qui nous
la révèle sous un jour bien différent. Il s'agit
d'un voyage et d'un séjour à Naples où la
muse dauphinoise se fût livrée à d'étranges
désordres. De retour dans sa patrie, elle
abjurait, il est vrai, des penchants qui étaient
un outrage à la nature, et se décidait à aimer
comme tout le monde. Mais il lui arriva le
même malheur qu'à mademoiselle Des Jardins (madame de Villedieu), une sœur en
Apollon ; un beau jour, elle s'aperçut qu'elle
allait être mère et n'eut d'autre ressource que
de quitter Grenoble et de partir pour Paris[1].

Comment y vint-elle ? c'est ce que nous
ignorons. Il se peut qu'elle ne fût pas complétement délaissée ; au moins est-il question, dans un certain moment, de la perte

[1] Voici ce huitain où mademoiselle Anastasie
Serment est appelée Nazis, mais dont chaque vers
commence par une lettre de son nom, ce qui ne
permet pas de douter que cette pièce ne la con-

d'une sœur, qui s'était peut-être jointe à elle [1]. Quel qu'ait été le passé de mademoiselle Serment, la considération qu'elle acquit à Paris, ses relations, son renom de bel esprit et même de vertu, l'aménité de ses mœurs, son courage et sa constance dans la souffrance font d'elle une des

cerne. Reste à savoir si l'acrostiche n'est qu'indiscret ou s'il est de tout point calomnieux :

> Artem Lesboum cur non, Phœbeia Nazis,
>   Servâsti, didicit quam tibi Parthenope?
> Eheu! Luctator valida te cuspide fixit,
>   Rima patet, crescens viscera tendit onus!
> Mœrentes Isaræ linguis saliata puellas
>   Et, mox Lutetiæ clam genitura, fugis
> Nostrî vide memor, musarum dulcis alumna :
>   Te Lucina regat diva potens uteri!

M. Rochas nous a dit avoir eu entre les mains un exemplaire de l'*Aloysia*, où se trouvait une clef de tous les acteurs de ces licencieux dialogues, d'une main visiblement contemporaine. D'après cette clef, mademoiselle Serment serait l'héroïne de l'aventure racontée par Octavia dans le septième dialogue, *Fescennini*. C'est l'aventure où un jouvenceau, appelé Robert, est présenté sous des habits de jeune fille. —*Aloysia* (Londini, 1781 ; ex typis Elzevirianis), t. II, p. 73 et suiv.

[1] Guyonnet de Vertron, *La Nouvelle Pandore* (Paris, 1698), t. I, p. 310.

femmes distinguées de ce xviie siècle qui en a tant produit. Corneille et Quinault n'étaient pas ses seuls amis, ses seuls féaux. Elle comptait parmi ses serviteurs un autre poëte qui eût bien voulu la déconseiller de les écouter. C'était le chanoine Maucroix :

> Chloris, je vous le dis toujours,
> Ces faiseurs de pièces tragiques,
> Ces chantres de chants héroïques
> Ne chantent pas bien les amours.
>
> De beaux mots leurs œuvres sont pleines;
> Ils sont sages comme des Catons;
> Ils sont discrets pour les Hélènes
> Et muets pour « les Jannetons [1]. »

« Pour les Jannetons. » Cette seule expression ne révèle-t-elle pas un familier et un admirateur de La Fontaine? Maucroix était jaloux de l'auteur du *Cid* et du chantre d'*Armide;* il l'était aussi de la petite chienne de la demoiselle, sur la mort de laquelle il a

[1] *Recueil de chansons historiques* (Bibliothèque impériale. Manuscrits), t. XXV, f. 373, 375, mai 1685. —M. Walckenaër, dans son édition de Maucroix, ne cite pas cette pièce ; il cite les vers adressés à Blanquette, sans paraître se douter, toutefois, que cette petite chienne fût celle de mademoiselle Serment, « fille d'esprit. »

12.

fait de jolis vers qu'on nous pardonnera bien
de reproduire :

> Blanquette, durant votre vie,
> Vous couchiez avec Philis ;
> Vous dormiez sur son sein de lys,
> Vous étiez bien aise, ma mie.
>
> Or çà, Blanquette, en bonne foy,
> Combien de fois vous baisoit-elle ?
> A tous momens. La somme est belle,
> C'est presque la rançon d'un roy.
>
> Là, là, ne vous plaignez de rien,
> Bien que la mort vous ait ravie ;
> Force gens vous portoient envie,
> Qui, peut-être, vous valoient bien.

Quand Genest fit connaissance de la docte
fille, mademoiselle Serment ne pouvait être
que très-jeune, puisqu'elle avait trois années
de moins que lui, et qu'il s'envola de bonne
heure du nid maternel [1]. Celui-ci, qui n'était

[1] Genest était né sur la paroisse Saint-Gervais, le
17 octobre 1639 ; mademoiselle Serment naquit à
Grenoble, vers 1642.—Alphonse Rochas, *Biographie
du Dauphiné* (Paris, 1860), t. II, p. 401.—L'abbé d'Olivet, auquel nous empruntons les détails qui suivent,
les tenait de Genest même, qu'il ne connut, il est
vrai, que les trois dernières années de sa vie. Cependant, il est difficile d'accorder son récit avec les
dates. Genest n'avait guère que dix-sept à dix-

rien, chercha à se faire valoir par de petits
services et réussit à s'introduire. Il savait lire
à peine ; sa voisine, le trouvant intelligent,
prit plaisir à jeter quelques semences d'instruction dans cet esprit visiblement sagace,
et commença un peu par la fin, ce qui n'est
pas toujours le moins bon moyen de procé-
der. Elle lui fit apprendre d'un bout à l'autre
le *Cid*, le chef-d'œuvre de son ami ; bientôt
après, elle l'initiait aux secrets peu compli-
qués de notre versification, et lui inspirait
l'amour des vers, sans qu'elle supposât plus
que lui que sa destinée fût d'être poëte. Madame Genest se demandait alors dans quelle
voie le pousser, quand le hasard l'appela à
donner des soins à la femme d'un commis de
Colbert. Cet homme, qui ne voyait sans doute
rien en dehors de ses bureaux, lui conseilla

huit ans, lorsqu'il fut capturé par un vaisseau anglais. Il en avait probablement quatorze ou quinze,
quand il lia connaissance avec sa voisine, qui, si
elle fût née en 1642, en aurait eu douze. Disons que
l'époque de la naissance d'Anastasie Serment n'est
donnée dans aucune biographie d'une manière pré-
cise. Mais, pour rendre possible seulement cet endroit du récit de d'Olivet, il ne faudrait pas la vieillir
de moins de dix années.

de chercher pour lui la fortune de ce côté,
promettant, le moment venu, de l'appuyer
efficacement. L'on n'en était pas encore là, il
est vrai, et, durant trois années, Genest dut
s'appliquer, près d'un maître à écrire, à se
faire « une belle main : » C'était tout autant
qu'exigeait Colbert de ses employés. Dans cet
intervalle, quelques copies, prises sur ses
nuits, lui mettaient bien, de temps à autre,
dans les poches de petites sommes qui
payaient sa place au parterre de la Comédie : les tragédies de Corneille l'avaient
passionné pour le théâtre, et c'est, après mademoiselle Serment, à l'auteur de *Polyeucte*
que nous sommes très-probablement rede-
vables de *Zélonide,* de *Pénélope* et de *Joseph.*

Mais, avant de toucher le but, Genest aura
à passer par plus d'une épreuve. Un beau
jour, il plante là ses études de calligraphie,
fausse même compagnie à cette bonne demoiselle Serment, pour suivre, avec l'audace irréfléchie de la jeunesse, un sien camarade héritier d'un petit fonds de boutique qui
était passé en entier dans la chétive pacotille
contre laquelle l'Inde allait échanger ses trésors. C'était, en effet, pour les Grandes Indes
qu'ils partaient. Malheureusement, à quelques

lieues en mer, nos deux aventuriers étaient capturés, eux et leur cargaison, par un vaisseau ennemi qui les jeta sans un sou sur le pavé de Londres. Nous laisserons là le compagnon de Genest pour ne nous occuper que de ce dernier. Le hasard lui devait bien une revanche, il la lui donna; il plaça sur sa route un seigneur anglais qui le prit pour enseigner le français à ses enfants, et l'emmena à quatre journées de Londres, à sa campagne, où instituteur et élèves passèrent la meilleure partie du jour à monter à cheval. Nous ne saurions dire si ceux-ci firent de grands progrès dans notre langue, ce qu'il y a de certain, c'est que Genest devint rapidement un habile écuyer et, qui plus est, un parfait connaisseur en chevaux. Ce savoir, surabondant dans un pédagogue, fut pourtant ce qui le sortit de cette position précaire loin du sol natal et de la patrie. Le duc de Nevers avait envoyé recruter ses écuries en Angleterre. Son mandataire, ayant rencontré Genest dont l'expérience ne lui fut pas inutile, engagea l'exilé à rentrer en France, où il trouverait sûrement à s'employer moins obscurément. Genest fut de cet avis et se laissa présenter à M. de Nevers qui ne fit aucune difficulté de se l'attacher.

Les loisirs étaient grands chez le mari de Diane, et le futur abbé put mettre à profit les leçons de son illustre amie, au point de disputer, en 1671, à soixante-seize concurrents le prix de l'Académie. Ce fut La Monnoie qui fut couronné. Mais le coup d'essai de Genest n'en avait pas moins été remarqué et les louanges qu'il en reçut durent l'encourager à ne s'en pas tenir là. Le duc de Nevers, l'année suivante, l'emmena avec lui à l'armée de Flandre. L'occasion était belle pour un poëte de se révéler. Genest composa sur la conquête de la Hollande une ode pompeuse où il est dit que Louis est plus terrible que le monarque des cieux qui ne lance sa foudre que durant l'été; ce qui signifie que la Hollande fut presque toute enlevée en plein hiver [1]. Il fut admis à présenter ce chef-d'œuvre à Louis XIV dont l'accueil fut des plus bienveillants. Aussi, après la campagne de 1673, n'eut-il garde de ne pas chanter des prouesses auxquelles, d'ailleurs, il avait assisté. Le siége et la prise de Maëstricht, furent pour lui l'objet d'un nou-

[1] *Menagiana* (Paris, 1729), t. II, p. 24. —*Poésies à la loüange du roy* (chez Pierre le Petit, 1674), p. 16.

vel hymne où le poëte s'éleva à la hauteur
des merveilles qu'il avait à célébrer. Son succès dépassa ses espérances, et nous le voyons,
dans une épître dédicatoire, s'étonner « d'a-
voir pu, sans art, sans étude, sans éducation,
parvenir à faire ces poésies, et, si l'on ne
m'a pas trompé, poursuivait-il , rencontrer
quelquefois les pensées de ces anciens, que je
n'ai jamais lus [1]. » Si l'aveu respire la modestie, il respire tout autant la candeur. Les
anciens, on s'en doute, n'ont rien à faire là ,
et le pauvre Genest ne les approche guère,
quoi que lui en aient pu dire ses amis.

Au moins savait-il choisir ses amis. M. de
Nevers avait été le premier conquis. Pellisson, dont on avait enfin pardonné la fidélité
au malheur, suivait l'armée ; il lia connaissance avec le jeune poëte et se joignit au duc
pour attirer sur le débutant les regards et la
faveur de Sa Majesté [2]. Un prix remporté à
l'Académie, à la même époque, vint consacrer
cette renommée naissante et mit Genest à

---

[1] *Poésies à la loüange du roy* (chez Pierre le Petit,
1674), préface.
[2] Genest reçut pour ses vers une gratification de
200 pistoles. — *Lettres historiques de M. Pellisson*
Paris, 1729), t. I, p. 371.

la mode. Les gazettes avaient apporté la nouvelle de son triomphe au camp, et ce fut à
qui le fêterait. Les journées s'écoulaient en
réjouissances qui tenaient un peu de l'orgie,
et Genest se laissait aller à cette vie dissipée
sans y trouver le moindre mal. Un jour,
le père Ferrier vint à passer au moment où
il s'en donnait à cœur-joie avec une bande
de jeunes officiers. « Je voudrois bien, lui
dit à l'oreille le confesseur du roi, vous
voir plus de sagesse et un autre habit. »
Cela était significatif dans la bouche d'un
homme que sa position rendait tout-puis-
sant, et qui semblait porter intérêt à cet
écervelé dont l'avenir était à faire; du
moins, Genest l'entendit ainsi. Son parti
fut bientôt pris : il quitta le camp, revint à
Paris, raccourcit sa perruque, laissa là une
épée dont, sous toute apparence, il avait fait
peu d'usage, et endossa le petit manteau noir.
Par malheur, le père Ferrier mourait peu de
temps après, avant d'avoir pu faire quelque
chose pour son protégé [1].

Le nouvel abbé n'avait, toutefois, pas à se
repentir d'une détermination qui forçait

---

[1] Le père Ferrier mourut en 1674.

M. de Nevers à le tirer de son écurie, où il eût été peu décent de lui voir donner des ordres en soutanelle. Il accompagna le duc à Rome, où celui-ci menait sa belle-sœur, la jeune duchesse de Sforze[1], et il y resta trois ans. Au bout de ce temps, Pellisson écrivait à Genest de revenir et le logeait chez lui, à Versailles (1677).

Ce n'était rien et c'était tout pour un homme souple, spirituel, complaisant, désireux de se creuser son trou et disposé à tenter bien des choses dans ce but; il se faufila d'une maison dans une autre, se fit aimer partout et sut intéresser à sa fortune des patrons dont il eut le droit d'être fier. Par M. de Nevers il s'était ouvert la porte de madame de Thianges, et par madame de Thianges, il se vit introduit chez les deux autres sœurs, madame de Montespan et l'abbesse de Fontevrault.

Mademoiselle Serment n'avait appris à Genest qu'à aimer les vers; hors cela, nulle teinture, nulle étude. C'était bien peu pour un homme appelé à être le précepteur de mademoiselle de Blois, celle qui fut plus tard

---

1 *Mercure galant*, février 1682, p. 237-240.

la femme du Régent[1]. Mais avec le sentiment
de son ignorance, Genest avait l'ardent vouloir d'en sortir. Dès l'époque où il appartenait
encore au duc de Nevers, il s'était mis à
mordre à belles dents à la philosophie de
Descartes, et ne manquait à aucune des
conférences de Rohaut. Cet engouement pour
la doctrine cartésienne eut deux résultats,
l'un bon, l'autre déplorable. Le déplorable
fut un poëme sur ladite doctrine, qui coûta
trente ans à son auteur, et qui en demanderait
le double à lire ; l'autre résultat, fort heureux pour lui, celui-là, fut la connaissance et
l'affection de Bossuet, grand cartésien lui-
même. Le précepteur du Dauphin voulut
bien l'être aussi de l'abbé qui, tous les mardis,
au lever du prélat, avant la leçon du prince,
venait puiser le savoir à cette source élo-
quente et profonde. Ce ne fut pas là la seule

---

[1] Il ne faut pas perdre de vue qu'il y eut deux
demoiselles de Blois, la première duchesse de
Conti, qui était une La Vallière, et celle dont il est
question ici, qui valut au duc d'Orléans, en l'épou-
sant, un vigoureux soufflet de Madame. Ce fut en
décembre 1684, que l'abbé Genest fut mis auprès de
mesdemoiselles de Nantes et de Blois. — Dangeau,
Journal, t. I, p. 78.

amitié illustre et profitable dont Genest fut
redevable à son caractère facile et sympathique. De Court, qui se plaisait avec lui, l'en-
traînait souvent dans un bosquet retiré de
Versailles, où ils se perdaient en causeries
sur les grands écrivains de cette antiquité si
riche ; à Fontevrault, la docte abbesse lui faisait bégayer la langue de Virgile et d'Horace, qu'elle parlait avec une rare éloquence
et qu'il ne parla guère bien, quelques efforts
qu'il tentât pour faire honneur à sa maîtresse.
Malezieu, son émule et son rival dans l'occupation laborieuse de divertir Ludovise, fut
plus heureux en le poussant vers le théâtre
où l'inspiration et le pathétique dominent
tout le reste, et ce fut à ses conseils, à son
goût épuré que Genest dut les couronnes
éphémères dont il ne tint qu'à lui d'ombra-
ger son front tragique.

L'abbé n'était pas un Adonis ; mais, comme
Pellisson, tout aussi dénué du côté de la mine
que son ami, il avait une de ces laideurs
heureuses qui mènent parfois plus sûrement
au but qu'une jolie figure. Genest avait un
nez monumental, un de ces nez qui font
qu'on se dérange de peur de s'y heurter ; ce
nez était le sujet d'éternelles plaisanteries

soit en vers, soit en prose, que son possesseur
supportait avec plus que de la résignation,
une gaieté franche qui semblait dire aux
railleurs : Ne vous gênez pas, je ne peux pas
plus que vous le regarder sans rire. Le duc
de Bourgogne voyait le nez de l'abbé Genest
partout ; dessinait-il, c'était le nez de l'abbé
qui se profilait sous son crayon ; était-il en
carrosse, à peine la chaleur du dedans avait-
elle couvert la glace d'une couche de vapeur
que le jeune prince reproduisait avec son
doigt ce nez ébouriffant. Un jour, le comte
de Matignon, s'étant présenté à son lever
avec un justaucorps couvert d'un nuage de
poudre, tout aussitôt le duc de Bourgogne de
retracer avec la dent d'un peigne, cette image
qui le poursuivait incessamment : le nez parut
d'une parfaite ressemblance, ressemblance
d'autant plus aisée à constater que l'original
était présent. Voici une petite aventure à
laquelle l'abbé s'attendait moins et qui le
déconcerta pleinement cette fois ; il est vrai
qu'il s'agissait de tout autre chose que de
son nez. Mais laissons raconter l'abbé d'Olivet, dans une lettre curieuse sur Genest,
adressée au président Bouhier.

« ... Voyez, je vous prie, dans les nou-

velles lettres de madame de Sévigné, ce qu'elle
raconte du marquis d'Hoquincourt [1], qui, à
une cérémonie des cordons bleus, étoit tellement habillé, que ses chausses de page étant
moins commodes que celles qu'il avoit d'ordinaire, sa chemise ne voulut jamais y
demeurer, quelque prière qu'il lui en fît. Ainsi
en usoit souvent la chemise de l'abbé Genest,
sans qu'il se mît en peine de la corriger. Or
voici ce qui arriva de plaisant : une de ces
longues soirées d'hiver où l'ennui cherche à
pénétrer dans Versailles comme ailleurs, le
roi se divertit à voir un joueur de goblets,
qui faisoit l'admiration de Paris, et dont un
des principaux tours étoit de prendre entre
ses mains un verre, le plus grand que l'on
pût trouver, et de le faire disparoître avec
tant de souplesse, que ceux qui le regardoient
de plus près ne savoient ce que le verre étoit
devenu. Pour mieux voir son jeu, l'abbé Genest, près de la porte, avoit pris une lunette.

[1] Madame de Sévigné, *Lettres* (édit. Monmerqué)
t. VII, p. 251. Lettre de madame de Sévigné à madame de Grignan; à Paris. lundi 3 janvier 1688.—
Opposer à ce récit, le récit de la même aventure,
dans une addition de Saint-Simon.—Dangeau, *Jour-*
nal, t. II, p. 258.

Tout à coup l'opérateur ayant jeté les yeux
sur cette physionomie frappante, et sachant
que Sa Majesté ne demandoit qu'à rire, dit
fort haut et comme en colère : *Quel est cet
homme-là qui ose me regarder avec une lunette?
qu'on me l'amène.* Il fallut descendre du
piédestal ; la compagnie s'entr'ouvre pour le
laisser passer ; pendant ce temps-là le verre
est escamoté ; et l'opérateur s'étant aperçu
que l'abbé étoit habillé à la manière du marquis d'Hoquincourt, il eut l'insolence d'y
porter la main en disant : *A quoi songez-vous,
monsieur l'abbé, d'avoir là dedans un verre qui
peut vous blesser?* On vit en effet sortir de là ce
grand verre, qui avoit disparu. Jamais le roi
n'a ri de si bon cœur, et c'est un trait à
mettre dans son histoire : car il me paroît
édifiant qu'un roi ait ri, du moins une fois en
sa vie, de ce rire naturel qui est le partage
de l'innocence champêtre [1]. »

La mésaventure du pauvre abbé avait été
pour le duc de Bourgogne une occasion de
plus de jouer des crayons. Il avait simulé une
médaille de carton portant, sur l'une des faces,

[1] D'Alembert, *Œuvres complètes* (Belin, 1821), t. II,
p. 535, 536.

le profil de l'abbé Genest avec ces trois mots
latins : *Carolus Genestus Naso.* « Quoique notre
confrère, ajoute d'Olivet, fût l'homme du
monde qui entendît le mieux la raillerie, cette
aventure le déconcerta un peu. Il ne pouvoit
se montrer nulle part dans Versailles, qu'on
ne se prît à rire; en sorte qu'il fut plusieurs
jours sans oser paroître chez M. le duc de
Bourgogne. Il y retourna enfin, non sans
avoir pris ses précautions, cette fois-là, pour
être vêtu décemment. On fit remarquer cette
nouveauté au prince qui, sur-le-champ et sans
dire mot, ayant recherché la médaille qu'il
avoit faite de l'abbé, mit au revers un temple
de Janus fermé avec ces paroles à l'entour :
Quod Janum clauset (parce qu'il a fermé le
temple de Janus); après quoi il fit présent de
la médaille à l'abbé Genest, qui l'en remercia
par une fort jolie épître en vers [1]. »

1 L'abbé d'Olivet raconte une autre aventure arrivée à l'abbé Genest, *pro naso*, chez le cardinal
d'Estrées, à Rome. Mais nous renverrons à la lettre
de d'Olivet qui donne les détails les plus circonstanciés sur l'auteur de *Pénélope.* Son pauvre nez
était un thème inépuisable de facéties. Genest
s'appelait Charles : M. du Maine et la duchesse s'é-
tant avisés de faire son anagramme, trouvèrent ces
mots : « Eh ! c'est large nez ! » Ce qui fut la source

Cette plaisanterie nous amène à constater, en passant, cet amour pour le dessin qui était devenu une vraie fureur parmi les petits-fils de Louis XIV. Le duc de Bourgogne n'était pas seul à manier des crayons; Philippe V dessinait aussi, tant bien que mal. « J'ai vu ce matin, écrivait madame de Maintenon à sa nièce, M. Blouin [1], qui m'a apporté de la part du jeune prince, son portrait qu'il a barbouillé lui-même [2]... » Madame de Maintenon n'envisage pas cela de fort bon œil, non pas que ce soit un péché capital, mais parce que le dessin fait beaucoup trop oublier l'écriture. « Dessiner est un très-joli plaisir; mais écrire est un plaisir utile : je voudrois que nos princes ne regardassent l'un que comme délassement de l'autre : il n'est point

---

de plus d'une plaisanterie, et en particulier, d'un rondeau qui n'avait de bon que l'intention.—*Divertissemens de Sceaux*, p. 156; voir encore, p. 141, 150, 151, 152, des vers de M. le Duc et la réponse de sa joyeuse victime sur ce perpétuel objet d'épigrammes et de quolibets.

[1] Premier valet de chambre du roi.

[2] *Lettres de madame de Maintenon* (Léopold Collin, 1806), t. V, p. 141. Lettre de madame de Maintenon à madame de Caylus.

indifférent aux rois d'écrire bien et facile-
ment [1]... »

Madame du Maine, qui aimait les gens d'un
esprit gai et quelque peu bouffon, songea à
s'attacher Genest, aussitôt que l'éducation de
mademoiselle de Blois le rendit à lui-même.
Un pareil homme, en effet, valait toute une
armée ; aussi lui donna-t-on, quand Sceaux
fut acquis, un appartement où il demeurait
une partie de l'année et où il passa son dernier été. Cette chaîne n'était pas, au fond,
moins étroite que glorieuse. L'abbé, qui dut
éprouver souvent la nécessité de reprendre
haleine et de s'appartenir un peu, se fit
accommoder dans la suite une maison au
Plessis-Piquet, auprès d'un couvent de Feuillants avec lesquels il vivait en parfaite intelligence, servi par son valet le fidèle Descar-
rières, et desservi, d'autre sorte, par le valet
des moines, un certain Le Bossu qui buvait
son vin [2]. Mais ces fugues n'étaient possibles
que par éclairs. Le besoin qu'on avait de

[1] *Lettres de madame de Maintenon* (Léopold Collin,
1806), t. IV, p. 94. Lettre de madame de Maintenon
au duc de Noailles ; à Saint-Cyr, 11 décembre 1700.

[2] *Divertissemens de Sceaux* (Trévoux, 1712), p. 138,
139, 143.

lui le faisait rappeler tout aussitôt, et il
s'exécutait de bonne grâce, sachant que les
requêtes rimées qui lui étaient adressées,
étaient aussi absolues que si elles eussent été
formulées dans la langue de M. Jourdain.

Cette chartreuse de Genest, au Plessis-Piquet, était bonne pour recevoir un père celle-
rier, un dom Michel et un dom Puleu, le curé
du Plessis, voire le bailli de Sceaux; mais elle
n'était pas faite pour abriter des demi-dieux.
Plus fortuné que l'abbé, Malezieu possédait
à Châtenay [1], joli village situé sur la pente
d'un coteau, une maison charmante domi-
nant Sceaux et Berny, qui ne semblaient
placés là que pour faire un point de vue déli-
cieux au confortable réduit du galant et très-
mondain astronome [2]. Bien que le pays
n'abondât pas en eaux, il y avait de beaux

[1] Châtenay-lez-Bagneux, proche Bagneux, ainsi
appelé pour le distinguer de Châtenay, près Mont-
morency.

[2] Les maisons et les jardins de M. Dépré, du curé
et du maître d'école de Châtenay, situés rue d'An-
tony, occupent l'emplacement de la maison et du
parc de Malezieu, dont quelques allées taillées, chez
M. Dépré, rappellent encore le souvenir.— Charles
Barthélemy, *Histoire du village de Châtenay-lez-Bagneux* (Châtenay, 1847), p. 90.

bois et des prairies verdoyantes, la végétation
était luxuriante, l'air très pur : il eût été
difficile de bâtir son nid au sein d'un paysage
plus riant. La duchesse du Maine, qui ne
pouvait se passer de Malezieu, était allée
visiter Châtenay : elle trouva le lieu tellement
de son goût qu'en 1699, elle laissa partir la
cour pour Fontainebleau et décida qu'elle y
attendrait le terme de sa grossesse. Il faut
dire que Malezieu faisait des prodiges pour
distraire ses hôtes. Mille plaisirs se parta-
geaient la journée, qui finissait trop tôt.
Durant les repas, c'étaient des concerts de
flûtes, de hautbois, de violons auxquels se
mêlaient le clavecin et les trompettes. Puis on
allait chasser. Ceux qui ne chassaient pas
faisaient des excursions dans le voisinage.
On se rassemblait vers le soir, la princesse
présidait naturellement le petit cercle et lui
imprimait la direction qui lui convenait. L'on
ne tardait pas à se mettre à jouer, tantôt le
hocca, tantôt l'antique jeu de l'oie. Toutefois
l'on jouait petit jeu ; c'était bien le moins que
l'on fît cette concession unique aux instincts
d'économie du prince. « M. le duc du Maine,
écrit l'abbé Genest à mademoiselle de Scudéry, se plaignit en sortant du jeu qu'il avoit

perdu deux écus ; les princesses louèrent leur
fortune d'en avoir gagné environ autant [1]. »

Mais si les jours s'écoulaient joyeusement,
le spectacle qu'offraient les nuits avait
quelque chose de féerique. Madame du Maine
avait une fureur de pyrotechnie telle qu'on
eût pu approvisionner nos troupes, toute une
campagne, seulement avec la poudre qu'elle
brûlait en fusées et en pièces d'artifices.
« Depuis que je suis ici, dit encore l'abbé
Genest, il n'a pas manqué une seule soirée
d'y avoir un feu d'artifice également admirable et ingénieux. Madame la duchesse du
Maine aime ces spectacles, qui en effet sont
nobles et magnifiques, et l'on s'occupe à lui
en préparer toujours de nouveaux [2]. » Cette
spécialité des divertissements était confiée
à un gentilhomme appelé M. de Villeras,
qui justifiait pleinement la confiance qu'on
avait en lui.

« ... Que diriez-vous, mademoiselle, d'un
tournoy de feu ? un enchanteur paroît, et
dans une grave harangue annonce à madame

---

[1] *Divertissemens de Sceaux*, p. 50. Lettre à mademoiselle de Scudéry.

[2] *Ibid.*, p. 41.

la duchesse du Maine le combat de deux chevaliers, dont l'un soutient que mademoiselle
de Lussan, qui étoit alors auprès de la princesse [1], est la plus charmante et la plus
accomplie damoiselle qui soit au monde. Des
champions paroissent avec des lances de feu,
des plumes de feu sur leur casque, des armes
éclatantes de feu ; les chevaux jettent du feu
par les yeux et par les naseaux : leurs crins
sont des flammes ondoyantes ; ils font mille
tours, mille passades et mille caracoles en
remplissant l'air tout de feu. Ensuite les
chevaliers se battent avec des épées flam-
boyantes : tout se réduit en feu, et ainsi se
termine le combat ou l'enchantement [2]... »

Un autre soir, c'est sur une échelle plus
grandiose encore.

« Après le souper, madame la princesse
fut invitée d'aller en carosse à quelques pas
de la maison ; elle vit, à la clarté des flam-

[1] Fille d'honneur de la duchesse, qui la maria, en
1700, au duc d'Albemarle, fils naturel de Jacques II,
et donna aux deux époux, avec la nourriture, un
logement à Paris, à l'Arsenal, et un autre dans sa
maison à Versailles. — Dangeau, *Journal*, t. VII,
p. 337, 338, 344, 383.
[2] *Divertissemens de Sceaux*, p. 43, 44.

14

beaux, un fort, et vis-à-vis deux grands navires qui paroissoient à l'ancre dans un pré. On ôta les chevaux ; les carosses furent ainsi changez en amphithéâtre.

« Les navires distinguez par leurs fanaux s'approchèrent du fort, et commencèrent à le canoner et à le bombarder. Le fort répondit aussi par des boulets rouges : les vaisseaux revirèrent diligemment et tirèrent de nouvelles bordées. On voyoit le cercle des bombes et la trace directe des boulets qui étoient des fusées. Tout cela étoit compassé avec une justesse incroyable. Ensuite les troupes de terre attaquèrent le fort à plusieurs reprises, et la défense ne fut pas moins vigoureuse que l'attaque. On lançoit de part et d'autre une infinité de fusées qui imitoient le feu des grenades. Les attaques paroissoient à la lueur du feu. Enfin le feu se prit aux vaisseaux : ils sautèrent en lançant dans les airs une double girandole. De même le feu se mit aux magasins du fort, et il sauta en lançant aussi une girandole qui égala sans doute celle qu'on voit tous les ans au château Saint-Ange, à Rome.

« Je me ressouviens des assauts de Maestrik et de Cambray, que j'ai vus ; et cette

agréable feinte m'a rappelé des images très-
vives, qui me sont demeurées dans l'esprit,
et que je ne croyois pas qu'on pût si bien me
représenter[1]. »

Il y a loin de ces merveilles aux fusées de
maître Jean Boutefeu « qui courent parmi
les gens quand elles sont tombées, et rendent
un peu de flammes » dont parle Commines[2];
et nous ne voyons pas que, de nos jours, on
ait sensiblement reculé les limites de cet art
flamboyant. Ce fut à Châtenay que la duchesse du Maine fit ses couches. Sceaux était
à vendre, et il était impossible que l'idée ne
vînt pas à la jeune femme d'acquérir cette
résidence princière qui la mettait porte à porte
avec son « curé. » Quelques mois après ce
séjour à Châtenay, Sceaux, comme on le
verra, passait effectivement des mains des
héritiers de Seignelay aux mains du duc du
Maine. Malezieu, c'est à croire, ne dut pas
être étranger à cet arrangement qui ne lui
pouvait être qu'avantageux. Son influence

---

[1] *Divertissemens de Sceaux*, p. 50, 51, 52. Lettre à
mademoiselle de Scudéry.

[2] Philippe de Commines, *Mémoires* (Michaud et
Poujoulat), t. IV, p. 12.

était souveraine sur M. du Maine, et plus
grande encore sur la fantasque duchesse ;
un excellent moyen de l'affermir, c'était sans
doute de ne les pas quitter.

« Il ne la perd pas de vue, dit le marquis
de Lassay, et il la fait toujours entourer par
sa famille et par ses créatures ; mille gens
croient qu'il y a une galanterie entre eux ;
pour moi je suis persuadé que les sentimens
qu'elle a pour lui sont de l'espèce de ceux
que les enfans ont pour leur mies, et qu'il ne
faut point chercher d'autre cause à l'entête-
ment de madame du Maine et à l'extrême
assiduité de Malezieu, que l'enfance de l'un et
l'intérêt prodigieux de l'autre à conserver un
empire d'où sa considération et toute sa fortune dépend. Ce n'est pas que madame du
Maine ne soit coquette, mais elle en veut de
plus jeunes, et la figure de Malezieu est si
effroyable, que je n'imagine pas qu'on la
puisse aimer [1] : du reste c'est un fol qui a beaucoup d'imagination ; on peut même dire d'esprit ; car c'est à cette partie de l'esprit,
qu'on en donne ordinairement le nom ; il

---

[1] Malezieu avait alors (1705) environ cinquante-cinq
ans.

est insolent, vain, et menteur à l'excès, il
parle avec autorité, et assure une chose
fausse avec impudence ; cependant il impose
à beaucoup de gens, il ne connoît ni le monde
ni les bienséances, et il est aisé de voir qu'il
est né peu de chose, et qu'il n'a pas vécu dans
de certaines compagnies.

« Pour achever de vous donner une idée
de toute la maison, continue le charitable
marquis avec son venin doucereux, il faut
encore vous dire que l'esprit de M. du Maine
est plus boiteux et plus de travers que son
corps : c'est un homme foible au delà de ce
qu'on peut imaginer, sauvage, timide, dévot,
et fait exprès pour être gouverné : aussi l'est-
il parfaitement par sa femme et par Malezieu
qui est le maître absolu de la maison : inuti-
lement M. et madame du Maine ont la volonté
de faire du bien à quelqu'un, ou de rendre
quelque service, ils n'agissent jamais que pour
les créatures et pour les amis de Malezieu
qui représente la grâce efficace, et M. et madame du Maine la grâce suffisante [1]. »

---

[1] Lassay, *Recueil de différentes choses* (Lausanne,
1756), 1re partie, p. 370 à 376.—Lassay n'a hasardé que
les initiales, mais il n'y a pas à s'y méprendre.

Ce portrait aurait été fait en 1705. Lassay, qui était depuis neuf ans le beau-frère de M. et de madame du Maine, qui fréquentait fort la petite cour de Sceaux et assistait, cette année même, à la fête célèbre que Malezieu donna à Châtenay, était en position de les bien connaître et de les juger sainement. Saint-Simon est tout miel auprès de ces quelques lignes, qui ne seront pas les seuls monuments de sa haine cachée pour l'illustre couple. On sent, pourtant, que tout cela n'est que grossi. Malezieu, homme habile plus que léger, frivole plus pour dissimuler sa force que par penchant, faisait mouvoir à son gré tout ce monde dont il était l'âme, et la cour de Clagny, bientôt celle de Sceaux, ne sera remplie que de ses créatures. Mademoiselle Delaunay, à propos de sa présentation à Sceaux et des succès passagers qu'elle y obtint d'abord, grâce à l'impression favorable qu'elle produisit sur lui, ajoute plaisamment : « Ce suffrage me mit en honneur dans une cour où les décisions de M. de Malezieu avoient la même infaillibilité que celles de Pythagore parmi ses disciples. Les disputes les plus échauffées s'y terminoient au moment que quelqu'un prononçoit : *Il l'a dit.*

Il dit donc que j'étais une personne rare ; on le crut. » D'ailleurs, tyran doux, complaisant, aimable, aimé de tous, soigneux de ce qui peut plaire, actif pour le plaisir des autres et gardant ce que son esprit avait de sérieux pour le peu d'heures qu'on le laissait dans son cabinet. Il avait fait construire une espèce d'observatoire et s'y livrait à des recherches astronomiques dont il communiquait les résultats à l'Académie des sciences qui se l'adjoignit précisément vers ce temps (1699), à titre de membre honoraire[1]. Il était rare que la duchesse du Maine ne l'y relançât point, et, malgré ce que dit galamment Fontenelle de son savoir, elle devait moins l'aider que le gêner parfois : mais c'est ce qu'il se fût bien gardé de laisser voir.

Si l'activité dévorante de la princesse s'étendait à tout, le théâtre fut le grand attrait de sa vie : on peut dire qu'elle l'aima dès le berceau ; elle l'aimait encore, de la même ardeur juvénile, qu'elle avait déjà un pied

---

1 Moreri, *Dictionnaire historique* (Paris, 1759), t. VII, p. 132.—Piganiol de la Force, *Description de Paris*, t. IX, p. 106 à 107. — L'abbé Le Bœuf, *Histoire du Diocèse de Paris*, t. IX, p. 369.—Fontenelle, *Œuvres complètes* (Belin, 1818), t. I, p. 386. *Éloge de Malezieu.*

dans la tombe. Elle ne craignait pas de prendre un rôle dans les pièces qu'elle faisait
représenter chez elle, et de figurer devant un
public de courtisans qui n'avait qu'à applau-
dir. Mais madame du Maine fut-elle la première, fut-elle la seule qui se rendit coupable de cette énormité? Elle ne différa des
autres, peut-être, que par plus d'emportement dans ces divertissements dont nous ne
nierons ni les inconvénients ni les dangers.
Le théâtre était tellement dans les mœurs
que c'est la rigide madame de Maintenon qui
l'introduit à Saint-Cyr et à la cour. Ce scandale, si c'en fut un, de faire jouer des actions
dramatiques par des filles de condition, des
grandes dames et des princesses, c'est elle qui
le donne. *Esther* inaugura à Saint-Cyr, durant
le carnaval de 1689, cette série de représentations auxquelles tout le monde allait
prendre part. Racine avait pu céder une première fois aux prières de sa protectrice, il y
céda une fois encore; mais c'était loin de
suffire à ce besoin fiévreux du jeu, des surprises, des émotions de la scène. La marquise s'avise un jour, toute affaire cessante,
d'envoyer un ministre du roi chez le poëte
Duché qui se trouve trop honoré que M. de

Pontchartrain vienne lui-même le mener à la Bastille : « car il ne lui passa pas autre chose par l'esprit [1]. » Il ne s'agissait pourtant que d'*Absalon*.

Cette tragédie fut jouée dans le cabinet de madame de Maintenon, où l'on avait dressé un fort joli théâtre. La duchesse de Bourgogne y faisait le personnage de Thamar « avec un habit magnifique brodé de toutes les pierreries de la couronne; » le duc d'Orléans celui de David, le comte d'Ayen Absalon, madame d'Ayen Tharès, mademoiselle de Melun la femme de David. Les autres acteurs étaient Baron le père et quelques domestiques de M. de Noailles. L'on joignait à la seconde représentation une comédie de Jean-Baptiste Rousseau, *la Ceinture dorée,* dans laquelle le duc d'Orléans avait aussi son rôle [2]. Et remarquez que madame du Maine, qui était présente, n'y assistait qu'à titre de simple spectatrice [3]. Avant *Absalon*, Duché avait donné *Jo-*

[1] *Lettres de madame de Maintenon* (Léopold Collin, 1806), t. IV, p. 126. Lettre au duc de Noailles ; Versailles, ce 3 août 1703.

[2] *Mercure galant,* février 1702, p. 376, 377.

[3] Dangeau, *Journal,* t. VIII, p. 295, 296, 309 19 janvier et 3 février 1702.

nathas, « comédie de dévotion, » jouée déjà par la duchesse de Bourgogne et par la famille de Noailles [1]. La princesse avait également figuré dans *Athalie :* elle y représentait Josabeth moins bien, disons-le en passant, que la comtesse d'Ayen. Les rôles d'Abner, d'Athalie, de Joas et de Zacharie avaient été remplis par le duc d'Orléans encore, la présidente de Chailly, le comte de Lespar et M. de Champron [2]. Aux pièces d'édification se mêlaient les profanes, et *les Précieuses ridicules,* interprétées avec tout l'entrain et la verve de véritables acteurs par le marquis de La Vrillière et le duc d'Orléans qui se multipliait [3], succédaient gaiement à la tragédie sacrée.

L'abbé Genest était à la cour une sorte de Benserade composant à tout bout de champ de petits opéras, tantôt pour les noces de M. de Bourbon, tantôt pour fêter le retour de Monseigneur à Versailles, ou signaler sa bien-

[1] Dangeau, *Journal,* t. VII, p. 205; 5 et 6 décembre 1699.

[2] *Lettres de madame de Maintenon* (Léopold Collin, 1806), t. IV, p. 119. Lettre au duc de Noailles; samedi au soir, 1702.—*Anecdotes dramatiques* (Paris, 1775), t. I, p. 121.

[3] *Mercure galant,* février 1702, p. 385, 386.

venue dans quelques-unes des excursions de
l'auguste chasseur, au Raincy entre autres[1].
Ce n'étaient là que des ébauches commandées
par la circonstance et dont l'indigence dispa-
raissait un peu sous les airs de Lalande, son
collaborateur le plus habituel. Mais il visait à
mieux. Dès 1682, *Zobéide* l'avait posé en poëte
tragique. Deux ans après, *Pénélope*, mal reçue
d'abord, obtenait un succès d'attendrissement
et de larmes qui fit événement. Les gens du
métier vantaient dans *Pénélope* l'habileté avec
laquelle on y faisait accepter jusqu'à trois
reconnaissances[2]; et dans une opposition
entre la Tragédie et l'Opéra, La Bruyère cite
Pénélope après les deux *Bérénices*[3]; les gens
austères louaient l'honnêteté, la parfaite candeur des mœurs. Bossuet, cet adversaire dé-
claré du théâtre, mais cet ami de Genest,
disait, à propos de *Pénélope* : « Je ne balance-
rois pas d'approuver ce spectacle, si l'on

[1] Dangeau, *Journal*, t. I, p. 200; t. II, p. 212;
t. VI, p. 133. — *Mercure galant*, août 1685, p. 207 à
287; juin 1697, p. 199 à 207. — *Gazette de France*,
1685, p. 441 à 452.

[2] D'Alembert, *Œuvres complètes* (Belin, 1821), t. II,
p. 538. *Éloge de Genest.*

[3] La Bruyère, *Caractères* (Jannet, 1854), t. I, p. 156.
Des ouvrages de l'Esprit.

représentoit toujours des pièces aussi épu-
rées. »

Genest appartenait à M. du Maine, madame
du Maine aimait le théâtre à l'idolâtrie, rien
de plus simple qu'il lui consacrât les fruits de
sa muse. Ce fut pour elle qu'il fit la tragédie
de *Joseph*, qui fut représentée à Clagny, le
24 janvier 1706. La duchesse y jouait le rôle
d'Azaneth ; les autres rôles étaient échus à
Malezieu et à ses deux fils, à M. de Vernon-
selles, que le marquis de Roquelaure rem-
plaça à la troisième représentation, au marquis de Gondrin et à M. d'Erlac, capitaine aux
gardes suisses. « Tous ces Messieurs, dit le
Mercure, animés du désir de plaire à M. le
duc et à madame la duchesse du Maine, et
par l'exemple d'une si grande princesse, ne
négligèrent rien pour l'exécution de leur
rôle, et l'on peut dire qu'il seroit difficile
de trouver ailleurs des spectacles de cette
nature mieux exécutés [1]. » Mais nous allions
oublier Baron qui faisait Joseph, et jouait
côte à côte avec madame du Maine [2]. On

----

[1] *Mercure galant*, février 1706, p. 265 à 271.

[2] Baron ne fut pas le seul acteur que voulut bien
s'adjoindre cette troupe de grands seigneurs. Roseli
en faisait également partie. Il est vrai qu'il s'était re-

a vu la duchesse de Bourgogne accorder
le même honneur au célèbre comédien; la
châtelaine de Clagny ne faisait, après tout, que
suivre l'exemple d'une princesse, sa souveraine préventive. Au reste, disons-le, elle n'a-
vait nul besoin d'être encouragée, et il lui suffisait bien qu'elle en eût l'envie pour ne point
se préoccuper de ce que l'on pourrait penser. *Joseph* fut représenté quatre fois, et madame du Maine joua les quatre fois[1]. Malezieu
a laissé sur *Joseph* et la sensation qu'il produisit des détails d'autant plus piquants qu'on
ne supposerait guère maintenant qu'il ait pu
arracher tant de larmes; nous les trouvons
dans un discours sur la tragédie de son ami
adressé à leur commune patronne.

« ... Je crois entendre encore, dit-il, monseigneur le Prince, votre père, le jour que
j'eus l'honneur de lui lire *Joseph,* pour la

tiré du théâtre depuis 1701. — Les frères Parfaict,
Histoire du Théâtre-François (Paris, 1748), t. XIV,
p. 543.

[1] *Les Anecdotes dramatiques* disent cinq fois, mais
Dangeau ne fait mention que de quatre représentations, la première, comme on l'a vu, le 24 janvier;
les autres le 1er, le 8 février et le 28 mars 1706.—
Dangeau, *Journal*, t. XI, p. 16, 22, 27, 45.

première fois, en présence de Votre Altesse
Sérénissime... Vous sçavez, en effet, madame,
qu'il sanglota depuis le commencement jusqu'à la fin, et qu'il m'ordonna plus d'une fois
de suspendre la lecture, parce, disoit-il, qu'il
se sentoit étouffer. Deux autres grands princes, dont la France pleurera toujours la perte,
honorèrent aussi de leurs larmes ces premières lectures de *Joseph*. Il vous souvient,
madame, que feu monseigneur le Duc, qui
avoit sçu de M. le Prince, combien cette tragédie l'avoit touché, vint à Châtenay me
défier de le faire pleurer. Si cela m'arrive,
dit-il, ce sera pour la première fois de ma
vie, et jamais aucune pièce ne m'a mené
jusque-là. Sa résolution l'abandonna dès le
premier acte. La reconnoissance de Joseph et
d'Hély lui tira des larmes qu'il s'efforçoit en
vain de retenir. Il se leva deux fois dans la
suite pour les aller cacher, en vous disant
qu'il étoit honteux de pleurer comme un enfant... A l'égard du grand prince de *Conty,*
que puis-je dire, madame, qui représente
l'état où le mirent ces premières lectures?
assurément l'âme des héros doit être encore
plus tendre que celle des autres hommes.
Laissez-moi, disoit-il, le loisir de pleurer : il

faut que je me remette, je ne suis plus en état d'écouter[1]... »

Voilà des scènes irrésistibles, un pathétique triomphant et qui vient à bout des cœurs les plus impitoyables, des cœurs de prince ! « Cependant, nous fait observer malignement le sceptique d'Alembert, quand cette pièce parut sur la scène françoise, le public fut bien plus difficile à émouvoir que tant de princes ne l'avoient été. Tous les yeux furent secs jusqu'à la reconnoissance de Joseph et de ses frères, la seule scène qui produisit quelque effet; et la pièce, après quelques représentations, disparut du théâtre pour ne s'y remontrer jamais[2]. »

A la date de ces solennités dramatiques, la duchesse du Maine régnait à Sceaux depuis cinq ans, et si nous avons anticipé d'autant sur les événements, nous y avons été amené par le souvenir de ce beau château de Clagny condamné dès lors à une solitude dont il ne sortit que par éclairs jusqu'à l'heure fatale où

---

[1] Genest, *Joseph* (Paris, 1711), p. vj, vij, viij. *Discours de M. de Malezieu à S. A. S. Madame la duchesse du Maine sur la tragédie de Joseph.*

[2] D'Alembert, *Œuvres complètes* (Belin, 1821), t. II, p. 538.

ces splendeurs s'évanouirent, non pas comme cela devait arriver pour Marly et tant d'autres résidences princières, devant les fureurs d'une révolution déchaînée, mais, en pleine monarchie (1767), par l'arrêt du maître, pour une cause, toute impérieuse, d'assainissement et de salubrité [1].

---

[1] J. A. Le Roi, *Histoire des rues de Versailles*, deuxième édition (Versailles, 1861), p. 6, 223.

V

Les Bâtards et le Parlement.—Lettres patentes d'Henri IV.
— César-Monsieur et M. de Guise. — Déclaration de
Louis XIV en faveur des princes légitimés.—Lettre du duc
du Maine au duc de Vendôme.—Le grand prieur n'aime pas
la cour.-- La comtesse de Brégy, nièce de Saumaize.—La
reine de Suède lui offre une province. — *Vous avez, belle
Brégis...*—Questions d'amour *par ordre du roi.*—Aimée de la
reine mère.— Elle a place dans son testament.—Restitution
au lit de mort.—Madame de Brégy affamée.—Machination
diabolique du grand prieur. — Les petits fromages. — Le
grand prieur pris en flagrant délit par le Dauphin. —
Louis XIV informé de l'aventure.—Défection de M. de La
Ferté.—Colère du roi. — M. de Vendôme obtient la grâce
du coupable.—Lord Portland.—Le grand prieur lui dispute
le pas.—Plaintes de l'ambassadeur.—Querelle au jeu entre
le prince de Conti et le grand prieur. — Ce dernier à la
Bastille. — Embarras et soumissions des Légitimés. — Le
grand prieur obligé de demander pardon à M. de Conti.—
Chaulieu médiocre administrateur. — Il est remercié.—
Crozat lui succède. — M. de Vendôme dans les remèdes.—
Défiguré jusqu'au dégoût. — Il couche avec ses chiens. —
Son existence crapuleuse. — L'évèque de Parme.—Santo-
Donino Albéroni. — Un étrange général d'armée. — Les
fraîcheurs de M. de Vendôme.

C'est de la campagne de 1693 que date la
faveur hors de toutes proportions dont on vit

15.

jouir M. de Vendôme. Il n'était pas de retour
d'Italie que déjà Monseigneur lui faisait préparer un appartement à Choisy où, durant
les deux mois qui suivirent, il n'alla pas
moins de quatre fois. Bien que l'on n'en fût
pas encore à penser que les bâtards, à défaut
d'héritiers légitimes, pussent ramasser le
sceptre vacant, ceux-ci se résignaient diffi-
cilement à ne compter que comme simples
pairs. Henri IV, un mois avant sa mort, avait
accordé au bisaïeul de M. de Vendôme et à son
autre fils des lettres patentes portant qu'ils
marcheraient immédiatement après les
princes du sang. Mais on pressent le peu de
solidité de pareils priviléges, lorsque celui
qui les octroie n'est plus là pour en surveil-
ler l'exécution. Aux obsèques mêmes de son
père, César-Monsieur, ayant voulu user de
ses prérogatives, M. de Guise l'avait tiré par
le bras, lui avait dit que « c'étoit bon hier,
mais pas aujourd'hui [1], » et l'avait fait ré-
trograder. Les Vendôme, qui n'avaient pas
sans doute à compter sur une bienveillance
excessive de la reine régente, se l'étaient tenu

[1] Dangeau, *Journal* (addition de Saint-Simon),
t. V, p. 2; 2 mai 1694.

pour dit et leurs fils et petits-fils n'eussent pas songé à faire valoir, après un *statu quo* de quatre-vingt-quatre ans, des droits plus que périmés, sans les circonstances exceptionnelles qui se présentèrent.

Nous avons déjà eu occasion de le remarquer, ce qui servit MM. de Vendôme plus que leur mérite, plus que l'affection réelle que le roi ressentait pour l'aîné, ce fut le besoin que l'on eut d'eux pour légitimer l'élévation de bâtards qui ne remontaient pas, ces derniers, à Henri IV. « On croit, consigne Dangeau dans son *Journal,* qu'on va faire revivre en faveur de M. le duc du Maine la pairie du comté d'Eu, qui est une des plus anciennes du royaume, et le roi donnera une déclaration en faveur de M. le duc du Maine, son fils, encore plus favorable que celle que Henri IV avait faite en faveur de M. de Vendôme, et il précédera au Parlement tous les pairs ecclésiastiques aussi bien que les laïques. » Cette forme dubitative chez Dangeau, d'ailleurs si bien informé des choses de la cour et en particulier des petites affaires des bâtards, est une façon de dire, puisque cinq jours plus tard, M. du Maine était reçu au Parlement et avait sa place après le prince de

Conti. Aussitôt que les lettres patentes con-
cédant ce rang nouveau au duc du Maine
s'appuyaient du précédent de celles octroyées
par Henri IV, il était logique de restituer à
MM. de Vendôme leurs qualités et priviléges
de princes légitimés, et le Parlement le décida
ainsi, sans opposition, dit Dangeau; sans
opposition ouverte, s'entend, et non sans
révolte cachée. Mais l'important était qu'on
obéît. « M. le duc de Vendôme, ajoute-t-il,
prit mardi (8 juin) sa place au Parlement
devant les pairs ecclésiastiques; M. le premier
président le harangua, et lui ôta le chapeau
en lui demandant son avis. Il a été traité en
tout comme l'avoit été M. le duc du Maine à
sa réception... » Nous avons sous les yeux une
lettre de M. du Maine à l'aîné des Vendôme,
où ce prince s'exprime en toute franchise sur
leur commune élévation : « ...Vous avés un
peu attendu vostre établissement, lui dit-il,
mais le voilà bon, et il me semble que voilà
nostre espèce assés honestement pourvue et
puissante...[1] » C'était bien, quant au présent.

---

[1] J. Delort. *Mes voyages aux environs de Paris* (Paris,
1821), t. II, p. 102. Lettre du duc du Maine au duc
de Vendôme; ce 8 octobre 1694.

Mais pourquoi ce qui était arrivé déjà ne se représenterait-il point, et qui assurait qu'un autre M. de Guise ne viendrait pas, un jour, remettre les choses à leur vraie place?

Louis XIV n'admettait guère qu'on vécût loin de la cour. La cour était la patrie obligée de tout homme de qualité, et ce n'était pas impunément qu'on s'en éloignait, même pour songer, sur le déclin de l'âge, à mettre ordre aux affaires de l'autre monde. M. de Vendôme, qui eût passé toute sa vie à Anet, ne s'y rendait jamais sans avoir antérieurement demandé si on le trouvait bon. Après cette victoire remportée sur les pairs, le prince s'empressa d'aller jouir du peu de temps qui lui restait dans cette charmante retraite où il pouvait se livrer à ses goûts en toute sûreté et en toute licence. « Ce fut le roi lui-même qui lui en fit la proposition [1]. » Le grand prieur suivait son frère à la cour, bien qu'il s'y trouvât mal à l'aise; mais il y demeurait le moins possible et regagnait à tire d'ailes son grand prieuré, son château d'Anet à lui. Versailles n'était pas son fait; il y fallait une tenue, une réserve, une surveillance de soi-

[1] Dangeau, *Journal*, t. V, p. 5, 6, 7, 14, 25.

même dont il était parfaitement incapable. Ses frasques y étaient continuelles, et les répressions qu'elles lui attiraient ne l'empêchaient pas de retomber le lendemain dans de nouveaux écarts. L'année même du second voyage du Dauphin à Anet, on se racontait une petite aventure d'un goût plus qu'équivoque, qui amusa pourtant, parce que le personnage auquel il s'attaquait, avec beaucoup d'esprit, prêtait à d'étranges libertés.

La comtesse de Brégy, l'un des derniers spécimens survivants de l'ancienne cour d'Anne d'Autriche dont elle avait été dame d'honneur, fut, en son temps, jeune, jolie, brillante, avec ce côté hardi, effronté, masculin des femmes de la Fronde. Elle était nièce du célèbre Saumaize, qui avait surveillé son éducation et s'était plu à développer son intelligence hâtive. A quatorze ans, on la mariait à M. de Brégy, dont elle devait être séparée une bonne partie de sa vie. Si l'on veut conserver quelques illusions à son égard, il ne faut pas ouvrir les *Historiettes* de Tallemant, qui nous fait d'elle un portrait plus piquant que flatté. « Elle est coquette en diable, dit-il, elle ne manque point d'esprit; mais c'est la plus grande façonnière et la plus vaine créa-

ture qui soit au monde [1]. » Le portrait que
madame de Brégy a fait d'elle-même pourrait
n'être pas plus strictement exact en sens
inverse. Comme son amie, madame de Choisy,
elle correspondait avec la reine de Suède,
qui lui offrait une province entière pour peu
qu'elle consentit à se fixer dans ses États. Ce
qu'il y a d'incontestable, c'est l'espèce d'autorité qu'eut longtemps la comtesse en matière
de goût et d'esprit. Benserade répondait en
vers à des *questions d'amour* posées par elle, et
ce *par ordre du roi*. Elle était poëte elle-même,
et il existe un volume de son fait, entièrement
illisible à cette heure [2]. Sa faveur fut aussi
effective que glorieuse auprès de la reine-
mère, à laquelle elle reproche pourtant « de
n'être pas libérale, » malgré les quatre cent
mille francs qu'elle lui soutira de son vivant
et les dix mille écus qu'Anne d'Autriche lui lé-
guait, comme souvenir, dans son testament [3].
Quand on approche de la tombe, on envisage

[1] Tallemant des Réaux, *Historiettes* (Techener,
1856), t. V, p. 423, 424.

[2] *Lettres et pièces de madame la comtesse de B*** (à Leyde, 1666).

[3] Madame de Motteville, *Mémoires* (Michaud et
Poujoulat) t. XXIV, p. 571. *Testament de la reine mère.*

les choses avec plus de crainte et de scrupule et il y parut à ses dernières dispositions. Nous lisons dans le *Journal* de Dangeau : « Elle a laissé en mourant deux cent cinquante mille francs à Monsieur, pour restituer ; elle avoit eu cela d'un don que lui avoit fait la reine mère autrefois, qu'elle a prétendu en mourant qui étoit injuste [1]. » Cette circonstance, qui n'est pas mince au point de vue de la somme, aide au portrait.

Tant qu'elle fut jeune, ses étourderies, ses exigences, ses travers lui réussirent, abrités qu'ils étaient par une protection royale et de grandes amitiés, celle de mademoiselle de Montpensier, entre autres. Malheureusement les ridicules survécurent à la beauté, avec cette nature d'esprit audacieux, quasi solda-tesque qui n'était plus de mode. Les chan-sons plurent sur le compte de madame de Brégy sans la faire reculer d'une semelle. Madame en fit une qui commençait ainsi :

> Vous avez, belle Brégis,
> Plus de printems que de lis.... [2].

[1] Dangeau, *Journal*, t. II, p. 131 ; 13 avril 1693.
[2] *Recueil de chansons historiques* (Bibliothèque im-périale. Manuscrits), t. XXIV, f. 27 ; elle est appelée

L'abbé de Choisy l'attribue à Louis XIV [1], mais nous l'en croyons parfaitement innocent pour plus d'une raison. Louis XIV avait dans l'esprit quelque chose de contenu, de sérieux, de majestueux, qui le rendait tout à fait incapable d'une moquerie; ce qui ne veut pas dire qu'il ne lui arrivât point de rire d'un mot plaisant tout comme un autre. On chansonne l'un de ses officiers, Béchamel, et il fredonne ces couplets qu'il trouve amusants. Il en aura fait autant des couplets sur madame de Brégy, et c'est là sans doute toute sa complicité. La comtesse, avec sa brusquerie, son sans-gêne, ses airs de folie surannés, ne prêtait que trop le flanc à certains tours de pages qui dépassaient souvent la stricte limite. Saint-Simon raconte un de ces tours joués à la pauvre comtesse par un ancien maître d'hôtel de la reine mère, Estoublon, que nous serions bien embarrassé de rapporter ici et qui pourtant divertit fort Louis XIV [2].

indifféremment, dans les mémoires du temps, *Brégis* ou *Brégy*.

[1] L'abbé de Choisy, *Mémoires* (Michaud et Poujoulat), t. XXX, p. 673.

[2] Dangeau, *Journal* (addition de Saint-Simon), t. II, p. 135; 29 avril 1688.—Saint-Simon, dans une

Les derniers jours d'appartement avant le
départ du roi pour Fontainebleau, le grand
prieur et le duc de La Ferté causaient ensemble à quelque distance du lieu où était
dressée la collation, quand ils aperçurent, se
dirigeant vers un buffet, madame de Brégy
et une autre femme non moins âgée et non
moins affamée, car elles tombèrent sur les
plats et les rafraîchissements en vrais oiseaux
de proie. Le grand prieur les voyant opérer
d'aussi bon cœur, trouva qu'il serait on ne
peut plus plaisant de gâter indignement des
fromages qui semblaient être les mets pré-
férés des deux douairières. M. de La Ferté rit
beaucoup de l'idée et y applaudit. C'était plus
qu'il n'en fallait pour décider le grand prieur
qui exécuta aussitôt ce beau projet et « cracha
tant qu'il put sur les petits fromages. » Par
malheur, Monseigneur vint à passer et remar-
qua cet étrange manége. Il l'appela sur-le-
champ et lui dit que cela était « fort vilain et

seconde addition au même journal, dit, à propos de
madame de Brégy, qui venait de mourir : « Si connue par sa beauté, son esprit et sa familiarité avec
le Roi et Monsieur, et par le lavement qu'Estoublon
lui donna si subitement. »

infâme, » et qu'il devait souhaiter que Sa
Majesté l'ignorât. Cette semonce, toute brève
qu'elle eût été ne demeura pas inaperçue, et,
malgré la discrétion du prince, le roi fut.
informé de l'aventure. Ayant pris à souper
sa mine haute et sévère, il dit qu'il y avait
des gens assez hardis « pour faire des inso-
lences sur la collation, » et que, s'il savait
qui c'était, il en ferait un exemple. Puis, se
tournant du côté de Monseigneur : « Vous savez qui c'est, dites-le-moy. » Le Dauphin, qui
eût voulu que le grand prieur en fût quitte
pour la peur, s'en défendit; mais le roi in-
sista de telle façon et avec une telle autorité
qu'il n'y eut pas moyen de détourner l'orage.
Le duc de La Ferté, prévenu de ce qui se
passait, s'approcha du roi, au lever de table,
avec cet air soumis, terrifié, la plus habile
des flatteries : « Sire, je suis bien malheureux d'avoir déplu en quelque chose à Votre
Majesté, et, après lui en avoir demandé pardon, je lui dirai la chose comme elle est. »
Tout naturellement l'absent fut quelque peu
sacrifié : le tort unique de La Ferté avait été de
n'avoir vu que le côté risible d'une plaisanterie qui était bien coupable, puisqu'elle
offensait le roi à ce point, et de ne s'y être

pas opposé de tout son pouvoir [1]. Ces soumissions eurent l'effet qu'il en attendait. « Je
sçavois la chose, répondit Louis XIV, mais
soyez sage. » Le grand prieur s'en était
retourné à Paris fort tranquillement. Son
frère, qui était à Versailles, tenta de calmer
le roi. Celui-ci l'arrêta court et lui défendit
d'ajouter un mot. Il fallait donner le temps à
ce premier courroux de s'apaiser. M. de Vendôme, le lendemain, essaya sur nouveaux
frais, et, cette fois, fut plus heureux. Le roi
lui dit qu'en sa faveur le coupable n'aurait
pas le châtiment que son insolence méritait,
mais qu'il n'eût pas à se présenter devant
lui [2].

Cette disgrâce ne fut que passagère, et le
grand prieur reparut à Versailles et à Choisy
comme à l'ordinaire; mais il ne devait
pas s'en tenir à cette équipée. Les égards, les
faiblesses de Louis XIV envers les Vendôme

---

[1] Le duc de La Ferté était coutumier de pareilles
défections, et ce n'était pas la première fois qu'il
abandonnait son complice pour faire plus aisément
sa paix.— Bussy-Rabutin, *Histoire amoureuse des
Gaules* (Delahays), t. II, p. 377.

[2] *Recueil de chansons historiques* (Bibliothèque impériale. Manuscrits), 1687, t. XXXVI, f. 35, 36.

n'étaient de nature à inspirer aux deux freres
ni modestie ni modération dans leurs prétentions : leur arrogance servait, et on la tolérait
pour ce qu'elle rapportait. Les succès de l'aîné,
le besoin qu'on croyait avoir de ce général
heureux plus que sage, le seul homme qui
resta, à une certaine heure, avec Villars, à
opposer à Marlborough et au prince Eugène,
eussent fait passer par-dessus bien des torts.
Le grand prieur, dont les faits d'armes n'a-
vaient pas l'autorité des exploits de M. de
Vendôme, aurait dû proportionner ses exigences à son importance secondaire. Mais, plus
glorieux encore que son frère, il allait à l'insolence, dit Saint-Simon [1], et avec toute l'é-
tourderie et l'irréflexion de son humeur.

Lord Portland, ambassadeur du roi Guillaume, sur le point de repasser en Angleterre,
après avoir pris congé de Louis XIV, s'était
présenté à Meudon [2] et avait suivi le Dauphin
à la chasse. Le grand prieur, qui était du
voyage, affecta au souper de prendre le pas
sur l'ambassadeur et de s'asseoir au-dessus

[1] Saint-Simon, *Mémoires* (Chéruel), t. V, p. 140.
[2] Ce fut, nous l'avons dit déjà, en juin 1696, que
Monseigneur échangea Choisy contre Meudon.

16.

de lui. Cette prétention était nouvelle et ne
devait pas passer sans conteste. Dès le
lendemain, lord Portland venait se plaindre
au roi. Si Sa Majesté donnait à MM. de Vendôme le rang de princes du sang, il n'avait
rien à leur disputer; autrement il pensait
que M. le grand prieur devait à sa qualité
des honnêtetés qu'il n'avait point eues.
La réponse de Louis XIV était forcée : il
ne donnait point le rang de princes du
sang à MM. de Vendôme, et il manderait
à Monseigneur de dire au grand prieur
de veiller sur ce qu'il ferait par la suite.
« Milord Portland, écrit Dangeau, est charmé
des bons traitemens qu'il a reçus du roi, et
le roi paraît fort content de lui[1]. » Quoi qu'en
dise celui-ci, Louis XIV, que le sort des batailles avait amené à reconnaître Guillaume,
quand, pour lui, le vrai, le seul roi d'Angleterre, celui qu'il s'était promis de remettre
sur le trône, était à Saint-Germain, devait
savoir un médiocre gré au grand prieur d'un
conflit au moins inutile et qui ne pouvait que
lui être désagréable à tous égards. Il n'en

---

[1] Dangeau, *Journal*, t. VI, p. 353; 26 et 27 mai
1698.

coûte pas d'être juste, quand on est heureux; dans l'infortune, en n'obéissant qu'à la seule équité, l'on a encore l'air de céder à la violence. Mais cette équipée du grand prieur n'est rien auprès de ce qui se passa trois mois plus tard, encore à Meudon.

Un soir, après le souper, Monseigneur alla se coucher; les courtisans restèrent à jouer ou à voir jouer. Le prince de Conti et le grand prieur étaient à la même table, survint un coup qui fit difficulté; l'explication entre hommes qui ne s'aimaient pas et avaient leurs raisons de ne pas s'aimer [1] dégénéra vite en

---

[1] A part cette rivalité des Vendôme avec M. de Conti, le grand prieur avait fait tout ce qu'il avait pu, s'il n'avait pas réussi, pour chagriner le prince dans ses amours avec mademoiselle de Mouchy (Julie Crévant d'Humières). Ce n'est pas tout à fait ce que dit, pourtant, le rédacteur d'une note que nous trouvons au bas d'une chanson du temps: « Elle vivoit (mademoiselle de Mouchy) depuis longtemps en commerce avec le prince de Conti, et faisoit des coquetteries au grand prieur que son amitié pour le prince empêchoit d'écouter. » Cette interprétation bienveillante n'a que trop l'air d'une contre-vérité et ne saurait guère se prendre autrement. —*Recueil de chansons historiques* (Bibliothèque impériale. Manuscrits), 1687, t. VI, f. 119, 121.

dispute des plus fâcheuses. Le grand prieur,
dont le talent n'était pas de mesurer ses discours, s'emporta au point de laisser échapper
des paroles déjà peu convenables d'égal à
égal, et que la distance qui les séparait tous
les deux rendait encore plus graves. M. de
Conti repartit sur le même ton et par des al-
lusions très-diaphanes sur la fidélité de son
adversaire au jeu[1]. Saint-Simon, qui tient à

---

[1] «...Ils joüoient à l'ombre pareillement, et le grand
prieur ayant demandé *gano* à une troisième levée et
gagné *codille*, le prince de Conti dit à celui qui lui avoit
fait *gano*, qu'il avoit été bien simple de le croire,
qu'il étoit homme à prendre ses avantages quand il
pouvoit, et qu'il ne l'avoit jamais vu jouer autrement..... » — Sandras de Courtilz, *Annales de la Cour et
de Paris, pour les années* 1697 et 1698 (Cologne, 1701),
t. II, p. 656. — Cette querelle fit tapage, et on trouve la
trace de l'émotion qu'elle causa dans les correspon-
dances privées du temps ; mais l'aventure, ce qui
était inévitable, s'y trouve plus ou moins dénaturée,
et ce n'est que dans Dangeau et dans Saint-Simon,
qui reproduit jusqu'à ses termes, qu'il faut l'aller
chercher. Racine la raconte à son fils, et donne
raison au prince de Conti : « Il ne s'est rien passé
de nouveau, lui écrit-il à la date du 1er août 1698,
depuis le départ de M. de Bonac, que la querelle
que M. le grand prieur *a voulu avoir* avec M. le
prince de Conti... » — Racine, *Œuvres complètes* (édit.
Le Fèvre), t. VI, p. 421, 422. — Madame du Noyer

faire passer le premier pour un poltron, prétend que le prince ne le ménagea pas davantage sur sa bravoure, « l'un et l'autre, »
courage à la guerre et honnêteté au jeu « fort
peu nets. » Le grand prieur se leva furieux,
jeta les cartes et demanda satisfaction de
l'injure, l'épée à la main. Le prince de Conti
lui fit observer qu'il lui manquait de respect,
mais qu'en tous cas il était très-accessible,
sortant souvent et nullement accompagné.
La querelle prit des proportions telles qu'on
crut devoir prévenir le Dauphin, qui quitta
son lit et descendit sans autre vêtement
que sa robe de chambre. Monseigneur com-
manda aussitôt au marquis de Gesvres de
partir pour Versailles et d'apprendre à Sa
Majesté la scène de la nuit. Le roi sut tout
à son lever et fit dire à son fils sans plus
ample informé, d'envoyer, par l'exempt
des gardes en service près de lui, le grand
prieur à la Bastille. Celui-ci, fort de son innocence, connaissant d'ailleurs l'insurmontable
aversion de Louis XIV pour M. de Conti, se

fait également mention de l'événement dans ses
Lettres historiques et galantes (Amsterdam, 1720),
t. I, p. 192, 193.

présenta au château pour exposer au roi ses
griefs, et lui fit demander audience par La
Vienne : il ignorait encore l'arrêt dont il était
l'objet. Le roi répondit à La Vienne que le
grand prieur se gardât bien de se montrer
devant lui, que M. de Pontchartrain avait dû
expédier l'ordre qu'on le reçût à la Bastille,
où il n'avait qu'à aller sur-le-champ.

M. de Vendôme était à Anet ; il accourut et
tâcha, une fois encore, de réparer les sottises
de son frère. L'affaire était grave, et, quels
que pussent être le bon vouloir de Louis XIV
en faveur du duc de Vendôme et, par contre,
son peu d'affection pour M. de Conti, le rang
du prince primait sur toute autre considération. Le coupable, comme on va voir, ne devait
pas être le seul à être puni de son incartade.
« Ce fut un grand émoi à la cour, dit Saint-
Simon ; les princes du sang prirent l'affaire
fort haut, et les bâtards furent si embarrassés
que, le 2 août, M. du Maine et M. le comte de
Toulouse allèrent voir M. le prince de Conti.
Enfin l'affaire s'accommoda à Marly, le 6 août
au matin. Monseigneur pria le roi de vouloir
bien pardonner au grand prieur et le faire
sortir de la Bastille, et l'assura que M. le
prince de Conti lui pardonnoit aussi. Là-des-

sus, le roi envoya chercher M. de Vendôme et lui dit qu'il alloit faire expédier l'ordre pour faire sortir son frère de la Bastille; qu'il pourroit, le lendemain, l'amener à Marly, où d'abord il vouloit qu'il allât demander pardon à M. le prince de Conti, après à Monseigneur; qu'il le verroit ensuite, et que de là il s'en retourneroit à Paris. Il ajouta qu'au retour à Versailles, le grand prieur pourroit y venir. La chose fut exécutée de point en point de la sorte, le lendemain jeudi 7 août, les deux pardons demandés, et en propres termes, et M. de Vendôme présent avec son frère. Ce ne fut pas sans que nature pâtit cruellement en tous les deux; mais il fallut avaler le calice, et calmer les princes du sang qui étoient ex-trêmement animés [1]. »

Si discret qu'il soit, Dangeau ne peut dis-simuler tout ce que cette sotte affaire eut de désagréable et d'humiliant, non pas pour le grand prieur qui n'avait que ce qu'il méri-tait, non pas seulement pour son frère dont l'amour-propre eut mortellement à souffrir des démarches qu'il lui fallut faire, mais en-

[1] Saint-Simon, *Mémoires* (Chéruel), t. II, p. 173 174.

core pour les bâtards, qui se virent compris
et comme impliqués dans les griefs de l'of-
fensé. « M. de Vendôme, raconte Dangeau,
s'est comporté dans toute cette affaire avec
beaucoup d'esprit et tant de sagesse qu'il a
désarmé les princes, qui étoient fort animés. »
C'était une revanche partielle que prenaient
ces derniers sur les princes légitimés, en attendant la revanche éclatante que la Régence
leur offrirait plus tard ; et l'unanimité de
colère dut donner à penser à Louis XIV qui,
du reste, se douta bien qu'après lui sa volonté serait peu respectée. Le grand prieur
fut peut-être celui qui ressentit le moins l'affront. Il reparut à Meudon comme s'il ne se
fût rien passé, et oublia vite des démêlés où
il était loin d'avoir eu le beau rôle [1].

C'était Chaulieu, on ne l'a pas oublié, qui
était à la tête de la maison de M. de Vendôme.
Saint-Simon accuse l'abbé, « un agréable débauché de fort bonne compagnie, qui faisoit
aisément de jolis vers, beaucoup du grand
monde et qui ne se piquoit pas de religion [2], »

[1] Dangeau, *Journal*, t. VI, p. 388, 390, 393, 397;
28, 29, 30 et 31 juillet, 2, 6, 7 et 17 août 1698.

[2] Saint-Simon, *Mémoires* (Chéruel), t. XVIII, p. 5.

de s'entendre avec le grand prieur pour dé-
valiser M. de Vendôme « dont la bourse se vi-
doit sans qu'il eût personnellement jamais
un écu pour quoi qu'il voulût faire [1]. » De
l'aveu de La Fare, l'abbé, le grand prieur et
ledit La Fare passaient dans le public pour
donner les violons à leurs maîtresses aux frais
du duc, qui n'eût pas dépensé à cet égard
grand argent pour son compte. Sans aller si
loin que Saint-Simon, il faut bien convenir
que Chaulieu n'avait rien des qualités qui
font l'administrateur accompli, l'intendant
économe. Ce n'est pas qu'il n'entendît fort
bien ses propres affaires et celles de sa famille.
Nous l'avons vu, dans ses lettres à sa belle-
sœur, raisonner en homme très-positif, et il
n'avait pas perdu son temps, pour lui et pour
les siens, auprès de M. de Vendôme. Il existe
une chanson assez curieuse, qui est comme
l'historique en couplets du voyage du Dauphin à Anet, en 1686, et où l'on fait dire à
l'abbé parlant à mademoiselle Le Rochois :

> Pour te faire connoître
> Qu'avec juste raison

[1] Saint-Simon, *Mémoires*, (Chéruel), t. II, p. 277.

Je suis comme le maître
Dedans cette maison,
J'ay, par mon sçavoir-faire,
Si bien fait mes affaires,
Que mon frère, qui ne possédoit rien,
A présent a du bien [1].

Ce qu'il y a de positif, c'est qu'alors Chaulieu avait pour une trentaine de mille livres
de revenus en abbayes et en bénéfices [2], qu'il
devait à la générosité de MM. de Vendôme. En
se l'attachant, le prince n'avait songé qu'à
fixer près de lui un poëte voluptueux, agréable, dont il aimait les vers, dont il aimait l'esprit, et, pour tout dire, un coryphée aussi
infatigable à table que charmant. Et les choses allèrent longtemps ainsi au grand contentement du « bailli » d'Anet, auquel on ne
rendait guère de comptes, et qui n'était pas
homme à en exiger. Le roi, informé de l'état
pitoyable de ses finances, l'avait, à plusieurs

[1] *Recueil de chansons historiques* (Bibliothèque impériale. Manuscrits), 1686, t. XXV, f. 423, 424.

[2] Outre son prieuré de Saint-Germain de la Truite,
Chaulieu était, à sa mort, abbé d'Aumale, prieur de
Saint-Georges en l'île d'Oleron, de Pouriers, de
Renel et de Saint-Étienne. Le prieuré d'Oleron était
de vingt-sept à vingt-huit mille livres de rente;
Chaulieu le tenait de la générosité du grand prieur.

reprises, engagé à s'occuper sérieusement de ses affaires, et à en confier le soin à des gens dont ce fût le métier. Un pamphlet de l'époque entre dans des détails assez curieux que nous citerons au moins comme un écho de ce qui se répétait sur l'administration de Chaulieu.

« ... Nous apprîmes ensuite que le roi, ayant été informé que la maison de Vendôme étoit accablée de dettes, et qu'il y avoit nombre de gens qui crioient, parce que l'on ne les payoit point, Sa Majesté avoit voulu sçavoir au juste l'état certain des affaires des princes, et quelque ennemi secret de Chaulieu ayant dit que celui-ci s'enrichissoit en ruinant ses maîtres, on lui avoit attribué tout le déréglement qui se trouvoit pour lors dans leurs affaires, sur de tels rapports.

« Le roi avoit dit qu'il falloit bien que ce fût la faute de Chaulieu, qui outre ses bénéfices retenoit encore vingt-quatre mille livres par an pour ses peines, que l'intention de Sa Majesté n'étoit pas que les princes manquassent de pain, et que leur apanage, les bénéfices du grand-prieur, et les pensions montoient ensemble à plus de quatre cent mille livres par an, et cependant qu'ils étoient .

obligez d'aller en fiacre, n'ayant ni maison, ni équipage réglé.

« Il faut convenir qu'il y avoit quelque vérité dans tout cecy, et que l'abbé de Chaulieu eût pu arranger les affaires de cette grande maison d'une tout autre manière ; mais étoit soubçonné d'aimer trop ses plaisirs, et de favoriser avec excès ceux des princes qui n'avoient point de bornes... [1]. »

M. de Vendôme, sous la pression du roi, fit dire à Chaulieu par Chamerault qu'il le remerçiait de ses services passés et qu'il l'en récompensait par une pension de deux mille écus; mais qu'il avait résolu de gouverner lui-même sa dépense. L'abbé eut « la misère de la recevoir. » Le prince était bien incapable d'une administration quelconque, mais le remplaçant de Chaulieu était tout trouvé. C'était Crozat l'aîné, auquel le roi avait fait dire par Pontchartrain qu'il lui saurait gré de se charger de cette mission. Celui-ci ne supposait pas le mal aussi grand; dès le premier examen, il fut effrayé du déficit et déclara qu'il

[1] *Les Délices et les Galanteries de l'Isle de France* (Cologne, chez Pierre Marteau, à la Vérité, 1709), t. II, p. 15, 16.

ajournait son acceptation jusqu'à ce qu'il eût
éclairé cet abîme. Il se rendit, cependant, aux
ordres du roi et se mit en devoir de débrouiller
un pareil chaos [1]. Chaulieu n'en marcha
pas la tête moins haute. Saint-Simon prétend,
toutefois, qu'il n'osa plus reparaître à la cour,
bien qu'aucune défense ne lui eût été faite à
cet égard [2].

Le grand prieur avait sa part trop directe
dans la gestion de l'abbé pour que le remercîment fait à celui-ci ne lui fût pas particulièrement désagréable. « Ce fut un compliment
amer au grand prieur qui faisoit siens les
revenus de son frère, et en donnoit quelque
chose à l'abbé de Chaulieu. Jamais il ne le
pardonna sincèrement à son frère, et ce fut
l'époque, quoique sourde, de la cessation de
leur identité, car leur union se pouvoit appeler telle [3]. » Il n'y eut pas de brouille pourtant,
et l'on verra M. de Vendôme donner jusqu'à
la fin au grand prieur des preuves d'affection
et de dévouement. Quoi qu'il en soit, à dater
de ce moment, il s'éloigna de moins en moins

[1] Dangeau, *Journal*, t. VII, p. 56, 68, 75 ; 1er, 17,
28 avril 1699.

[2] Saint-Simon, *Mémoires* (Chéruel), t. XVIII, p. 5.

[3] *Ibid.*, t. II, p. 277.

17.

d'Anet, et, lorsqu'il venait à Paris, c'était pour être plus près de ses médecins.

Nous touchons ici à un point délicat de cette histoire. Plongé dans la débauche la plus étrange et la plus affreuse, M. de Vendôme avait traité sa santé comme sa fortune, avec une incurie qui avait eu, à la longue, les conséquences les plus graves. Il était grand temps de songer à la guérison, bien qu'il s'obstinât à ne rien faire. « Sa Majesté, écrit Dangeau à la date du 9 février 1699, a parlé à M. de Vendôme avec beaucoup de bonté en lui représentant la nécessité où le public croit qu'il est de se remettre dans les remèdes; M. de Vendôme répond à cela qu'il se croit parfaitement bien guéri [1]. » Il fallut pourtant se rendre à l'évidence et se décider à prendre un parti. « M. de Vendôme, écrit encore Dangeau, trois mois après, a commencé à Paris à se mettre dans les grands remèdes, qui seuls peuvent le guérir; il prit congé du roi vendredi, qui lui dit : « Je souhaite qu'à « votre retour nous nous puissions embrasser « avec plus de sûreté que présentement. Ne

---

[1] Dangeau, *Journal*, t. VII, p. 22; lundi, 9 février 1699.

« soyez pas plus la dupe de votre santé que de
« vos affaires [1]. » Cette parole indiquait fort
nettement ce que la situation du duc avait
d'alarmant et aussi de répugnant. Cette résolution de songer à sa santé coïncidait, d'ailleurs, avec cette autre détermination, conseil-
lée par le roi à l'endroit de ses finances, et qui
eut pour effet d'évincer d'Anet le pauvre Chaulieu. Mais laissons la parole à Saint-Simon.

« Crozat, un des plus riches hommes de
Paris, à toutes sortes de métiers, se mit à la
tête des affaires de M. de Vendôme, après
quoi il prit (M. de Vendôme) impudemment
congé du roi, de Monseigneur, des princes
et de tout le monde, pour s'en aller se
mettre entre les mains des chirurgiens qui
l'avoient déjà manqué une fois. C'est le premier exemple d'une impudence pareille... Il
est vrai qu'une race de bâtards pouvoit en
ce genre-là prétendre quelque privilége ; mais
d'aller en triomphe où jamais on ne fut qu'en
cachant sa honte sous les replis les plus mys-
térieux épouvanta et indigna tout à la fois,
et montra tout ce que pouvoit une naissance

---

[1] Dangeau, *Journal*, t. VII, p. 81 ; dimanche, 19 mai
1699.

illégitime sur un roi si dévot, si sérieux, et en
tout genre si esclave de toutes les bienséances.
Au lieu d'Anet, il fut à Clichy chez Crozat,
pour être plus à portée de tous les secours de
Paris. Il fut près de trois mois entre les mains
des plus habiles, qui échouèrent. Il revint à
la cour avec la moitié de son nez ordinaire,
ses dents tombées et une physionomie entièrement changée, et qui tiroit sur le niais; le
roi en fut si frappé qu'il recommanda aux
courtisans de n'en pas faire semblant, de peur
d'affliger M. de Vendôme. C'étoit, assurément,
y prendre un grand intérêt. Comme il étoit
parti pour cette expédition médicale en
triomphe, il en revint aussi triomphant par
la réception du roi dont l'exemple gagna toute
la cour. Cela, et le grand remède qui lui avoit
affaibli la tête, la lui tourna tout à fait, et,
depuis cette époque, ce ne fut plus le même
homme. Le miroir cependant ne le contentoit
pas, il ne parut que quelques jours, et s'en
alla à Anet pour voir si le nez et les dents lui
reviendroient avec les cheveux [1]. »

[1] Saint-Simon, *Mémoires* (Chéruel), t. II, p. 278.—
Recueil de chansons historiques (Bibliothèque impériale. Manuscrits), 1701, t. XXVIII, f. 195.

L'année suivante, même nécessité de se
livrer à un traitement long et pénible, même
insuccès dans le résultat. Défiguré au point
de ne se montrer ni aux dames ni à Marly, il
se renfermera encore, en 1701, à Anet pour
n'avoir à veiller qu'à sa santé, mais sans que
Maison-Rouge, son médecin[1], apporte un
grand changement dans son état. « Bientôt il
s'y accoutuma, et tâcha d'y accoutumer les
autres. Ce ne fut pas sans dégoût, et sans
chercher sa physionomie et ses principaux
traits qui ne se retrouvèrent plus; il paya
d'audace en homme qui se sent tout permis
et qui se veut tout permettre[2]. » Ce tableau,
d'une crudité terrible, n'a rien que d'exact :
le duc de Vendôme était un cynique de la plus

---

[1] Avant Maison-Rouge, il avait été dans les mains
de Chambon, un empirique de la même farine que
Carette et fort à la mode, dont madame de Sévigné
parle dans ses lettres, le médecin et l'ami du poëte
Lainez et de Chaulieu. Ce dernier, guéri par Cham
bon, l'avait fait prendre à son maître, qui n'eut pas
les mêmes raisons de s'en louer.—*Poésies de Lainez*
(La Haye, 1753), p. 7. — Sandras de Courtilz, *Annales de la Cour et de Paris, pour les années* 1697 et
1698 (Cologne, 1701), t. II, p. 574, 575.—Dangeau,
Journal, t. VI, p. 276.

[2] Saint-Simon, *Mémoires* (Chéruel), t. III, p. 67.

effroyable espèce. Entouré d'une petite cour
de gens d'esprit, mais sans naissance pour la
plupart, vivant en dehors du grand monde
auprès duquel ses hauteurs, ses prétentions
eussent essuyé plus d'un dégoût, et qui l'eût
contraint en tous cas à veiller sur lui-même,
il ne s'était abandonné que trop tôt à des
penchants qui ne firent que s'enraciner avec
l'âge. Qui eût pris sur soi de l'en corriger?
Insensiblement, il s'engagea, chaque jour
plus avant, dans cette voie de complet oubli
du respect qu'il devait aux autres comme à
lui, au point qu'il n'en eût pu sortir, l'eût-il
voulu. Il ne garda plus de mesure et se vau-
tra dans son ignominie et dans sa fange avec
une impudence qu'on toléra, dont on plaisan-
ta, mais qu'il fallut accepter. Sa saleté
passa même, auprès de gens charitables,
pour de la bonhomie et du sans-façon. « Il
étoit plein de chiens et de chiennes dans son
lit, qui faisoient leurs petits à ses côtés[1]. »
N'était-ce pas patriarcal et remonter à la
simplicité et à l'innocence des mœurs primi-
tives? Mais cela n'est rien, et l'on serait heureux d'en être quitte pour si peu.

[1] Saint-Simon, *Mémoires* (Chéruel), t. V, p. 134.

Dieu nous garde d'entrer dans les détails de la chaise-percée de M. de Vendôme. Nous laissons à Saint-Simon, cet homme impitoyable, le soin d'apprendre aux lecteurs intrépides de pareilles ignominies[1]. Cependant,

---

[1] Il paraît, toutefois, qu'à cette époque, il s'en fallait que l'on poussât la pruderie aussi loin que dans notre société bourgeoise. Voici le fragment d'une lettre de Chaulieu à sa belle-sœur qui ne nous édifiera que trop à cet égard : « Que je vous ai souhaitée, pour satisfaire votre rage des chaises percées! chaque chambre a la sienne, de velours avec des crépines, et un bassin de porcelaine, et son guéridon pour lire. Le marquis de Béthune a fait apporter la sienne auprès de la mienne, et nous passons les jours dans ce lieu de délices...»—Chaulieu, *Lettres inédites* (Paris, 1850), p. 140.—Et l'abbé ne se targue pas de plus de pruderie dans ses vers que dans sa prose. Ainsi, il dira dans une épître au duc de Nevers, à propos du même marquis de Béthune :

> Es-tu prié de quelque fête
> Que donne ce seigneur courtois,
> Qui, toujours entouré d'anchois,
> Pendant sa podagre passée,
> D'un grand fromage polonois
> Faisait une chaise percée.....

—Chaulieu, *Œuvres* (La Haye, 1777), t. I, p. 69, 70.—Pour peu qu'on étudie à fond le XVIIe siècle, on est étonné de rencontrer, à côté des raffinements et des

à la honte de ses familiers, petits et grands,
de ses officiers, de tout son monde, cela se
passait à la face de l'armée; ses audiences,
c'était sur ce singulier trône qu'il les donnait,
et ce fut ainsi qu'il reçut l'évêque de Santo-
Donino qui, justement indigné, brusqua l'entrevue, tourna sur ses talons et refusa obsti-
nément de reparaître au camp. Il fallait bien,
pourtant, que les affaires du duché de Parme
se traitassent, et le duc, devant l'invincible
résistance du prélat, dut envoyer un ambassadeur moins effarouché[1]. Cet homme fut

délicatesses d'une société à l'apogée de sa politesse,
des grossièretés voisines de la barbarie et de l'état
sauvage. Le XVIIIe siècle, à cet égard, n'offrira. rien
de très-différent de son aîné. On voit avec quelle
intrépidité Voltaire, le Français le plus athénien de
son temps, laissait échapper de sa plume certains
mots qui étaient alors, il est vrai, dans le vocabu-
laire des honnêtes gens. Voilà pour le langage.
Quant au sans-façon des hommes et des femmes du
meilleur monde, pour s'en faire une idée il ne faut
que lire ce qui arriva à Sterne durant son voyage à
Paris, un jour qu'il avait accepté une place dans la
voiture de la marquise de Rambouillet. — *Œuvres
complètes* (Paris, 1818), t. III, p. 122. *Voyage senti-
mental*, la Rose.

[1] Saint-Simon, *Mémoires* (Chéruel), t. V, p. 131,

Alberoni. Nous avons raconté plus haut le singulier hasard qui mit le pauvre curé de village en relations avec le secrétaire des commandements de M. de Vendôme ; nous ne répéterons pas par quelle flatterie sans nom l'Italien gagna, tout d'une fois, l'amitié du prince [1]. Pour l'honneur de cet aventurier qui sut s'élever à la hauteur d'un homme d'État de premier ordre, nous voulons croire qu'on l'a calomnié, et que ses complaisances n'allèrent pas jusque-là. Le duc, qui s'accommodait de ses lazzi, de ses pasquinades et de ses soupes au fromage, songea un instant à le faire son curé. Alberoni, curé d'Anet ! Que d'événements en moins dans

135 ; Cette anecdote pourrait bien n'être qu'un roman. Un historien des mieux renseignés attribue l'intervention d'Alberoni à une cause toute simple et toute probable. L'évêque de Santo-Donino ne savait pas le français, et, par conséquent, avait bon besoin d'un truchement. Alberoni finit par être chargé de suivre seul la négociation, sur la demande même de l'évêque, son protecteur. — Cox, *Memoirs of Spain*, ch. XXIII, d'après *Memorie istoriche di Piacenza de Paggioli*. — Fréron, *Année littéraire*, 1760, t. VI, p. 183.

[1] Saint-Simon, *Mémoires* (Chéruel), t. V, p. 136.

l'avenir! Mais Dieu avait ses desseins, et il était écrit que l'Europe devait être passagèrement agitée par les audacieuses combinaisons de ce machiavélique Pantalon[1].

M. de Vendôme était un étrange capitaine, qui ne faisait pas la guerre comme tout le monde et qui dut plus d'une fois à la bizarrerie, à l'imprévu, au manque de raison et de logique de ses résolutions, à l'impossibilité de les prévoir et de les prévenir, des succès qu'il y aurait mauvaise grâce à déprécier. Il se levait tard à l'armée comme à Anet, ne s'habillait qu'après de longues heures passées sur sa chaise, et subordonnait tout à ce régime qui était bien plus celui d'un Sybarite ou d'un malade, que d'un général en chef. Au lieu de faire marcher, en Italie et en Espagne où les chaleurs sont horribles, ses troupes dès le petit matin, c'était souvent en plein midi, dans toute l'ardeur d'un soleil torride. C'est ce que le soldat qui rit de tout appelait « les fraîcheurs de M. de Vendôme » et le mot est passé en proverbe[2].

[1] *La Vie du duc de Ripperda* (Amsterdam, 1739), t. I, p. 130.

[2] Marquis d'Agenson, *Mémoires* (Jannet, 1857), t. ;

Nous n'avons pu que laisser entrevoir les particularités d'un petit lever auquel il avait habitué les plus délicats. « Cela fini, dit Saint-Simon, après des détails que nous ne saurions reproduire, il s'habilloit, puis jouoit gros jeu au piquet ou à l'ombre, ou s'il falloit absolument monter à cheval pour quelque chose, c'en étoit le temps. L'ordre donné au retour, tout étoit fini chez lui. Il soupoit avec ses familiers largement ; il étoit grand mangeur, d'une gourmandise extraordinaire, ne se connoissoit à aucuns mets, aimoit fort le poisson, et mieux le passé et souvent le puant que le bon. La table se prolongeoit en thèses, en disputes, et par-dessus tout, louanges, éloges, hommages toute la journée et de toutes parts [1]... » Quoi que dise Saint-Simon, le

---

p. 130.— Ce ne serait, toutefois, que l'emploi faussé d'un proverbe qui n'a d'autre rapport que la consonnance avec M. de Vendôme. « On dit par proverbe : *A la fraîcheur de M. de Vendôme,* c'est-à-dire, du vent d'amont, qui est extraordinairement froid. On dit aussi par proverbe : *La couleur de M. de Vendôme, invisible.* On entend encore par *Vendôme* le vent d'amont, qui n'a point de couleur, non plus que les autres vents. »—*Diversités curieuses pour servir de récréation à l'esprit* (Amsterdam, 1699), 1re partie, p. 49.

[1] Saint-Simon, *Mémoires* (Chéruel), t. V, p. 134.

temps se trouvait encore de livrer et de gagner des batailles; et si Vendôme commit de grandes fautes, il légitima sa haute fortune par des succès et des services que la haine ne sut effacer.

VI

Portrait du chevalier de Malte, par Guy Patin.— Le grand
prieur de Vendôme.—Fanchon Moreau.—Une partie à Anet.
—Thevenart et Dumesnil.—Le comte de Holstein-Ploen.—
Le grand prieur jaloux.—Fanchon infidèle.— Le chevalier
de Sully.— Le financier La Touanne. — Son luxe effréné.
—Sa banqueroute.—Le neveu de la Moreau et un conseiller de Bretagne.— Coups de bâton.— Le conseiller traqué
par Fanchon. — Faiblesse du grand prieur pour elle. —
MM. de Vendôme priseurs à outrance. — Un cadeau de
Boileau au chevalier de Vendôme.—Commerce lucratif des
valets de chambre de ce dernier.—Abus du tabac.—Recommandation de madame de Maintenon à une demoiselle de
Saint-Cyr. — Un couplet de Coulanges. — Les prêtres, en
Espagne, prenant du tabac jusque sur l'autel. — Bulle
d'excommunication d'Urbain VIII.— Repartie de Palaprat
au maréchal Catinat. — Petite industrie du poëte. — Son
jeu.— Forcé d'y renoncer. — La fureur universelle du jeu
au xviie siècle.—Les plus grands seigneurs n'ont pas honte
de donner à jouer.— Priviléges du Temple.— Lutte entre
les huissiers du lieutenant civil et les officiers du bailli. —
Les domestiques de Chaulieu y prennent part.—Lettre foudroyante de Pontchartrain. — L'hôtel Boisboudrand.— Ses
habitués.— Le Génie de mademoiselle de Saint-Martin. —
La Chapelle.—La Grange-Chancel au Temple.—Son succès
à la cour. — Protégé par Racine. — Frénésie de Santeuil.
—Les tablettes de M. le Duc.

Quelque désordonné que fût le grand
prieur, il vivait dans une débauche effrénée

18.

mais avouable, en fin de compte, par des épicuriens à outrance qui, en outrageant le ciel,
n'outrageaient pas la nature. Il s'était créé
une véritable cour dans son palais du Temple,
dont les voûtes, pendant trente ans, ne re-
tentirent que trop du choc des verres, des
cris de l'ivresse et du refrain des chansons
libertines, quand elles n'étaient pas impies.
M. de Vendôme était l'idéal du chevalier de
Malte, comme le comprend Guy Patin. « Ces
chevaliers de Malte sont gens fort simples,
fort innocens, fort chrétiens; gens qui n'ont
rien de bon que l'appétit; cadets de bonne
maison qui ne veulent rien savoir, rien valoir, mais qui voudroient bien tout avoir. Au
reste, gens de bien et d'honneur, moines
d'épée qui ont fait trois vœux, de *pauvreté,*
de *chasteté* et d'*obédience :* pauvreté au lit, ils
couchent tout nus, et n'ont qu'une chemise
à leur dos; chasteté à l'église, où ils ne bai-
sent point les femmes. Leur troisième vœu
est obéissance à la table; quand on les prie
d'y faire bonne chère, ils le souffrent, ils
mangent, après qu'ils sont soûls, d'une cuisse
de perdrix, puis du biscuit, en buvant par-
dessus du vin d'Espagne, du rossolis et du
populo, avec des confitures ou de la pâte de

Gênes[1], et tout cela par obéissance : *O sanctas gentes*[2]!...» Il n'était plus question, depuis bien des lustres, de Terre sainte que pour mémoire; au fond, les chevaliers de la religion n'avaient d'autre souci que celui de tuer le temps dans leurs commanderies ou à la cour, et de se damner le plus joyeusement qu'il leur était possible. Tous les vices, toutes les débauches dont on avait chargé leurs devanciers, figuraient dans l'héritage, et les chevaliers proscrits revécurent pleinement dans ceux qui avaient bénéficié de leurs dépouilles. Boire comme un templier était un proverbe tout aussi applicable au chevalier de Malte. Ne l'avons-nous pas dit déjà ? ce qui causait l'admiration du Régent pour le grand prieur, c'est que, durant quarante ans, il ne s'était couché qu'ivre-mort, qu'il n'avait cessé d'entretenir publiquement des maîtresses, et de tenir des propos continuels d'impiété et d'irréligion [3].

[1] *École des officiers de bouche* (Paris, Ribou, 1708), Ire partie, ch. xv *des Liqueurs,* art. ROSSOLIS, POPULO.

[2] *Lettres de Guy Patin* (Paris, 1846), t. II, p. 425 ; de Paris, ce 27 d'août 1658.

[3] Saint-Simon, *Mémoires* (Chéruel), t. V, p. 144 ; t. XII, p. 17.

Saint-Simon, qui n'exagère rien quant aux orgies et aux propos impies, pourrait bien toutefois se tromper sur un chef. Si Philippe de Vendôme était homme à afficher bien plus qu'à celer ses amours, c'était moins encore un roué qu'une dupe, un tempérament emporté, brutal, mais facile à envahir et à dominer, et qui fut également le jouet et la proie et de ses amis et de sa maîtresse. Nous ne disons pas de ses maîtresses, car pendant plus de vingt ans, il n'eut que la Moreau, la plus belle fille, à la vérité, de son temps. Cette liaison, qui eut la durée des liaisons les plus respectables, ne fut toutefois ni sans nuages, ni sans orages. Son amant avait parfois des accès de jalousie terribles. Un libelle de l'époque, que nous avons déjà cité à propos de Chaulieu, nous fait assister à l'une de ces scènes de famille, dans une partie de plaisir à Anet où se trouvaient la Moreau d'abord, sa camarade Desmâtins, escortée de son galant, un garde du trésor appelé Grouin, Thevenart, Dun et Dumesnil. Nous oubliions l'abbé de Mesmes, qui était un des habitués de la maison. Illustre par ses talents, tout ce monde l'était d'ailleurs fort peu d'autre sorte. La Desmâtins avait été jadis laveuse d'écuelles au *Plat d'étain*; Dumesnil, cuisinier de l'intendant Foucault :

> Ah ! Phaéton, est-il possible
> Que vous ayez fait du bouillon ! ?

Quant à Thevenart, si son origine était médiocre, il avait voulu l'oublier et la faire oublier aux autres, et y avait en partie réussi. La duchesse de Bouillon, reprochant un jour au chevalier son fils de s'encanailler, celui-ci lui répondait : « Je viens de souper avec le comte d'Hostein-Ploen. » Le comte d'Hostein-Ploen, c'était Thevenart. Ce nom était presque devenu le sien, et c'est ainsi qu'il est désigné dans les chansons faites à sa gloire. Il était beau garçon, spirituel, audacieux, d'ailleurs admirable chanteur; c'était plus qu'il n'en fallait pour que les plus grandes dames se jetassent à sa tête. Madame de La Fayette (mademoiselle de Marillac) l'aima durant six ans ; deux duchesses, fort tendres, il est vrai, mesdames de Luxembourg et de Gèvres, comptèrent au nombre de ses

Anecdotes dramatiques (Paris, 1775), t. II. p. 51 : t. III, p. 171.

conquêtes¹. Les plus grands seigneurs l'ad-
mettaient à leur table, où il buvait aussi bien
qu'il chantait. Cette partie à Anet avait lieu
dans la nouveauté de *l'Europe galante*; Thevenart, qui représentait Ṣa Hautesse dans l'o-
péra de Lamotte, n'avait rempli son personnage, au sentiment de M. de Vendôme,
qu'avec trop de sensibilité et de vérité, et
Fanchon n'eût pas fait preuve d'une tendresse et d'une passion moindres dans le rôle
de la sultane favorite. Tout cela était à mer-
veille·sans doute·pour le public; pour le
grand prieur, c'était autre chose. La présence
des deux acteurs ne devait d'ailleurs que sur-
exciter sa jalousie, et les explications que lui
donna sa maîtresse n'étaient pas de nature à
le calmer. « Peu s'en fallut que le grand
prieur ne lui fît sentir par quelques soufflets
le peu de satisfaction qu'il avoit de ce dis-
cours². »

Nous copions ces détails dans un dé ces
petits livres publiés sous la rubrique de « Co-

¹ *Recueil de chansons historiques* (Bibliothèque impériale. Manuscrits), t. XI, f. 311, 312, 320.

² *Les Délices et les Galanteries de l'Isle de France*
(Cologne, chez Pierre Marteau, à la Vérité, 1709),
t. II, p. 4, 7, 9, 10.

logne, » et dont on sait quel cas on doit faire.
Ce qu'il reste d'exact, c'est la violence du
grand prieur, s'il se fût cru trompé. La duchesse d'Orléans, qui ne se complaît que
trop dans le récit peu édifiant des scanda-
les de la cour et de Paris, dit, en parlant
de Moreau cadette : « Quant à Fanchon,
son prix est connu, c'est mille pistoles; mais
le grand prieur de Vendôme l'entretient et
s'il découvrait quelque chose, elle s'en trouverait mal [1]. » Qu'elle se donnât pour mille
pistoles ou pour des dentelles, comme le veut
une chanson où toutes les filles de l'Opéra
sont passées en revue [2], ce qui n'est que trop
démontré, c'est le peu de fidélité de la belle
Fanchon. Nous l'avons vue, dans une circonstance curieuse, assez disposée à se prêter
aux fantaisies de Monseigneur, et si sa sœur
Louison prit le péché pour son compte, ce ne
fut que par un malentendu risible, dont elle
fut seule à ne pas rire [3]. M. de Vendôme n'eut
pas toujours le même hasard. Les adorateurs

---

[1] La duchesse d'Orléans, *Correspondance complète*
(Charpentier, 1855), t. I, p. 44.

[2] *Recueil de chansons historiques* (Bibliothèque impériale. Manuscrits), t. XXIX, f. 47.

[3] *Les Cours galantes*, t. I, p. 240, 241, 242.

pullulaient [1], et il était bien difficile qu'un
jour ou l'autre, le pied ne tournât à la fragile
créature. Le chevalier de Sully, qui demeurait au Temple, était tout arrivé pour tenter
cette conquête, et, s'il faut en croire la chronique scandaleuse, il ne perdit ni son temps
ni ses peines. C'est ce même chevalier de
Sully (plus tard le duc de Sully) qui fut l'a-
mant de la Rochois, à laquelle il faisait une
pension. Il est probable qu'il ne fut pas moins
généreux envers la Moreau, qui allait au solide et savait choisir son monde.

Parmi ceux qui s'étaient mis sur les rangs,
figurait un personnage important, non pas précisément par l'illustration des aïeux, mais par
son opulence et sa magnificence. Ce personnage était Charles Renouard de La Touanne,
trésorier de l'extraordinaire des guerres, dont
le faste insolent révolta longtemps les honnêtes gens. Il occupait, rue Neuve-Saint-Au-

---

[1] Et de plus d'une sorte, la célèbre mademoiselle
Maupin, dont les vices sont connus d'ailleurs de
notre génération par un roman célèbre, s'était éprise
d'elle, et avait tout fait pour gagner son cœur, sans
succès toutefois, disons-le à l'honneur de la Moreau, — *Anecdotes dramatiques* (Paris, 1775), t. III,
p. 330.

gustin [1], l'un des hôtels les mieux décorés de ce quartier de la finance, bâti par un partisan du nom de Cotte-Blanche, qui pensait n'avoir rien laissé à faire à son successeur, ce qui n'empêcha pas celui-ci d'y enfouir des sommes énormes [2]. La Touanne avait, en outre, une habitation à Saint-Maur et était porte à porte avec M. le Duc, que ce voisinage empêchait de s'arrondir. On a vu, d'ailleurs, par ce qui est arrivé à Rose, que les princes de Condé n'aimaient pas les voisins. Mais, plus heureux que son père, M. le Duc, le moment venu, engloutira dans son domaine le château du financier, qui y avait dépensé, à ce que nous dit Dangeau, sept à huit cent mille francs [3]. Aux XVIIe et XVIIIe siècles, les traitants, comme les voleurs de grand chemin, com-

[1] *Le Livre commode contenant les adresses de la ville de Paris pour l'année bissextile* 1692, par Abraham du Pradel, philosophe et mathématicien, p. 9.—*Recueil de chansons historiques* (Bibliothèque impériale. Manuscrits), t. VII, f. 269.

[2] Germain Brice, *Description de la ville de Paris* (7e édition, 1717), t. I, p. 291.— A l'époque où Brice publiait son livre, la maison de La Touanne était occupée encore par un financier, Ferrioles, receveur général des finances.

[3] Dangeau, *Journal*, t. VIII, p. 236.

mençaient mieux qu'ils ne finissaient. Leur faste, leurs monstrueuses folies, ce vertige presque inévitable des élévations subites, tout concourait à anéantir, après une existence rapide, ces météores dont l'éclat insultait à la misère publique. La Touanne n'échappa pas à la destinée commune ; son luxe effréné devait le conduire à l'abîme. Sa banqueroute éclata en juin 1701 comme un tonnerre. Elle était de près de dix millions, et l'actif n'allait qu'à six millions d'effets. Heureusement le roi s'engagea-t-il à désintéresser les créanciers [1]. La Touanne eut le rare bonheur de ne pas survivre à son désastre ; trop malade pour être transporté comme Sauvion, son associé, à la Bastille, il expirait quelque temps après, laissant à ses successeurs un exemple qui ne convertit personne. La belle Fanchon n'eut pas sans doute à se reprocher d'être pour beaucoup dans cette ruine : ses relations avec La Touanne furent trop cachées et trop rapides pour qu'elle ait eu une part sérieuse dans l'énorme déficit du trésorier de l'extraordinaire des guerres.

Par l'affection du prince, par ses nombreux

[1] Dangeau, *Journal*, t. VIII, p. 118, 236, 252, 263.

amis, la Moreau était une puissance avec
laquelle il fallait compter, et dont il était peu
sage de s'attirer le ressentiment. Elle avait
un neveu en Bretagne qui, à la suite de nous
ne savons quel conflit avec un conseiller du
Parlement, appelé Montchamp, reçut des
coups de bâton que celui-ci crut pouvoir ad-
ministrer en toute impunité. Il n'en fut pas
tout à fait ainsi. La Moreau obtint un ordre
d'en haut qui força le Parlement, quoi qu'il
en eût, à sévir contre l'un de ses membres.
Montchamp vit bien qu'il avait affaire à forte
partie et chercha à apaiser la terrible tante.
Ce fut la maréchale de Créqui même qui se
chargea de la négociation. L'opératrice[1] demanda dix mille écus. C'était si exorbitant,
que le pauvre conseiller préféra affronter les
débats et le scandale d'un procès. Les coups
de bâton avaient été donnés, le fait ne pouvait être nié; un arrêt intervint qui condamna
Montchamp à six mois d'interdiction et aux

---

[1] Au xviie siècle, on appelait la chanteuse d'opéra
opératrice. Le mot ne réussit pas, il prêtait à l'équivoque, et c'est peut-être ce qui le fit rejeter. Mais
on en est encore à avoir son équivalent et nous
manquons de désignation spéciale pour la cantatrice
dramatique.

dépens. Si la leçon parut sévère à l'étourdi, l'impression fut toute différente sur la Moreau, qui s'attendait à des dommages et intérêts énormes : elle voulait se pourvoir, et l'on eut de la peine à lui démontrer que c'était tout ce qu'elle pouvait obtenir [1].

Malgré les brouilles, les séparations, les absences obligées, l'affection du grand prieur avait la même vivacité, et, après une querelle, un emportement auxquels donnaient lieu les coquetteries et les légèretés de sa maîtresse, il lui revenait aussi amoureux, tout aussi subjugué. Ce prince, qui eût mieux fait de demeurer un voluptueux aimable, comme le commandeur de Souvré, avait tourné vite au pourceau d'Épicure. Saint-Simon nous a décrit avec une inconcevable complaisance la malpropreté de M. de Vendôme; soit qu'il cédât à la contagion de l'exemple ou simplement à son naturel, le cadet n'avait pas tardé à tomber dans la même incurie, dans le même oubli de sa personne. Saint-Simon considère comme une des plus grandes marques de condescendance et d'amitié de Louis XIV

---

[1] Sandras de Courtilz, *Annales de la Cour et de Paris, pour les années* 1697 *et* 1698 (Cologne, 1701), t. II, p. 608 à 611.

pour le duc de Vendôme, le sacrifice qu'il lui faisait de ses répugnances et de son horreur pour le tabac[1]. Le grand prieur n'était pas un moins intrépide priseur, et ce goût était si bien connu, que Boileau, ayant reçu de Fernando Nuñès, grand amiral d'Espagne, deux livres du meilleur tabac et une tabatière de prix en reconnaissance du plaisir que lui avaient fait ses *Satires*[2], en faisait présent au jeune prince dont il a célébré les prouesses dans son Ode du passage du Rhin. Un *Noël sur les dames de la cour,* de l'année 1696, fait allusion à cette passion du grand prieur et aux inconvénients qui en résultaient pour son voisinage :

> Le grand prieur de France,
> Le nez plein de tabac,

[1] Il n'avait pas moins d'horreur des parfums. — Lémontey, *Histoire de la Régence* (Paris, 1832), t. II, p. 329.

[2] *Bolæana* (Amsterdam, 1742), p. 81.—Nous connaissons trois estampes différentes représentant le grand prieur en pied, la tabatière d'une main, l'autre main se dirigeant vers le nez ; la première chez Guérard, rue du Petit-Pont ; la seconde chez Deshayes, rue de la Coutellerie ; la dernière sans indication de marchand. (Bibliothèque impériale. Cabinet des estampes.)

> Vient encenser l'enfance,
> D'un Dieu sur le grabat.
> Son parfum ne plut pas
> A toute l'assemblée..... [1]

Ce parfum ne devint que plus agressif avec l'âge, et, bien des années après, il est vrai, sous la Régence, c'était à qui le fuirait. « Ce prince, dit Marais dans son *Journal,* est d'une si grande malpropreté, qu'il est convenu avec le comte de Toulouse de ne jamais lui frapper dans la main, et de ne point se mettre à table à côté de lui[2]. » Mais à cette époque, la tabatière de Fernando Nuñès, estimée insuffisante, avait dû céder la place à des capacités plus en rapport avec une consommation qui dépasse toute vraisemblance. « Sa seule tabatière, raconte d'Argenson, étoit une poche doublée de peau, et destinée à cet usage. Il y fouilloit à pleines mains, et se barbouilloit le nez du tabac qu'il en tiroit. Une bonne partie tomboit sur son habit, qui en étoit toujours horriblement chargé ; et l'on prétend que ses valets de chambre faisoient d'assez gros pro-

---

[1] *Recueil de chansons historiques* (Bibliothèque impériale. Manuscrits), t. IX, f. 139.

[2] *Journal* de Mathieu Marais. 6 janvier 1722.—*Revue rétrospective* (seconde série), t. VIII, p. 60.

fits à râcler le tabac de dessus ses vêtemens :
ils le mettoient dans des boîtes de plomb,
et le vendoient comme fraîchement arrivé
d'Espagne [1]. »

Tout le monde, il faut bien le dire, poussait
jusqu'à l'abus l'usage de cette plante exci-
tante, dont l'introduction en France date de
Catherine de Médicis, et qui porta un instant
le nom « d'herbe du grand prieur, » pour le
grand débit qu'en faisait le grand prieur de
Lorraine [2]. Les blondins comme les vieillards, les jeunes comme les vieilles femmes,
s'en barbouillaient odieusement jusqu'à s'en
couvrir tout le visage. « Eh bien, monsieur,
dit Lisette à M. Migaud dans *le Chevalier à la
mode,* boire et prendre du tabac, c'est ce qui
fait aujourd'hui le mérite de la plupart des
jeunes gens [3]. » Dans une instruction de
madame de Maintenon à une demoiselle
de Saint-Cyr, le tabac était l'objet d'une
recommandation expresse : « ... Ne soyez

[1] Marquis d'Argenson, *Mémoires* (Jannet, 1857),
t. I, p. 136.

[2] Le P. de Prades, *Histoire du Tabac* (Paris, 1677),
art. I.

[3] Dancourt, *Œuvres de Théâtre* (Paris, 1760), t. I,
p. 87. *Le Chevalier à la mode*, acte I, scène v.

jamais sans corps, et fuyez tous les autres excès qui sont à présent ordinaires,
même aux filles, comme le trop manger,
le tabac, les liqueurs chaudes, le trop de
vin.... [1] » Coulanges, de son côté, ne manque
pas de signaler ce ridicule autrement offensif
chez la femme que chez l'homme :

> Elle tire négligemment
> Du tabac de sa tabatière,
> C'est un petit amusement,
> C'est un air, c'est une manière ;
> Si les maris en sont contens,
> Vivent les modes du tems [2] !

Si c'était un air, une manière, comme le
veut le chansonnier, nous conviendrons que
la tabatière n'était pas un progrès sur le
dragier que l'on portait inexorablement avec
soi, sous le règne d'Henri III, et qui était si
bien un meuble inséparable que le duc de
Guise, lorsqu'il fut assassiné à Blois, en tenait
un à la main [3]. Mais le tabac était plus qu'un

---

[1] Théophile Lavallée, *Histoire de la maison royale
de Saint-Cyr* (Paris, 1853), p. 334.

[2] *Recueil de chansons historiques* (Bibliothèque impériale. Manuscrits), t. IX, f. 49, 50, 54 ; sur les
manières du temps présent (1696). — *Des Mots à la
mode* (Paris, Barbin, 1692), art. BIJOUX, TABATIÈRES.

[3] Vigneul-Marville, *Mélanges d'histoire et de littérature* (Paris, 1725), t. II, p. 34.

air, il était devenu une passion, une vraie
fureur, moins grande chez nous que chez les
Espagnols, dont les prêtres prisaient jusque
sur l'autel, ce qui nécessita une bulle d'Urbain VIII frappant d'excommunication qui-
conque en prendrait dans les églises [1].

Pour en revenir au grand prieur, à la date
où nous sommes, on le trouvait bon convive,
et personne ne faisait difficulté de s'asseoir
près de lui. Nous l'avons dit déjà et nous le
répétons, MM. de Vendôme, sauf lorsqu'ils
étaient à Versailles ou chez Monseigneur, ne
fréquentaient qu'un petit noyau de libertins
aimables, plus recommandables, la plupart,
par l'esprit que par la naissance, et faits à
cet incroyable laisser-aller. Ils y trouvaient,
après tout, une compensation dans les libertés
qu'ils se permettaient eux-mêmes, et une
familiarité qui s'accroissait encore au choc
des verres. Employés, secrétaires, officiers,
poëtes à gage, tous usaient avec les princes
d'un sans-façon qu'avaient peine à comprendre ceux que le hasard en rendait les
témoins. Un jour Catinat, voyant avec quelle
franchise brutale Palaprat parlait à son maî-

---

[1] Vigneul-Marville, *Mélanges d'histoire et de littéra-
ure* (Paris, 1725), t. I, p. 13.

tre, lui dit avec une vraie frayeur pour lui : « Les vérités que vous lâchez au grand prieur me font trembler pour vous.—Rassurez-vous, monsieur, répondit plaisamment le poëte, ce sont mes gages [1]. » Palaprat avait le logement et six cents livres, comme il nous l'apprend dans une épigramme adressée à M. Rochon, trésorier du prince :

Le cuisinier d'Oronte avoit douze cents livres
Payé comme il vouloit, en or, en écus blancs;
Moy, je passe ma vie à pâlir sur mes livres,
Secrétaire d'un prince, et n'en ai que six cents,
Payé !... Parlez, Rochon, sans peur de vous commettre;
Dites, à ma fortune Apollon a-t-il nui?
    Il vaut mieux savoir aujourd'hui
    Faire une sausse qu'une lettre [2].

Les gages n'étaient pas énormes, eussent-ils été payés exactement, ce que ne permettait guère le désordre des affaires du grand prieur. Palaprat, qui avait des besoins, qui, s'il était garçon à Paris, avait femme à Toulouse [3], en était sans cesse aux expédients, et

[1] Titon du Tillet, *Le Parnasse françois* (Paris, 1732), p. 581.

[2] *Recueil de pièces de vers adressées à S. A. S. Monseigneur le duc de Vendosme*, p. 93.

[3] *Ibid.*, p. 63. *Épître à Monseigneur le comte de Maurepas.*

battait monnaie comme il pouvait. A la veille
de partir pour la campagne de 1691 et fort
peu en argent comptant, il se faisait avancer
par les comédiens une somme assez ronde
sur les bénéfices probables de la comédie
du *Muet,* abusant peut-être, par une interprétation un peu large, il en convient, des
droits de l'amitié [1]. Mais la caisse de la Comédie ne pouvait être une source inépuisable,
et il avait trouvé un moyen effectif de réparer
les torts de la fortune et de combler l'insuffisance de ses ressources. Il donnait à jouer,
et ne laissait pas que de tirer quelques profits
d'une industrie qu'il n'était pas seul, du reste,
à exercer.

> Nombre de gens chez moy s'assemblent chaque jour,
> Non pour commenter quelque bible suspecte,
>   Ni pour examiner de la naissante secte
>   L'impertinent et fanatique amour.
> On y vient pour y joüer, il faut trancher la chose :
>   Mais quels joüeurs? Tous gens choisis,
>   Tous purs et blancs comme les lys,
>   Et tous flairant comme la rose..... [2]

Nous extrayons ces vers d'une épître qu'il

[1] Palaprat, *Œuvres* (Paris, 1712), t. I, p. 341; Discours sur la comédie du *Muet.*

[2] *Recueil de pièces de vers adressées à S. A. S. Monseigneur le duc de Vendosme,* p. 56.

adresse à La Chapelle, de l'Académie française, receveur général des finances, et son
voisin, pour le prier de plaider sa cause auprès de M. d'Argenson. Il ne dissimule pas
que sa bourse se trouve au mieux de ces
séances où les femmes abondent. Sans doute
comptait-il sur l'efficacité de ces soumissions ;
du moins continua-t-il à donner à jouer
comme devant. Ce n'était que reculer de quelques mois un arrêt inévitable. Ces vers à La
Chapelle sont de juin 1698 ; le 6 septembre,
il recevait, au nom de Pontchartrain, un
ordre de Desgranges de cesser son jeu. Il
obéit de bonne grâce et fit même amende honorable dans une autre épître au comte de
Maurepas, secrétaire d'État, le fils de Pontchartrain [1]. Cette fureur et cette industrie du

---

[1] Palaprat, *Œuvres* (Paris, 1712), t. II, p. 24; Discours sur les *Empiriques.* — Ce Maurepas, le père de
cet aimable et frivole Maurepas que Louis XVI
devait prendre pour Mentor, était un ami de Palaprat qui lui avait envoyé l'année précédente un journal du siége de Barcelone. Il affectionnait les gens de
lettres, les employait dans les bureaux, et était ravi
de correspondre avec eux et d'avoir les prémices de
leur muse ; il écrivait au poëte Vergier, à la date du
29 mars 1693 : « Je vous avois prié, monsieur, avant
votre départ, de vouloir bien prendre la peine de

jeu sont l'un des côtés caractéristiques de l'époque. Malgré les recherches, les enquêtes, le mal subsiste, il affronte les répressions et semble défier la rigueur des ordonnances. Traqués jusque dans leurs derniers retranchements, les joueurs trouvent un abri chez les grands seigneurs : le roi sera obligé de faire dire expressément aux princes de Monaco et d'Harcourt de veiller à ce qu'on n'établît pas de jeux à l'abri de leurs livrées [1]. Les poursuites acharnées de la police ne sont pas sans résultat; mais ce succès n'est que d'un instant, et le fléau de sévir de plus belle. Les gens de qualité n'ont pas honte de se prostituer à cet infâme commerce et ne

me donner de vos nouvelles, de m'écrire de longues lettres, et de m'envoyer vos ouvrages... écrivez-moi donc souvent des lettres fort longues et fort peu sérieuses, envoyez-moi tout ce que vous ferez de nouveau... » Et, à la date du 15 mai : « Plus vos lettres seront fréquentes, plus elles seront longues, plus elles seront badines, et plus je vous serai obligé... »—Vergier, *Œuvres* (Lausanne, 1750), t. I, p. xi, xii.—C'est bien là le digne père de l'auteur du trop fameux quatrain sur madame de Pompadour.

[1] Depping, *Correspondance administrative de Louis XIV*, t. II, p. 563, 564. Colbert à La Reynie, lieutenant général de police ; janvier et novembre 1678.

reculent point devant l'ignominie d'une descente de police et même d'un châtiment. « Le roy m'ordonne de vous escrire, à l'occasion des dames de Feurs et de Caligny, que son intention est que vous les fassiez assigner à la police pour avoir donné à joüer, et que pour cette fois vous leur fassiez seulement des défenses de donner à joüer à l'avenir, à peine d'encourir les amendes; que si elles estoient encore surprises donnant à joüer, Sa Majesté veut qu'elles soient condamnées à la rigueur[1]. » Nous citons cette note du ministre entre mille.

On le voit, malgré les priviléges du Temple, la police ne laissait pas parfois que d'avoir là son action comme ailleurs. Ce n'était pas sans une énergique opposition du bailliage du grand prieuré qui s'efforçait de maintenir ses franchises, et ne voulait souffrir dans son enceinte d'autres gens de justice que ses propres officiers. Le droit était aussi ancien qu'incontesté en matières civiles, à moins pourtant que n'intervînt une lettre expresse

[1] Depping, *Correspondance administrative de Louis XIV*, t. II, p. 572. Seignelay à La Reynie, le 31 janvier 1684.

de cachet du roi. Cet exercice d'une quasi-souveraineté, l'affiche d'indépendance insolente de cette petite ville dans la grande, ne pouvaient être envisagés que d'un mauvais œil de la part du lieutenant civil, qui, à chaque instant, se voyait entraver par la protection et l'abri que le Temple donnait à une foule de gens sans aveu mêlés à cette population trop nombreuse de marchands ruinés, les uns par leur faute, les autres par le malheur des temps, tous relevant de la juridiction fort accommodante du bailli du grand prieur. Aussi était-ce, de la part du Châtelet, des rapports, des mémoires plus ou moins motivés sur des abus qu'il ne fallait pas songer à détruire tant que subsisterait un pareil état de choses. En 1684, le marquis de Seignelay écrivait au chevalier d'Avernes :
« Le roy reçoit souvent des plaintes sur les difficultez qui se rencontrent à faire exécuter les contraintes ordonnées par justice contre des gens qui se retirent dans l'enclos du Temple. Sur quoy, Sa Majesté m'a ordonné de vous escrire que son intention est que les ordonnances de justice s'exécutent dans le Temple ainsi que dans les autres lieux de la ville de Paris, et de vous advertir que si

dans la suitte elle reçoit encore de semblables plaintes, elle fera abattre les portes du
Temple [1]. »

Probablement l'avertissement rendit plus
circonspect. Au moins, durant les vingt années qui suivirent, rien, que nous sachions,
ne donna lieu à des admonestations de cette
nature. En août 1704, un incident, sur lequel
nous n'avons d'autres détails que ceux que
nous trouvons dans les trois lettres de Pontchartrain, occasionna une nouvelle semonce
qui ne fut tendre ni par la forme ni par le
fond. Le lieutenant civil se plaignait toujours
des obstacles qu'il rencontrait quand il s'a-
gissait de faire exécuter quelque ordre du
roi. Un jour, des huissiers se présentent pour
appréhender un certain Mozet, contre lequel
il y avait un décret; ils sont repoussés par
les gens du bailli, auxquels vinrent se joindre les domestiques de l'abbé de Chaulieu. On
se demande à quel titre ces derniers. Mais
l'abbé de Chaulieu était le vrai maître au
Temple, en l'absence du grand prieur, et

---

[1] Depping, *Correspondance administrative de Louis
XIV*, t. II, p. 251. Reg. secr.; à Fontainebleau,
le 17 octobre 1684.

même lorsqu'il y était. Nous ne savons pas davantage quelle raison lui et son monde pouvaient avoir de protéger ce Mozet. Quoi qu'il en soit, cette violence faite aux officiers du roi dans l'exercice de leurs fonctions, grossie d'ailleurs par le lieutenant civil, prit bientôt les proportions d'un véritable attentat. Le ministre adresse, avec l'extrait de l'information, une lettre foudroyante au bailli du Temple.

« Le roy, lui écrit-il, a voulu s'en faire rendre compte en son conseil, et c'est la raison pour laquelle vous n'en avez pas ouy parler plus tôt, parce que le conseil ne tint que hier. Je dois donc vous dire que Sa Majesté, qui a de la considération pour le grand prieur et pour tout l'ordre de Malte, a bien voulu jusques à présent ignorer ce qui se passe dans le Temple sur le prétendu privilége qu'on y a d'empêcher l'exécution des arrests et ordonnances de justice ; mais Sa Majesté m'a ordonné de vous avertir en mesme temps que, quand elle fait tant que de donner des ordres pour entrer dans le Temple, ainsy qu'elle fait pour ses maisons royales, Sa Majesté entend qu'ils y soient reçus avec respect et ponctuellement exécutez, vous avertissant, s'il arrivoit pareille chose ou approchant de ce qui s'est passé à l'occasion de Mozet, Sa Majesté ne pourroit pas se dispenser de prendre contre vous des résolutions qui ne vous seroient pas agréables[1], afin de vous souvenir de vostre manque de respect à ses ordres. Ayez donc, s'il vous plaist, une attention particulière à empescher la retraite dans le Temple des gens prévenus de crimes et autres condamnations, et s'il arrive qu'à l'insceu de M. le grand prieur, qui n'entend point ce commerce et qui seroit le premier à l'empescher s'il en estoit averty, quelques gens de cette espèce s'y retirent, laissez-y exécuter contre eux les ordres qui seront donnez par Sa Majesté sans vous mesler des motifs. C'est l'avis le plus salutaire qu'on puisse vous donner en cette occasion. Mandez-moi la réception de cette lettre, afin que je puisse asseurer Sa Majesté que vous l'aurez reçue[2]. »

[1] La minute du secrétaire d'État était autrement catégorique : « Sa Majesté, portait-elle, ordonnera non-seulement à M. le grand prieur de vous mettre hors du Temple, mais vous fera sortir de Paris, afin.... » etc. Cet endroit parut trop rude et fut atténué dans l'expédition.

[2] Depping, *Correspondance administrative de Louis XIV*, t. II, p. 405, 406. Reg. secr. Lettre de Pont-

Pontchartrain dépêchait, le même jour, une lettre à l'adresse de l'abbé de Chaulieu pour son étrange intervention dans l'exécution des ordres du roi, qui était le corollaire de celle qu'on vient de lire :

« Le roy entend souvent parler de la retraite qu'on donne dans le Temple à des gens prévenus de crimes, ou contre lesquels il y a des condamnations par corps; et Sa Majesté a appris avec la dernière surprise la hardiesse qu'ont eue le bailly du Temple et vos domestiques, de s'opposer à un ordre qui auroit esté donné pour y faire arrester le nommé Mozet. Sa Majesté s'est fait rendre compte de cette affaire en son conseil, et m'a ordonné d'escrire au bailly la lettre dont je vous envoie copie, et de vous dire aussy que, si vous avez quelque authorité dans le Temple, bien loin de l'employer à empescher l'exécution de ses ordres, elle désire qu'au contraire vous fassiez vostre possible pour les y faire recevoir et exécuter avec respect et avec toute l'exactitude possible [1]. »

chartrain, secrétaire d'État, au bailli du Temple à Paris ; à Fontainebleau, le 30 septembre 1704.

[1] Depping, *Correspondance administrative de Louis XIV*, t. II , p. 407. Reg. secr. Le comte de Pont-

Il y a là plus qu'une anecdote. On voit par la lettre du ministre au bailli du Temple, que Louis XIV, si despote qu'on se le représente, savait subordonner les priviléges de la souveraineté absolue à des considérations d'équité. Il avait compris, d'ailleurs, avec son incontestable bon sens, que, la loi émanant de lui, c'était être en contradiction avec sa propre autorité que de donner lieu d'y échapper. Aussi, vingt ans auparavant, Seignelay mandait-il à Seguin, relativement au refuge pratiqué dans les maisons royales, en un cas analogue à celui de Mozet : « Le roy estant informé que le nommé Néret s'est retiré dans la galerie du Louvre, pour esluder l'exécution des contraintes par corps qui ont esté décernées contre luy, Sa Majesté m'a ordonné de vous escrire que son intention est que vous l'en fassiez sortir, et que vous ne souffriez jamais de ces sortes de gens dans son Louvre[1]. » Après un pareil abandon, la royauté, ce semble, était fondée à ne permettre qu'à

chartrain à l'abbé de Chaulieu; à Fontainebleau, le 30 septembre 1704.

[1] Depping, *Correspondance administrative de Louis XIV*, t. II, p. 597. Rég. secr. Le marquis de Seignelay à Seguin; à Compiègne, le 19 mars 1683.

bon escient l'exercice d'un droit suranné, le
seul peut-être qui eût survécu du système
féodal, et à réprimer sévèrement toute exten-
sion de ce privilége abusif. Au demeurant,
l'algarade du ministre au bailli ne laissa pas
celui-ci sans réponse. Sa réplique fut même
assez spécieuse, non-seulement pour détourner les mesures de rigueur dont on le me-
naçait, mais encore pour donner à réfléchir
sur la justesse des plaintes du lieutenant
civil, comme cela ressort d'une dernière lettre
de Pontchartrain à ce magistrat [1]. Et nous ne
trouvons pas d'autres traces de cet incident,
qui n'attira rien de plus grave sur sa tête et
sur celle de son complice officieux.

Chaulieu avait au Temple un crédit qui
faisait de lui un vrai personnage, la lettre
particulière que lui écrivit M. de Pontchartrain l'indique suffisamment. Et son influence ne se restreignait pas aux affaires privées de son protecteur, elle s'étendait même
aux affaires de l'ordre. En 1695, c'est en présence de l'abbé, figurant au nom et comme

---

[1] Depping, *Correspondance administrative de Louis
XIV*, t. II, p. 408. Reg. secr. Le comte de Pont-
chartrain, secrétaire d'État, au lieutenant civil; à
Fontainebleau, le 6 octobre 1704.

procureur de M. de Vendôme, que se passe le contrat de vente, par échange entre la ville et le grand prieuré, des places du Marais appartenant au Temple [1]. Il demeurait à l'hôtel Boisboudrand où le grand prieur était venu momentanément loger. Cet hôtel Boisboudrand, auquel on abordait par une longue allée connue sous le nom d'Allée des Soupirs [2], était une construction assez maussade, quoi qu'en dise Titon du Tillet [3], qui n'avait de remarquable qu'un assez grand jardin, situé sur le côté et comme étreint par les jardins de l'hôtel Poirier et de l'hôtel de Boufflers, dont les beaux marronniers ont été célébrés par Rousseau [4]. C'était là, plus souvent qu'au palais du Temple, que se réunissait, autour de la table de l'abbé, ce petit groupe d'épicuriens, d'esprits forts, de poëtes joyeux, et aussi (quoique ce fût la minorité) de grands

[1] Félibien, *Histoire de la ville de Paris* (1725), t. IV, p. 327, 329. Pièces justificatives.

[2] Barillet, *Recherches historiques sur le Temple* (Paris, 1809), p. 28, 51, 209.

[3] Titon du Tillet, *Le Parnasse françois* (Paris, 1732), p. 567.

[4] Jean-Baptiste Rousseau, *Œuvres*, t. V, p. 512.— Chaulieu, *Œuvres* (La Haye, 1777), t. I, p. 162.

seigneurs amis ou alliés des Vendôme, les uns
et les autres étroitement unis par l'attrait du
plaisir. Bien que tous n'aimassent pas les
femmes autant qu'on s'y serait attendu de
pareils mécréants, et que quelques-uns même
fussent accusés de partager à leur égard l'é-
loignement du vainqueur de Barcelone,
celles-ci ne laissaient pas que de venir prendre intrépidement leur part de ces fêtes anacréontiques. Madame de Chaulieu, belle-sœur
de l'abbé, demeurait à l'hôtel Boisboudrand,
qu'elle ne quittait que pour leur maison
de Fontenay, chantée avec tant d'amour
par le poëte dans un de ses plus charmants
morceaux [1]; c'était elle qui faisait les honneurs du logis à ses terribles hôtes: elle s'é-
tait mise au diapason de la gaieté commune,
et sans que cette assimilation lui eût coûté
grands efforts, ce nous semble [2]. Ninon, qui

[1] Chaulieu, *Œuvres* (La Haye, 1777), t. I, p. 40.
Les Louanges de la vie champêtre.

[2] Espérance Le Charpentier, fille de Nicolas Le
Charpentier, sieur de Saint-Aubain, procureur du
roi au bailliage d'Évreux. Elle donna à M. de Chaulieu huit enfants. Sa mère avait épousé en secondes noces Jean d'Aché, seigneur de Monteilles, qui
appartenait de fort près aux d'Arquien, aux Bé-

avait été un instant la maîtresse de Chaulieu[1], faisait de fréquentes apparitions au Temple; moins toutefois que la duchesse de Bouillon, dont on a été à même de juger le laisser-aller avec l'abbé.

Au nombre des femmes qui hantaient l'hôtel Boisboudrand figurait une demoiselle de Saint-Martin[2], d'allure et d'instincts suf-

thune et aux Bouillon, avec lesquels l'abbé sut établir des rapports plus ou moins étroits.— *Lettre critique de M. l'abbé d'Estrées, prieur de Neufville, à M. le chevalier de La Roque, auteur du Mercure, sur la noblesse de la maison de Chaulieu*, 1745, p. 45, 46.

[1] *Vie de mademoiselle de Lenclos*, par M. B*** (Bret), p. 99, 100.

[2] Serait-elle la belle-sœur de madame de Saint-Martin, femme du surintendant de la maison de la reine Marie-Thérèse, une manière de précieuse, qu'on avait surnommée la *Grondeuse*, parce qu'étant au bord de la mer, dont le mugissement l'avait tenue éveillée, elle disait qu'elle n'avait pu fermer la paupière à cause de cette grondeuse ? « Comme on n'aimoit pas mieux que de la tourner en ridicule, on l'appela depuis ce temps-là la Grondeuse. » —*Recueil de chansons historiques* (Bibliothèque impériale. Manuscrits), t. III, f. 431, 435, 437.—Ou bien, serait-elle cette Ursule de Saint-Martin, sœur de Saint-Martin, capitaine du château de Pau, à laquelle une chanson du temps prête une violente passion

fisamment masculins, joueuse incarnée et
que l'on était sûr de rencontrer partout où
l'on donnait à jouer. Son accoutrement était
des plus étranges. Elle avait une chemise
d'homme boutonnée au col et aux poignets,
une robe de chambre abattue et un bonnet
sur la tête au lieu de cornettes et de fontanges[1]; et c'était dans cette tenue qu'on la
voyait tailler à la bassette, avec un emportement dont les femmes d'alors n'étaient que
trop atteintes, et que Dancourt a reproduit
sans s'inquiéter de la crudité du pinceau[2]. On
jouait chez madame de Chaulieu comme ailleurs, et parfois la séance se prolongeait fort
tard. Une nuit, trois heures du matin son-
naient, quand on songea à quitter la place.
Mademoiselle de Saint-Martin pria qu'on
avertît ses porteurs. Mais elle se ravisa presque aussitôt et demanda à la maîtresse de la
maison qu'elle voulût bien lui laisser passer
le reste de la nuit chez elle. « Mon génie, lui

pour un certain Mazères ?— Même recueil, t. XII,
f. 50.

[1] Madame du Noyer, *Lettres historiques et galantes*
(Amsterdam, 1720), t. I, p. 427.

[2] Voir *la Désolation des joueuses, la Déroute du pha-
raon.*

dit-elle, me défend de sortir d'ici ; ainsi il faut, s'il vous plaît, que vous trouviez bon que j'y reste. » La vieille fille s'était figurée qu'elle avait un génie familier qui l'avertissait dans les grandes circonstances de la vie ; et quand il avait parlé, elle ne fût pas allée à l'encontre de ses commandements pour tous les trônes de la terre. « Mais, mademoiselle, lui répondit la belle-sœur de l'abbé, assez contrariée de la requête, votre génie ne sait peut-être pas que je n'ai point de lit à vous donner. — N'importe, madame, repartit mademoiselle de Saint-Martin, vous en serez quitte pour me donner un fauteuil, et j'aime beaucoup mieux rester au coin de votre feu que de désobéir à mon génie. » Sa femme de chambre attendait avec ses porteurs ; elle lui dit de s'en retourner dans sa chaise à sa place, et procéda à son installation sans se soucier autrement du dérangement qu'elle occasionnait. Elle n'avait pas eu si grand tort. La chaise était à peine à deux pas de l'hôtel, que des filous, au fait des allures de la demoiselle et comptant trouver sur elle une somme assez ronde, se précipitèrent sur le chétif véhicule, tuèrent un des porteurs qui essaya de faire résistance, et mirent l'autre en fuite. La

femme de chambre ne dut son salut qu'à
l'existence d'un ressort qui ne pouvait être
poussé qu'en dedans, ce qui empêcha les voleurs de l'atteindre. Cette aventure fut bientôt
connue de toute la ville, et le génie de mademoiselle de Saint-Martin, et c'était justice,
fut un instant fort à la mode. Quant à la
vieille fille, on comprend que sa foi ne dut
rien perdre de son ardeur après un pareil
service [1].

Les poëtes étaient en force dans l'enclos.
C'était Chaulieu, établi lui et sa famille à
l'hôtel Boisboudrand; c'était, tout à côté, si
près enfin qu'un jour de goutte le pauvre
alité aspirait le fumet du festin que donnait
l'Anacréon du Temple [2], c'était Palaprat, médiocrement pensionné et tout aussi modestement installé, mais, si étroitement logé qu'il
fût, abritant un autre poëte, cet abbé Brueys,
avec lequel il n'était pas toujours en parfaite
harmonie; c'était le grand prieur, l'*Altesse
chansonnière*, comme l'appelait Voltaire,

---

[1] Madame du Noyer, *Lettres historiques et galantes*
(Amsterdam, 1720), t. I, p. 428.

[2] Palaprat, *Recueil de pièces en vers adressées à
S. A. S. Monseigneur le duc de Vendosme*, p. 125.

qui, le cas échéant, chantait le vin et sa Fanchon avec l'aisance d'un poëte de profession [1]. Nous allions oublier le petit Coulanges, qui, durant son rapide séjour au Temple, ne semble pas du reste avoir frayé infiniment avec la société de M. de Vendôme, dont le ton n'était pas le sien.

Il y avait là encore un autre poëte qui, sans y être très-aimé, s'y mêlait en voisin. Nous voulons parler de La Chapelle, l'auteur des *Amours de Catulle et de ceux de Tibulle,* et de tragédies qui ne valent guère mieux que cette plate amplification des deux charmants poëtes latins. Chapelle, tant qu'il vécut, n'eut qu'une peur, celle d'être confondu avec son quasi-homonyme, et s'en expliquait en termes peu flatteurs pour celui-ci. La distinction était facile, aussitôt qu'on ouvrait les œuvres de chacun d'eux, et c'est ce que Chaulieu a formulé plaisamment dans une épigramme qui ne pouvait être aimable pour

---

[1] Chaulieu, *Œuvres* (La Haye, 1777), t. II, p. 202. Lettre de M. Arouet à Monseigneur le grand prieur. —*Recueil de chansons historiques* (Bibliothèque impériale. Manuscrits), t. XXVI, f. 403.

l'un qu'à la condition de chagriner l'autre :

Lis leurs vers, et dans le moment
Tu verras que celui qui, si maussadement,
Fit parler Catulle et Lesbie,
N'est pas cet aimable génie
Qui fit ce voyage charmant,
Mais quelqu'un de l'Académie [1].

Le piquant, c'est que cette peur d'une méprise de la part du public, La Chapelle la partageait au même degré. « Il ne souffroit point d'équivoque là-dessus, raconte d'Alembert, il en relevoit jusqu'à l'apparence avec une sorte d'affectation dédaigneuse [2]. » La Chapelle était secrétaire des commandements du prince de Conti ; la duchesse de Bouillon l'avait couvert de son égide, et nous avons vu celle-ci s'acharner au succès de *Téléphonte* avec une passion dont Campistron faillit être la victime [3]. C'était d'ailleurs un homme fort poli, un esprit fin, délié et capable d'affaires, n'ayant,

[1] Chaulieu, *Œuvres* (La Haye, 1777), t. II, p. 274. *Sur Chapelle qui mouroit de peur que l'on ne le confondît dans une édition avec La Chapelle.*

[2] D'Alembert, *Œuvres complètes* (Belin, 1821), t. II, p. 589. *Eloge de La Chapelle.*

[3] *Les Cours galantes*, t. II, p. 214, 215.

en somme, contre lui que ses tragédies [1]. Il
avait été receveur général des finances à la
Rochelle; mais son amour des lettres l'avait
amené à Paris, où la même position lui
fut conservée. La maison qu'il occupait au
Temple avec sa femme étant trop grande
pour eux deux, il en avait cédé une partie à
une dame de province, pourvue d'un fils âgé
de quatorze ans qu'elle venait donner au roi,
si le roi voulait du cadeau. Le cadeau était de
conséquence, car cet enfant était une véritable merveille, une petite machine à madri-
gaux et à bouts-rimés, fonctionnant avec une
célérité et une facilité qui firent bientôt l'admiration de la ville et de la cour, comme elles
l'avaient fait de sa province. Ce précoce génie,
qui promettait alors plus qu'il ne tint par la
suite, était La Grange-Chancel, l'auteur trop
fameux des tristes *Philippiques*. Il arrivait
avec une tragédie dont il avait puisé l'idée
dans Salluste, et dont Jugurtha était le héros.
La Chapelle, auquel on s'empressa de la com-
muniquer, fut frappé du talent qui s'y rencontrait et en parla à Chaulieu avec enthou-

---

[1] *Zaïde, Cléopâtre* (1681), *Téléphonte* (1682), *Ajax*
(1684).

siasme. La Grange fut admis à lire sa pièce devant l'abbé et quelques intimes, parmi lesquels se trouvaient Campistron et Raisin cadet. Cette lecture tourna tout à la gloire du jeune poëte ; sa tragédie fut déclarée un chef-d'œuvre, et Raisin en fit de tels récits dans les foyers de la Comédie-Française, que l'écho en retentit jusqu'à Versailles.

La princesse de Conti[1] eut la curiosité de le voir, et chargea M. de Verteillac, qui était parent de La Grange, de lui amener la mère et l'enfant. Ils furent introduits dans le cabinet de la princesse ; Monseigneur se trouvait là, entouré de M. le Duc, du prince de Conti, du duc de Vendôme et d'une réunion brillante en hommes et en femmes. La princesse fut frappée de la petite taille de l'enfant et le témoigna ; ce qui fut pour celui-ci l'occasion d'une repartie qui prédisposa tout d'abord en faveur de son esprit.

Le duc de Vendôme, auquel Chaulieu et Campistron avaient vanté l'étonnante faculté d'improvisation de l'enfant, s'approcha de lui et lui proposa de remplir des bouts-rimés à

[1] La princesse douairière, fille de La Vallière, une douairière de vingt-trois à vingt-quatre ans.

la louange de la princesse de Conti. La Grange
ayant accepté le défi, on le mena dans une
pièce où il y avait tout ce qu'il fallait pour
écrire, et, un quart d'heure après, il reparaissait avec le sonnet suivant :

Chaque cœur est un temple où l'on vous dresse un buste,
Du plus indifférent vous fondez les glaçons ;
De myrtes amoureux moins faisoit de moissons
Celle qui fit filer la main la plus robuste.

Tout cède, tout se rend à votre aspect auguste.
La raison fait au cœur d'inutiles leçons.
Ses avis importuns passent pour des chansons.
Chacun connoît sa faute, et chacun la croit juste.

L'un adore ce port rempli d'un doux orgueil ;
L'autre, ces yeux brillants et ce charmant accueil :
Mais toujours le respect leur oppose une digue.

Et ce Dieu qui du monde agite les ressorts,
Et qui de ses faveurs fut pour vous si prodigue,
N'oseroit qu'en tremblant exprimer ses transports [1].

[1] Ces rimes devinrent, pour ainsi dire, sacramen-
telles ; et nous trouvons une infinité de bouts-rimés
de cette époque avec les mêmes terminaisons :
buste, robuste, etc.... Le sonnet de la présidente
Dreuillet à Louis XIV, un autre attribué au chevalier de Gondrin, que cite madame du Noyer (*Lettres
historiques et galantes,* Amsterdam, 1720, t. I, p. 288);
un sonnet de Palaprat (*Recueil de pièces en vers adressées à S. A. S. monseigneur le duc de Vendosme,* p. 117);

Le sonnet fut trouvé admirable. Le roi, sur le récit de ce succès, voulut voir l'enfant-poëte; il le fit venir dans l'appartement de madame de Maintenon, le questionna avec bonté, parut prendre plaisir à ses reparties, et le soir, quand la princesse vint lui faire sa cour, il fit à celle-ci « une espèce de reproche » de lui avoir enlevé un page qui lui était d'abord destiné. Tout le monde se piqua de voir et d'avoir ce nouveau favori, et madame la Duchesse ne lui fit pas un accueil moins bienveillant. Fort du suffrage des beaux esprits du Temple, le poëte crut pouvoir présenter son *Adherbal* à sa protectrice. Celle-ci envoie chercher Racine, le prie de lire cet essai de son page et de lui dire sans détours ce qu'il en pensait, et s'il y avait apparence qu'il pût un jour marcher sur ses traces, ne voulant pas contribuer à faire un poëte médiocre de plus. L'auteur de *Phèdre* et d'*Athalie* emporta le manuscrit; il le garda huit jours, au bout desquels il se rendit chez la princesse. « Il lui dit (c'est La Grange qui parle)

---

trois autres sonnets, enfin, de Rousseau (*Œuvres*, 1830, t. V, p. 281, 282, 283), sont sur ces rimes invariables.

qu'il avoit lu ma tragédie avec étonnement;
qu'il ne doutoit point que si je continuois
comme je commençois, je ne portasse le
théâtre à un point de perfection où ni Corneille ni lui ne l'avoient pu mettre; qu'à
la vérité ma tragédie étoit défectueuse en
plusieurs endroits; mais que si Son Altesse
agréoit que j'allasse quelquefois chez lui pour
y recevoir ses avis, il la mettroit dans peu de
temps en état d'être jouée avec succès [1]. »

Si Racine a dit cela, s'il l'a pensé, ce qui
est déjà différent, La Grange-Chancel n'a que
très-insuffisamment réalisé une prédiction
qui lui imposait une bien lourde tâche; et,
dans les dix-neuf pièces qui composent son
œuvre dramatique, il serait difficile de rencontrer des parties qui approchassent, même
de fort loin, ou du *Cid* ou d'*Andromaque*. Le
page de la princesse de Conti n'eut garde,
tant qu'ils furent à Versailles, de ne pas profiter de la proposition de Racine; et plus

[1] La Grange-Chancel, *Œuvres* (Paris, 1734), t. I,
p. xxxj, xxxij; préface de *Jugurtha*. — Le souvenir
du *Jugurtha* de Péchantré, représenté en 1692, fit
donner dans l'origine le titre d'*Adherbal* à la tragédie
de Chancel; ce ne fut que plus tard qu'elle s'appela
Jugurtha.

tard, lors du siége de Namur où ils ne suivirent la cour ni l'un ni l'autre, quoi qu'il y
eût une notable distance de l'enclos du Temple
à la rue des Maçons, près de la Sorbonne, où
le poëte demeurait depuis cinq ans [1], il allait,
chaque jour, puiser à cette source féconde
des conseils et des leçons qui lui en appri-
rent plus que toute la poétique d'Aristote,
comme il en convient lui-même. Racine chez
lui, surpris dans toute la sincérité de sa vie !
Quel gré l'on saurait à La Grange des moindres, des plus futiles détails sur cette existence que nous ne connaissons que bien im-
parfaitement et qu'une sorte de fatalité
envieuse a voulu nous dérober ! Mais La
Grange ne songe qu'à lui et ne soupçonne
pas que l'intérêt capital de son récit puisse,
avant tout, résider dans l'espérance déce-

---

[1] Racine ne quitta qu'en 1686 la maison qu'il
occupait, rue Saint-André-des-Arcs, au coin de la
rue de l'Éperon, maison remarquable par une petite
tourelle qui faisait saillie dans la rue, à la hauteur
du premier étage, et qui était son arrière-cabinet.
Il resta sept ans dans la maison de la rue des
Maçons, qu'il cessa d'habiter en 1693 pour s'établir,
rue des Marais, faubourg Saint-Germain, dans la
maison où il est mort. — Racine, *Œuvres complètes*
(Le Fèvre, 1820), t. VI, p. 230.

vante de révélations qu'il ne fera point : si Racine est en scène, c'est pour la plus grande gloire de l'auteur d'*Adherbal*. Il faut en prendre son parti.

Un jour, à Chantilly, où était toute la cour, on vient chercher La Grange de la part de M. le Duc[1]. On le fait monter dans un appartement, au troisième étage : le prince était à table avec le comte de Fiesque, Racine et un religieux vêtu de blanc. Ce religieux était Santeuil, le commensal et le bouffon de la maison de Condé. Ce dernier, qui n'en était plus sans doute à sa première rasade, interpelle d'un air furieux le survenant, et lui dit qu'au lieu de se mettre dans les mains de l'auteur d'*Athalie*, c'était à lui qu'il eût dû demander des leçons, et qu'il l'eût rendu le plus habile homme de son siècle dans la poésie latine. La Grange, mis en demeure de décider entre Racine et le poëte victorin, fit une réponse qui exaspéra tellement le fougueux moine que,

---

[1] Le fils d'Henri-Jules, le frère de la princesse de Conti, de la duchesse du Maine et de madame de Lassay. Bien qu'il survécût d'une année à son père, il ne prit point le titre de *M. le Prince*, titre qui, à partir de lui, cessera d'être porté par le chef de la maison de Condé.—Saint-Simon, *Mémoires* (Chéruel), t. VII, p. 159.

sans M. le Duc, Santeuil lui brisait la tête avec
son assiette. M. le Duc ne se doutait pas alors
que, quelques années après, ce serait lui qui
ferait voler une assiette au visage d'un inter-
locuteur trop entiché de son opinion, et le
comte de Fiesque ne soupçonnait pas davantage que, cette fois, ce serait à lui que les
plats s'adresseraient [1]. L'enfant, effrayé de
cette violence et de l'air furibond de Santeuil,
se prit à pleurer, et l'on ne réussit à le calmer
qu'à grand renfort de truffes et de confitures.
Tel était Santeuil, et cette scène ne contrarie
d'aucune sorte le portrait que nous ont laissé
de lui les contemporains. « Je trouvai le lendemain M. le comte de Fiesque, qui me demanda si j'étois bien remis de ma frayeur, et
je lui demandai à mon tour à quel usage ser-
voient les tablettes que j'avois toujours vues
sur la table à côté du couvert de M. le Duc.—
C'est ainsi qu'il en use, me répondit-il, toutes
les fois que Racine a l'honneur de manger
avec lui. Cet homme, partout admirable, l'est
infiniment davantage lorsqu'il se trouve à
table avec une compagnie qui lui convient ;

[1] Saint-Simon, *Mémoires* (Chéruel), t. III, p. 334
et 335.

il lui échappe des impromptus si agréables,
que M. le Duc se fait un plaisir de les recueillir, et qu'ils ne sont pas plutôt sortis de la
bouche du poëte qu'ils sont sur les tablettes
du prince [1]. » Racine avait son Brossette
comme Boileau, et c'était M. le Duc. Le rôle
était mince de la part d'un prince du sang
suspendu aux lèvres du poëte et ramassant
ses moindres saillies pour s'en faire honneur
à l'occasion, tout en les gâtant. Si encore
nous avions ces tablettes ! Mais c'en est assez
sur La Grange, dont nous n'avons pas à suivre
la fortune dramatique, et qu'on retrouvera
au besoin, avec son fiel, dans le camp des
mécontents et des conspirateurs.

[1] La Grange-Chancel, *Œuvres* (Paris, 1734), t. I,
p. xj, préface de *Jugurtha*.

VII

Madame de Mussy.—Ses amours avec M. le Duc, qui lui fait
    meubler une maison au Temple.—Elle se lie avec madame
    de Boislandry.— Le comte d'Albert.—Rupture avec M. le
    Duc. — Départ pour l'Espagne. — Prise de Brihuega. —
    Mort de madame de Mussy. — La Société du Temple à
    l'Opéra. — La maison de Sonning.—L'abbé Courtin. — Le
    duc de Foix.—Périgny.—Jean-Baptiste Rousseau.—Rous-
    seau directeur. — Félicitations et recommandations de
    Chaulieu.—Réponse rassurante de Rousseau.—Ammonio.
    — Le carrosse de Lyon. — Retraite de six semaines. —
    L'abbé de La Baume et MM. de Vendôme.—L'astrologue
    bolonais. —Tout le monde y court.—La comtesse de Sois-
    sons et madame Henriette. — Un billet de Louis XIV.
    — Réponse renversante de l'oracle. — Étonnement de
    Louis XIV.— Bontemps amène Primi dans le cabinet du
    roi.— Primi avoue tout.— Louis XIV se fait son compère.
    — Les transformations d'Ammonio. — Il guérit les fièvres
    continues.—Soupçonné d'avoir empoisonné mademoiselle de
    Fontanges. — Étrange secret de supprimer la vieillesse. —
    Énormité du remède.—Il fait horreur à Louis XIV.—Un
    antique de contrebande.—Comment la fraude se découvre
    —Primi historiographe.—Mis à la Bastille.—Il en ressort
    avec une gratification.—Le comte de Saint-Mayol. — Am-
    monio traitant.—Taxé à 60,000 francs. — Rousseau dans
    l'exil. — Le grand prieur demeure son ami.

Puisqu'il est question de M. le Duc, c'est le
cas de parler d'une petite intrigue qui se

passa, il est vrai, quelques années plus tard, et dont le Temple fut également le théâtre. Non loin de l'hôtel Boisboudrand, dans l'enclos même, une maison se meuble comme par enchantement : de jolis chevaux, une voiture élégante étonnent le quartier par un je ne sais quoi qui sentait le prince. Une femme s'installe dans ce logis transformé et ouvre la porte à deux battants à tous les divertissements et à toutes les fêtes. Cette femme était jeune et d'une beauté éclatante. Quant au moral : « elle avoit tout l'esprit du monde, mais pourtant de ce genre d'esprit des femmes coquettes, qui est plus brillant que solide, beaucoup de feu, de vivacité et d'imagination, un fonds de gaieté inépuisable, un grand penchant à l'amour, cherchant à plaire, à être aimée, et sachant bien qu'elle méritoit de l'être[1]. » On voit tout de suite que l'on a affaire à une femme dévoyée, en train de brûler ses vaisseaux, si ce n'est fait déjà. Elle s'appelait madame de Mussy et avait épousé un conseiller au Parlement de Dijon, un peu trop épris, à ce qu'il parait, du vin de

[1] *Histoire de madame de Muci,* par mademoiselle D.... (Amsterdam, 1731), p. 8.

Beaune pour s'absorber dans la garde d'un
trésor toujours si difficile à défendre. Madame
de Mussy, qui l'avait jugé, était fort disposée
à se laisser conquérir, quand M. le Duc vint
tenir les États de Bourgogne. Ils s'entendirent
aisément l'un et l'autre, et M. de Mussy, tout
distrait qu'il fût, ne tarda pas à pénétrer une
liaison qu'on prenait, d'ailleurs, peu le soin
de cacher. Il se fâcha, se montra même brutal; ce qui fut, après tout, un prétexte de
rupture qu'on n'eut garde de ne pas saisir.
Par sa place, M. de Mussy n'avait au Parlement
que des confrères et des amis que sa femme
était très-fondée à récuser. Elle en appela au
Parlement de Paris et partit rejoindre son
amant, qui l'installa au Temple, comme on
vient de voir.

Le jeune prince, qui voulait divertir sa
maîtresse et se divertir lui-même, attira
chez elle tous ses amis, La Fare, Chaulieu,
le marquis de Coaslin, le marquis de Vervins,
le comte de Fiesque, et qui mieux est, des
femmes du plus grand monde, et, à leur
tête, madame de Bouillon et sa nièce, la
marquise de Bellefonds. Il est vrai que madame de Bouillon, dont le personnel en
hommes était tout ce que la cour avait de

plus considérable, se montrait très et trop facile sur le compte des femmes qu'elle recevait :

> Chez la Portsmouth et la Bouillon
> On en trouve de toute espèce.... [1]

La petite madame de Mussy, si elle eût été
sage, eût pu vivre dans l'abondance et les
plaisirs, grouper autour d'elle une société élégante dont elle eût été l'âme. Mais c'était une
de ces têtes ardentes, fantasques, aventureu-
ses, destinées à traîner leur inquiétude sur
les grandes routes ; il y avait de la duchesse
de Mazarin et de madame de Courcelles dans
la jolie Bourguignonne, et le reste de sa
brève existence se passera à courir d'hôtelleries en hôtelleries et à jouer l'héroïne de
roman. Elle s'était liée avec madame d'Aligre,
qui demeurait alors au Marais [2]. Celle-ci,
quoiqu'elle ne fût plus de première jeunesse [3],

---

[1] *Le nouveau Siècle de Louis XIV*, ou *Choix de Chansons historiques et satiriques*, par le traducteur de la
Correspondance de Madame (Paris, 1857), p. 232.

[2] *Ibid.*, p. 232.

[3] La Chesnaye-des-Bois ne donne pas la date de la
naissance de Catherine Turgot. Elle épousa M. de
Boislandry en 1686 ; en admettant, ce qui est plus

n'en poursuivait pas moins sa vie de galanterie; et sa rupture avec le fils de Lassay la
guérira si peu des aventures qu'on la verra
s'en consoler tout aussitôt avec un nouvel
amant. Ce nouvel amant, il est vrai, se changea en mari lorsqu'il plut à M. de Boislandry
de passer dans un monde meilleur. Ce dernier mourait le 12 avril 1711, et Catherine
épousait M. de Chevilly en décembre 1711,
après un veuvage de neuf mois[1]. Sans ce délai de rigueur, peut-être madame d'Aligre ne
se fût pas laissé distancer par M. de Lassay,
dont le mariage avec mademoiselle de Ma-
daillan, sa tante, se contracta le 30 avril de
la même année. Les chansonniers nous donnent des renseignements assez peu charitables sur le compte de la dame et de son
amant[2], renseignements que nous ne nous

que vraisemblable, qu'elle n'eût pas alors moins
de dix-sept ans, elle devait avoir trente-huit ans à
l'époque où nous sommes, et quarante-deux ans environ lors de son mariage avec M. de Chevilly.

[1] La Chesnaye-des-Bois, *Dictionnaire de la Noblesse*
(Paris, 1772), t. IV, p. 677.

[2] M. de Chevilly était entré dans les gardes en
1702; il fut successivement enseigne, sous-lieutenant et lieutenant, et succéda à M. d'Auxy, qui lu

chargerons pas de reproduire, et pour causes [1]. Nous ignorons si Chaulieu la fréquentait alors, et si c'est par lui, chose possible, en somme, que madame de Mussy la connut. Il paraîtrait que ces deux femmes, attirées l'une vers l'autre sans doute par la conformité de leur situation et des goûts pareils, se voyaient intimement, et que ce fut chez madame de Boislandry que la beauté dijonnaise se trouva en présence du séduisant comte d'Albert [2].

La réputation du comte n'était plus à faire en matière de galanterie. Son intrigue avec madame de Luxembourg l'avait forcé de quitter un instant le royaume [3], et ses amours

---

vendit la compagnie au prix de 80,000 francs, en 1706. Les *Mémoires de Maurepas* disent que ce fut madame de Boislandry qui la lui acheta ; cette date, rapprochée de celle de leur mariage, rend l'assertion moins probable. Catherine mourut en 1737.

[1] *Le nouveau Siècle de Louis XIV* (Paris, 1857), p. 339, 347, 348.

[2] Ce fut à l'Opéra qu'ils se virent pour la première fois, s'il faut en croire l'*Histoire de madame de Muci*, qui ne parle nullement de la liaison de celle-ci avec madame de Boislandry.

[3] Madame du Noyer, *Lettres historiques et galantes* (Amsterdam, 1720), t. I, p. 342, 343.

avec mademoiselle Maupin, alors maîtresse de l'électeur de Bavière, l'avaient également éloigné de Bruxelles, où l'électeur tenait sa cour[1]; et il venait de rentrer en France quand madame de Mussy et lui se rencontrèrent. La tâche ne fut que trop aisée pour celui-ci, qui n'eut guère qu'à se montrer pour amener à capitulation. M. le Duc finit par découvrir la trahison de sa maîtresse et formula son ressentiment avec la violence d'un caractère qui, dans la colère, se laissait emporter aux derniers excès[2]. Il brisa miroirs, porcelaines, tout ce qui s'offrit sous sa main, en véritable furieux. Madame de Mussy fit face à l'orage avec une intrépidité digne d'un autre nom. « Elle lui dit de sang-froid qu'elle n'étoit point sa femme, qu'il n'avoit rien à lui dire ni à lui

---

[1] Mademoiselle Maupin lui adressa, au camp de Villars, une pièce de vers qu'on attribua à Benserade, et qui débute ainsi :

Voudras-tu, cher amant, parmi le bruit des armes,
Entendre le récit de mes vives alarmes,
Et quand Mars, dans ton sein, allume ses fureurs,
Tes yeux daigneront-ils voir une amante en pleurs?...

[2] Madame de Caylus, *Souvenirs* (Michaud et Poujoulat), t. XXXII, p. 510.

reprocher, qu'elle avoit du goût pour le
comte d'Albert, qui étoit bien plus aimable
que lui, et que, pour en juger lui-même, il
n'avoit qu'à se regarder avec lui dans un miroir [1]. »

Bien qu'il n'y eût eu rien que d'exact à ce
portrait, et que M. le Duc eût un visage d'un
jaune livide et à faire peur [2], il est probable
que madame du Mussy n'alla pas si loin dans
sa franchise. Le prince, hors de lui, la menaça
de la remettre au pouvoir de son mari qui
n'eût pas fait moins que de la faire renfer-
mer [3]. La jeune femme, glacée d'effroi, forma
tout aussitôt le projet d'échapper par la fuite
à ce plus grand des malheurs pour elle. Le
comte d'Albert était rentré en grâce auprès

---

[1] *Le nouveau Siècle de Louis XIV* (Paris, 1857),
p. 304.

[2] Saint-Simon, *Mémoires* (Chéruel), t. VIII, p. 122.

[3] M. le Duc ne se borna pas à briser ce qui se
trouva sous sa main ; il ôta à la dame tout ce qu'il put,
et poussa la mesquinerie jusqu'à reprendre quelques
diamants envoyés à remonter chez le joaillier. Il se
consola, du reste, de la perfidie de sa maîtresse
avec madame de Rupelmonde, à laquelle succédè-
rent madame de Locmaria et une jeune tapissière
de la rue des Fossés-Monsieur-le-Prince.—*Mémoires
du comte de Maurepas* (Paris, 1792), t. I, p. 275, 276.

de l'électeur, qui l'avait nommé son envoyé
à la cour de Madrid ; elle ne songea plus qu'à
l'aller rejoindre, et, pour échapper à toute
poursuite, elle prit le chemin de l'Espagne
avec sa femme de chambre, sous des habits
de cavalier. Nous ne l'accompagnerons pas
dans son odyssée galante. S'il faut en croire
sur parole son historien, en trahissant un
amant de rencontre qu'elle aurait connu à
l'hôtel de Bouillon et qu'elle retrouvait commandant l'arrière-garde de l'armée anglaise,
lord Stanhope, elle eût ménagé au duc de
Vendôme la prise de Brihuega, et été de la
sorte la première cause du retour de fortune
qui raffermit le trône plus que chancelant de
Philippe V [1]. Elle croyait revoir le comte
d'Albert à Madrid ; non-seulement cet espoir
fut déçu, mais encore apprit-elle qu'il n'était
bruit que de son prochain mariage avec mademoiselle de Montigny [2] ; dès lors, elle ne fit

---

[1] Brihuega, ville d'Espagne (Guadalaxara). Ce fut
le 9 décembre 1710 que fut prise Brihuega. Le duc
de Vendôme y fit l'arrière-garde anglaise prison-
nière.— Dangeau, *Journal*, t. XIII, p. 302, 303.

[2] Ce bruit était fondé, et le comte d'Albert
épousa mademoiselle de Montigny, qui avait été la
maîtresse de l'électeur. Mais madame de Mussy ne

plus que languir, et six mois après elle s'étei-
gnait, minée par la fièvre, dévorée de jalousie, bourrelée de remords, dans toute la
force de l'âge et l'éclat de sa beauté[1]. Mais
revenons au Temple et à son petit troupeau
de sybarites et de voluptueux invétérés.

Si le temps faisait inévitablement des ra-
vages, les vides étaient bien vite remplis; de
nouveaux convives remplaçaient ceux que le
destin avait frappés. A cette date, l'abbé
Courtin, Périgny, Sonning, Jean-Baptiste
Rousseau transportent le Temple de leur entrain et de leurs vers petits et grands, plus
petits que grands, il est vrai, même ceux qui
échappent à la facilité du lyrique. Les trois
premiers, peu connus, du nom desquels on ne
se souvient que pour l'avoir rencontré dans les
épîtres de Chaulieu, de Jean-Baptiste et plus

vit pas cette peu honorable union, qui n'eut lieu
que quelques années après.

[1] *Histoire de madame de Muci,* p. 184. — *Recueil de
Chansons historiques* (Bibliothèque impériale. Manuscrits), t. XI, f. 318. —D'après d'autres récits qui
varient, d'ailleurs, sur les détails de cette vie
d'aventures, madame de Mussy serait morte à
Bruxelles, pensionnée de l'Espagne et de la France,
en 1722.—Barrière, *la Cour et la Ville* (Paris, 1830).
Manuscrits inédits de Pierre Le Gouz (*Lantiniana*).

tard de Voltaire, sont des originaux curieux et qui comptaient assez dans la société du temps pour avoir ici leur place obligée. L'abbé Courtin [1], fils d'Honoré Courtin, conseiller d'État, était un homme de plaisir, frivole et charmant, qui s'était peu soucié de profiter de la position de son père pour faire fortune et devenir un personnage. L'Opéra était ses galeries, et à l'époque même où Chaulieu était l'amant de l'Armide de l'Académie royale de musique, il courtisait une demoiselle Potenot, tout à la fois cantatrice et danseuse, à laquelle la chronique donne un teint de plâtre [2]. Une satire, qui reproduit la physionomie de l'Opéra en 1705, après s'être évertuée sur les chefs d'emploi, Chaulieu et La Fare, n'a garde d'oublier l'abbé Courtin :

> Dans la loge d'auprès, vint l'abbé de *Chaulieu,*
> Plus rouge et plus fumant qu'un juif qui jure Dieu.
> Il se trouva placé près d'une demoiselle,
> Qui, de loin, me parut raisonnablement belle;
> Il récita tout haut les airs de point en point;
> Du seul *La Fare* ensuite, une loge étoit pleine,
> Qui trembloit sous le poids de sa grosse bedaine...

[1] Né vers 1659; son père mourut en 1703.
[2] *Recueil de Chansons historiques* (Bibliothèque impériale. Manuscrits), 1686, t. VI, f. 21, 82.

Ensuite je grimpai jusqu'aux loges secondes.
Là, je vis des abbez, des brunes et des blondes :
Entr'autres, j'aperçus un petit libertin,
Tu ne le diras pas, c'étoit l'abbé *Courtin*.
Il serroit de fort près une jeune coquette,
Laquelle en badinant déchiroit sa manchette;
De peur de s'enrhumer, ce petit folichon,
Prenoit de la Cloris la cuisse et le manchon... [1]

Courtin ne garda pas plus mademoiselle Potenot que Chaulieu mademoiselle Le Rochois. Plus tard, ses hommages et ses soins ont pour but madame de Poissy [2]. En 1703, dans sa première épître à l'Anacréon du Temple, il est question d'une Silvie qu'il a peur d'aimer trop [3]. Ces spirituels vauriens, appliqués à bien vivre, n'ayant d'autre préoccupation que celle de se réjouir, passaient de l'un chez l'autre et se fêtaient à tour de rôle. Courtin invite un jour Chaulieu à le venir trouver dans sa nouvelle maison et met en jeu, pour le décider, une de ces séductions

[1] *Recueil de Chansons historiques* (Bibliothèque impériale. Manuscrits), t. X, f. 346. *Satire sur plusieurs personnes étant un jour à l'Opéra* (1705).

[2] *Ibid.* (1698), t. IX, f. 311.

[3] Chaulieu, *Œuvres* (La Haye, 1777), t. I, 138. *Épître de M. l'abbé Courtin à M. l'abbé de Chaulieu* 1703).

infaillibles auprès du voluptueux vieillard [1].
Une autre fois, c'est un billet d'étrennes pour
le prier de venir prendre sa part d'un dindon
et de deux perdrix rouges, à la condition
d'apporter de son côté une demi-douzaine de
Virgouleuse, nombre pareil de Saint-Germain, avec les fruits choisis de son jardin. Ils
devaient être en tout quatre : eux deux, La
Fare et la bonne amie de l'amphitryon [2]. Les
vers peu nombreux que l'on a de Courtin sont
troussés avec facilité et ne souffrent pas trop
du voisinage de ceux de Chaulieu, de La Fare
et de Rousseau même. Il n'y attache, d'ailleurs, aucune importance, et se traite assez
modestement pour qu'on se sente disposé à le
trouver trop rigoureux envers ces fusées
agréables. Le rondeau suivant, que nous citerons parce qu'il peint l'air et l'extérieur de
l'abbé, n'est pas fait de la main d'un ami :

> En manteau court, en perruque tapée,
> Poudré, frisé, beau comme Déiopée,
> Enluminé d'un jaune vermillon,
> Monsieur l'abbé, vif comme un papillon,
> Jappe des vers qu'il prit à la pipée.

[1] Chaulieu, Œuvres (La Haye, 1777), t. I, p. 147.
[2] Ibid., t. I, p. 152, 153, 154.

Phœbus, voyant sa mine constipée,
Dit : Quelle est donc cette muse écloppée
Qui vient ici racler du violon
        En manteau court ?

C'est, dit Thalie, quelque jeune nápée
Qui vient en masque ébaudir ce vallon.
Vous vous trompez, répondit Apollon ;
C'est tout au plus une vieille poupée
        En manteau court [1].

Cette épigramme, attribuée à Rousseau et
recueillie finalement dans ses œuvres, aurait
été une réplique à une première épigramme
de Courtin au sujet de son rondeau sur la
prise de Lérida, 1707. Ce qu'il y a de curieux,
c'est qu'ils étaient ou paraissaient être à cette
époque même dans les meilleurs termes et la
plus parfaite union, et qu'ils travaillaient, de
concert avec La Fare, à une lettre en vers re-
produite, à quelques variantes près, dans les
œuvres du lyrique. Chaulieu avait quitté
Paris pour son bien-aimé Fontenay. Ses trois
amis, assemblés à Neuilly chez un ami commun, Sonning, sentant le vide que laissait
son absence, lui écrivent pour le rappeler au

[1] *Recueil de Chansons historiques* (Bibliothèque impériale. Manuscrits),1707, t. XXIX, f. 94.—J. B. Rousseau, *Œuvres* (Le Fèvre, 1820), t. II, p. 371, 372.

milieu d'eux[1]. L'abbé répond aussitôt à Sonning qu'il sera de retour dans quatre jours, et qu'il ira les relancer soit à Neuilly, soit à Paris. Les convives, il les sait d'avance : ce sont « la divine Bouillon, » l'indispensable La Fare, Rousseau, l'abbé Courtin, « collet très-bien tiré, perruque bien poudrée[2], » et Regnier, le joueur de théorbe, un pensionnaire du grand prieur dont nous avons eu déjà occasion de parler et qui avait toujours le soin de la cave[3].

Quel était ce Sonning[4], l'un des Mécènes de la bande joyeuse? Son père était un financier, que des circonstances heureuses avaient porté à la recette de la généralité de Paris. Colbert, mécontent de Perrault, l'avait forcé

[1] Chaulieu, *Œuvres* (La Haye, 1777), t. I, p. 159, 160, 161, 162. *Lettre de MM. le marquis de La Fare, l'abbé Courtin et Rousseau ;* de Neuilly, le 19 juillet 1707.

[2] *Ibid.*, t. I, p. 164 ; t. II, p. 291, 292.

[3] *Ibid.*, t. I, p. 163, 164, 165. *Lettre à M. Sonning, servant de réponse à la lettre de ces messieurs,* le 20 juillet 1707. — Regnier passait pour être fils naturel de Lully. — J.-B Barillet, *Recherches historiques sur le Temple* (Paris, 1809), p. 133.

[4] Nous trouvons ce nom écrit de quatre façons : Sonnin, Sonnen, Sonning et Sonningen.

23.

de vendre sa charge, qu'obtint Sonning,
« pour une somme beaucoup au-dessous de ce
qu'elle valloit et de ce que mon frère l'avoit
achetée,» nous dit Charles Perrault[1]. Un libelle du temps s'évertue sur le compte de
Sonning et de sa sœur, une dame Dubuisson,
et raconte certain conflit entre celui-ci et une
comtesse de Brunemont, qui ne ferait honneur ni à l'un ni à l'autre. « De tous les
hommes du monde, le plus coquet, c'est
Sonnen; il y a plus de vingt ans que toute
son occupation n'a été que de voltiger de
belle en belle, et d'avoir cinq ou six maîtresses
en même tems ; tantôt ce sont des femmes ou
des filles de marchands ou de gens d'affaires,
tantôt des grisettes, dans un autre tems des
femmes de chambre : quelquefois aussi, il se
veut faire ami des dames de qualité... cependant tout lui est propre, pourvu qu'une
femme ait une coëffe et un cotillon, qu'elle ne
passe pas trente ans, il n'est rien de trop
chaud ni trop froid pour lui[2]. » C'était, en

---

[1] *Mémoires de Charles Perrault* (Avignon, 1759),
p. 177.

[2] *Les Partisans démasquez* (Cologne, 1709), part. IV,
p. 179. *Histoire d'un Financier qui vouloit duper une
dame de qualité et qui se trouva lui-même la dupe.*

tous cas, un voluptueux, épris du bel esprit,
aimant les poëtes et la poésie, faisant même
des vers, ce que nous apprend un couplet de
chanson où il est accusé d'avoir chanté mademoiselle Certain, une fille de talent, célèbre
claveciniste (chantée également par Chaulieu
et La Fontaine), au grand déplaisir du marquis de Nesle, son amant[1]. Moins heureux,
toutefois, qu'avec l'abbé Courtin, nous n'avons
rien de lui ; il est, en revanche, célébré par
tous ses amis, par l'Anacréon du Temple,
Courtin, La Fare, Rousseau, et Voltaire plus
tard, qu'il recevait à sa maison de ville et à sa
maison des champs. La maison de Paris était
située presque vis-à-vis d'un de ses confrères,
Mailly de Breuil, receveur des finances à
Tours[2], quelques pas au delà de l'ancienne
porte de la rue Richelieu[3]. Dulin en était
l'architecte, et, quoique d'une médiocre

[1] *Recueil de Chansons historiques* (Bibliothèque impériale. Manuscrits), 1681, t. V, f. 125. — Mademoiselle Certain demeurait rue Villedo, où elle donnait
de très-beaux concerts. Elle mourut vers 1705.—Titon du Tillet, *le Parnasse françois* (Paris, 1732), p. 337.

[2] Germain Brice, *Description de la ville de Paris*
(1717), t. 1, p. 287, 288.

[3] A l'endroit où se trouve actuellement la rue de
la Bourse.

étendue, c'était un des hôtels les mieux compris, les plus agréables de la finance. La succursale était à Neuilly :

> Sur ce rivage émaillé,
> Où Neuilly borde la Seine [1].

Les amis de Sonning s'y donnaient rendez-vous et y venaient mêler les eaux d'Hippocrène au vin d'Auvilé. Ces parties étaient délicieuses et se répétaient avec une fréquence qui faisait l'éloge de la table et de l'amabilité de l'amphitryon. Aux convives que nous avons cités, il faut joindre le grand prieur, le premier par la naissance et par les prouesses bachiques ; ce charmant duc de Foix, un des habitués jadis des soupers de madame de La Sablière, aussi intrépide que séduisant, et qui devait être le dernier de sa maison [2] ; enfin, Périgny, un ancien sous-lieutenant au régiment des gardes françaises, qui faisait de

[1] J.-B. Rousseau, *Œuvres* (Lefèvre, 1820), t. I, p. 98. *Ode de Rousseau à l'abbé Courtin*.

[2] Henri de Grailli de Foix, duc de Randan, mort sans postérité le 22 février 1714 ; — Chaulieu, *Œuvres* (La Haye, 1777), t. I, p. 166, 167, 168 ; t. II, p. 228, 229, 230. — Dangeau, *Journal*, t. XV, p. 87, 88 ; 22 février 1714.

très-jolies chansons, fils du président Périgny,
précepteur du Dauphin. Ce vaurien aura à nos
yeux, entre autres mérites, celui d'avoir vengé
Racine de la trahison de la Champmeslé en ren-
dant sensible madame de Clermont-Tonnerre,
à laquelle il faisait succéder bientôt après madame de Villiers, la sœur de mademoiselle
de Saint-Quentin[1]. A en juger par le couplet
suivant, il était en tout digne de ses amis :

> Périgny, bois à ta maîtresse :
> Porte, au sortir de ce repas,
> Les fureurs d'une double ivresse
>   Dans ses bras ;
> Et fais aux roses de son teint
>   Sentir le vin [2].

Cela dépasse, et de beaucoup, les limites
d'un anacréontisme aimable. Aussi bien,
Anacréon était-il moins que Rabelais le bré-
viaire de ces pourceaux d'Épicure, médiocre-

---

[1] *Recueil de Chansons historiques* (Bibliothèque impériale. Manuscrits), t. VII, f. 400 (1693). *Chanson
sur quelques dames de la cour* ; t. VIII, f. 160 (1694).
*Sur plusieurs personnes de l'un et l'autre sexe de la
cour et de la ville.*

[2] Chaulieu, *Œuvres* (La Haye, 1777), t. II, p. 229.
*Couplets de chanson faits à un souper chez M. Son-
ning sur un air des fragments de Lully*, en 1703.

ment attiques à cette heure, quoi qu'en dise Rousseau :

> C'est dans ce bon esprit gaulois,
> Que le gentil maître François
> Appelle pantagruélisme,
> Qu'à Neuilly, La Fare et Sonnin
> Puisent cet enjouement badin
> Qui compose leur atticisme.
> Abbé, c'est le catéchisme,
> Que les muses m'ont enseigné ;
> Et voilà le vrai quiétisme
> Que Rome n'a point condamné [1].

Il y a plus d'un homme dans Rousseau. Il y a le poëte lyrique, le poëte comique, le poëte anacréontique, le poëte satirique. Il y a le libertin et le dévot, qui ne s'excluaient pas au XVIIe siècle où, pour être sans mœurs, l'on n'était pas sans croyances. Ce n'est pas ici le lieu de chercher à approfondir un problème qui jusqu'à nos jours est resté sans solution, et d'aborder ce chapitre des trop fameux couplets dont l'infamie pesa sur sa vie comme elle pèse encore sur sa mémoire. Rousseau n'est pour nous que l'émule et l'ami des Chaulieu,

---

[1] J.-B. Rousseau, *Œuvres* (Lefèvre, 1820), t. II, p. 351. *Réponse à la lettre en vers de Chaulieu à Rousseau sur la direction que M. de Chamillard lui avoit donnée dans les finances*, en 1707.

des La Fare et des Sonning, et nous ne voulons
pas le voir en dehors de ce centre joyeux où
il était aimé et apprécié. Ses relations avec
Chaulieu étaient des plus cordiales, et nous
avons des monuments charmants de leur in-
timité. Fils d'un cordonnier, qu'on l'a accusé
d'avoir renié en plein théâtre, Rousseau
n'était pas riche, et ceux qui lui portaient intérêt devaient lui souhaiter plus d'aisance et
de bien-être. Chamillard, à l'époque précisément où nous nous trouvons, réparait ces
torts de la fortune par une direction dans les
finances. L'intention était louable, bien qu'un
bureau fût un étrange Parnasse pour un fils
d'Apollon. Chaulieu n'a garde de ne pas féli-
citer son ami, tout en le persiflant agréable-
ment sur la singularité de la métamorphose.
Il joint aux compliments les conseils les plus
édifiants : c'est bien d'être directeur et de
songer « à augmenter sa chevance, » mais il
ne faut pas pour cela oublier ce qu'on a été,
et renier ses maîtres. Ne peut-on pas faire
lever matin ses commis et demeurer les nuits
à table comme devant[1] ? La morale était

---

[1] Chaulieu, *Œuvres* (La Haye, 1777), t. I, 173. —
J.-B. Rousseau, *Œuvres* (Lefèvre, 1820), t. II, p. 347.

commode ; aussi Rousseau de la goûter et de
protester contre des appréhensions qui l'ou-
trageraient. Il est tout aussi incapable de
s'astreindre que de s'enrichir. Cette direction
sera pour lui une sinécure ; qu'on se rassure,
le financier n'absorbera pas le poëte :

> Par tes conseils et ton exemple,
> Ce que j'ai de vertus fut trop bien cimenté,
> Cher abbé, dans la pureté
> Des innocents banquets du Temple :
> De raison et de fermeté,
> J'ai fait une moisson trop ample,
> Pour être jamais infecté
> D'une sordide avidité.
> Quelle honte ! bon Dieu ! Quel scandale au Parnasse
> De voir un de ses candidats
> Employer la plume d'Horace
> A liquider un compte, ou dresser des états !
> J'ai vu, diroit Marot, en faisant la grimace,
> J'ai vu l'élève de Clio
> *Sedentem in telonio*
> Combiner, calculer, rabattre,
> Sur une rente au denier quatre
> Discourir mieux qu'Ammonio.
> Dure, dure plutôt l'honorable indigence
> Dont j'ai si longtemps essayé... [1].

—*Théâtre de Brueys et Palaprat* (Paris, 1756), t. V,
p. 201 à 207. Épître de Palaprat à M. Rousseau, en
1708 (*sic*), lorsqu'il fut nommé à un emploi de
finances.

[1] Chaulieu, *Œuvres* (La Haye, 1777), t. I, p. 175,

Cet Ammonio, que Jean-Baptiste semble
considérer comme l'idéal du praticien expéri-
menté, quel était-il? C'est ce que, de son
temps, peu de monde savait au juste. Fils d'un
bonnetier de Bologne, théatin défroqué, nous
dit Saint-Simon, doué en tous cas d'une belle
figure, de beaucoup d'esprit, de souplesse,
d'impatience de parvenir, Ammonio avait
tout ce qu'il fallait pour faire un homme
d'intrigue. Résolu à chercher fortune en
France, il prend à Lyon le carrosse de Paris,
et, dans la voiture même, il fait connaissance
avec un M. Duval, qui, sous un nom très-
bourgeois, ne manquait ni de relations ni de
crédit. Nous ne dirons pas par quel exploit le
Bolonais conquit l'affection de son compagnon de route, bien que ce soit toute une
comédie, et des plus réjouissantes[1]; mais cela
avait suffi pour donner la meilleure idée de
son esprit, et, dès leur arrivée, ce dernier le
présenta à l'abbé de La Baume, un abbé très-
mondain, très-versé dans le commerce des

176.—J.-B. Rousseau, *Œuvres* (Lefèvre, 1820), t. II,
p. 349.

[1] *Œuvres de Louis XIV* (Treuttel et Würtz, 1806),
t. VI, p. 472 à 477.

24

femmes, l'un des familiers de la petite cour
d'Henriette d'Angleterre.

Primi (notre aventurier porta plus d'un
nom ; il se fit appeler alors Primi, comme
plus tard on l'appellera successivement ou
concurremment Visconti, le comte de Saint-
Mayol et enfin Ammonio, son unique et vrai
nom), Primi, disons-nous, parut à l'abbé
comme à M. Duval, un de ces instruments à
peu près propres à toutes choses, que rien n'ef-
fraye et que l'on est quitte pour briser le jour
où ils compromettent ou simplement embar-
rassent. On ne lui avait pas laissé le temps de
se montrer ; durant six semaines, il demeura
enfermé sans voir d'autres personnes que
son nouveau maître, M. de Vendôme et le
grand prieur. Ce temps fut employé à l'édifier
sur Versailles et ses habitants, à l'initier aux
intrigues, aux faiblesses, aux ridicules, aux
secrets de chacun avec des détails intimes ca-
pables de renverser le courtisan le mieux au
fait de ce pays-là. Lorsqu'on n'eut plus rien
à lui apprendre, l'abbé de La Baume fit ré-
pandre le bruit de l'existence d'un certain
Italien, pour lequel le passé, le présent et
l'avenir n'avaient pas de mystères, et à qui il
n'était besoin que de quelques lignes d'écri-

ture pour pénétrer les ténèbres dont s'enveloppait la vie la moins accessible.

On sait quel crédit avait encore l'astrologie : tout le monde courut chez Primi. La comtesse de Soissons, que les sorciers devaient perdre, ne fut pas la dernière à le hanter, à le protéger, à le prôner, à se livrer à lui. La duchesse d'Orléans, cette aimable et infortunée Henriette, fut tout aussi curieuse. Primi, interrogé, entra dans les plus secrets incidents de sa vie, et ne craignit pas même de lui dire, sur sa liaison avec le comte de Guiche, des choses qu'elle croyait savoir seule. Il n'en fallut pas davantage pour bouleverser cette tête plus charmante que sensée ; elle parla de Primi au roi comme de l'homme le plus extraordinaire, et le supplia de lui donner de son écriture pour soumettre l'Italien à l'épreuve la plus décisive. Après s'être fait prier quelque temps, Louis XIV céda, il remit un billet à sa belle-sœur, qui n'eut rien de plus pressé que de le porter à l'oracle. L'oracle déclara que l'écriture était celle « d'un vieil avare, d'un fesse-mathieu, d'un homme enfin incapable de jamais rien faire de bien et de bon. » On conçoit l'étonnement de Madame, qui exhorta Primi à ne se point hâter, à se recueillir, à s'y reprendre à deux fois. Mais Primi ne voulut pas en démordre : la science était infaillible, il maintenait son dire. La princesse revint trouver le roi fort décontenancée.

Celui-ci, au lieu de la railler sur le peu de sûreté de son prophète, parut frappé de la réponse et chargea Bontemps de lui amener l'Italien. Le billet que Louis XIV avait remis à la duchesse d'Orléans n'était pas de sa main, il était de celle de son secrétaire de cabinet. Quant au portrait, grâce aux renseignements fournis par MM. de Vendôme et l'abbé, il était ressemblant, à part une certaine exagération comique, un certain ton de boutade dont Rose ne fit que rire lorsqu'il sut l'aventure. L'astrologue est introduit dans le cabinet du roi, qui ne lui laisse pas le temps de se reconnaître : « Primi, je n'ai que deux mots à vous dire : votre secret que je payerai avec deux mille livres de pension, sinon pendu. » Le choix de Primi était tout fait. Il raconta au long son histoire, l'épisode du carrosse de Lyon, sa liaison avec Duval, ses rapports avec l'abbé de La Baume, sa retraite, l'instruction dont il avait été l'objet, l'émerveillement des nombreuses dupes qui étaient venues le consulter, et qui toutes s'en étaient retournées foudroyées de sa science. Louis XIV s'amusa beaucoup des récits de Primi. Après l'avoir congédié, il passa chez les reines et déclara, en présence de toute la cour, qu'il venait d'ouïr des choses auxquelles il était loin de s'attendre. On se garda bien de prendre ces paroles dans leur vrai sens. Tout le monde y voulut lire la consécration la plus authentique des talents de Primi, qui se vit littéralement assiégé.

On trouve dans les annonces du *Mercure galant* de 1679, un « seigneur Ammonio, docteur en médecine à Bologne, » dont la spécialité est d'arrêter les fièvres continues[1]. Nul doute que ce ne soit notre homme. Cette existence mystérieuse, mêlée à toutes sortes d'affaires, prêtait aux suppositions les plus étranges. Il est bien prouvé que mademoiselle de Fontanges ne périt que par imprudence et pour s'être obstinée à suivre le roi, malgré son état ; cependant le bruit courut qu'elle était morte par le poison et qu'Ammonio avait fait le crime[2]. Cet Ammonio avait

---

[1] *Mercure galant,* décembre 1679, p. 24.
[2] Fontanges mourut le 28 juin 1681.

de merveilleuxsecrets, le secret, entre autres, de ranimer la vieillesse la plus caduque : le moyen était bien simple et consistait à distiller un homme vivant. L'embarras eût été de trouver cet homme à distiller; mais le chiffre des misérables condamnés au dernier supplice levait toute difficulté, il répondait à la consommation. Malheureusement le roi eut horreur de la proposition, et la chose resta à l'état de projet.

Les légendes ne tarissaient pas. En voici une autre moins sombre et qui n'est qu'un bon tour d'escroc. Un jour Ammonio prétend avoir découvert un buste authentique de César ressemblant trait pour trait à Louis XIV. Si l'on veut lui allouer quelques fonds, car il y a des dépenses à faire, il se fait fort de l'acquérir pour le roi. La proposition est agréée, le buste arrive, est placé dans la galerie de Versailles. Tout eût été au mieux si, à quelques années de là, un sculpteur du faubourg Saint-Antoine, à bout de patience, ne se fût présenté pour réclamer cent écus, dont il ne pouvait obtenir le payement, et qui lui avaient été promis pour ledit buste. La matière première était une tromperie comme le reste : c'était du bois qu'Ammonio avait caché en terre durant quelque temps pour lui donner la teinte brunie d'un antique [1].

Toutes ces histoires nous paraissent d'autant moins mériter créance qu'Ammonio ou Primi, comme on voudra, vers cette époque devenait, quoique occultement, l'instrument d'une menée politique partant de haut. Il ambitionnait l'héritage de l'abbé Vittorio Siri, dont l'emploi d'historiographe était rémunéré de mille écus de gages. Il s'était créé des relations et des appuis, parmi lesquels Dangeau, qui, toutefois, se montre fort discret sur son compte, le bonhomme Rose, que sa pantalonade n'avait fait qu'amuser, et Louvois, qui l'autorisa à suivre l'armée durant la guerre de Hollande. Primi écrivit la relation de cette campagne d'une façon assez plate, et si le livre fit du bruit et beaucoup même, cela tint à une circonstance étrangère au mérite de l'écrivain. Louis XIV ne pouvait pardonner à Charles II de s'être enfin soustrait à la servitude humiliante dans laquelle il l'avait tenu longtemps. Pour le punir d'avoir secoué ce joug honteux, l'on ne trouva rien de mieux

[1] Le duc de Luynes, *Mémoires*, t. V, p. 174; octobre 1743.

que de faire raconter à Primi, dans son histoire, les manœuvres, les intrigues, l'entente
secrète qu'avait signalées le voyage de la duchesse d'Orléans près de son frère, en 1670.
Ces indiscrétions étaient si compromettantes
pour le prince anglais, que notre ministre des
finances, Croissy, qui ne savait rien de ce
dessous de cartes, porta le livre en plein conseil. Louis XIV joua la plus grande surprise,
ordonna la saisie des papiers du pamphlétaire
et son incarcération à la Bastille. Il est vrai
que cinq mois après, en décembre 1682, le
coupable était relâché et reparaissait comme
si de rien n'était, avec une gratification qui
était à elle seule toute une révélation [1].

Ce besoin d'intriguer le fait intervenir dans
les négociations qui se ressemblent le moins.
Un jour il patronnera l'invention d'un dard
portant une grenade à de grandes distances
et obtiendra du roi que l'expérience se fasse
sous ses yeux [2]. Une autre fois, il servait
d'*alter ego* au marquis de Montéléon, un aventurier de haute volée qui, plus tard, fut am-

---

[1] *Mémoires de la Grande-Bretagne et de l'Irlande*,
traduits de l'anglois du chevalier Jean Dalrymple
(Londres, 1775), t. I, p. 237, 238.

[2] Dangeau, *Journal*, t. III, p. 80 ; 21 mars 1690.

bassadeur d'Espagne en Hollande et en Angleterre [1]. Il s'agissait de marier M. de Mantoue au gré de la maison de Lorraine, en dépit de M. le Prince et du roi même, ce à quoi ils parvinrent (1704) [2]. Mais alors Primi s'appelait le comte de Saint-Mayol, et c'est au comte de Saint-Mayol que le roi d'Espagne accordera, en 1712, une pension sur la Sicile, évaluée à quatre à cinq mille francs de notre monnaie [3]. Dans la finance, il ne s'appellera plus qu'Ammonio, et c'est le nom sous lequel le désigne Rousseau : c'est le nom qu'il portera sur les listes des gens d'affaires taxés, en 1716. Dangeau nous apprend, à ce propos, qu'il fut mis en prison pour n'avoir pas voulu donner sa déclaration [4]. Il ne pouvait échapper à la taxe, et dut verser pour sa part soixante mille francs [5], ce qui n'indique pas

[1] Moreri, *Dictionnaire historique* (Paris, 1759), t. III p. 363.

[2] Saint-Simon, *Mémoires* (Chéruel), t. IV, p. 339, 340.

[3] Dangeau, *Journal*, t. XIV, p. 157; 5 juin 1712.

[4] *Ibid.*, t. XVI, p. 490; 15 novembre 1716.

[5] *Vie privée de Louis XV* (Londres, 1785), t. I, p. 241. Liste des gens d'affaires qui ont été taxés, quatrième rôle, novembre 1716.

une fortune énorme, à en juger par le chiffre des sommes auxquelles furent imposés les gros bonnets de la finance. Du reste, Ammonio, malgré ses hautes visées et son titre de comte de Saint-Mayol, s'était résigné à une alliance toute bourgeoise, et avait épousé la fille du célèbre imprimeur Frédéric Léonard[1]. Il logeait rue des Noyers, au faubourg Saint-Germain.

Rousseau échappa à la taxe qui frappa Ammonio, qui frappa Sonning[2], et tous les hommes d'affaires sous la Régence. Le re-

---

[1] Frédéric II Léonard, qui mourut en Angleterre en 1723. Sa femme, Marie des Essarts, qu'il perdit en 1706, à l'âge de trente-six ans, était d'une beauté éclatante. Il en eut plusieurs enfants, entre autres Martin-Augustin, prêtre et auteur de deux ouvrages sur l'Écriture sainte; Marc-Antoine de Malpeines, conseiller au Châtelet, traducteur d'un *Essai sur les hiéroglyphes* de Warburton; et madame Ammonio, sur le compte de laquelle nous n'avons aucuns renseignements. — Lottin, *Catalogue chronologique des libraires et des imprimeurs de Paris* (Paris, 1789), p. 110.—Quérard, *France littéraire*, t. V, p. 176, 177.

[2] *Vie privée de Louis XIV* (Londres, 1785), t. I, p. 247, sixième rôle.—Sonning fut taxé, comme caissier général des fermes, à six cent mille quatre cent trente-deux livres.

mède, il est vrai, fut pire que le mal et perdit le poëte qui en eût été quitte pour une forte saignée. Quatre ans avant ces rigueurs financières, il était contraint de fuir, sous le coup d'un arrêt infamant. Son talent et son caractère n'avaient soulevé contre lui que trop d'inimitiés ; et ce qui demeurait en réalité douteux parut incontestable, aux yeux de l'envie et de la haine. Cependant il conserva des amis fidèles dont l'affection vint le soulager par ces marques de souvenir si précieuses pour l'exilé. Le grand prieur, éprouvé lui-même par l'infortune, donna à son ancien compagnon de plaisir des preuves réitérées d'un intérêt qui se traduisit, vainement, il est vrai, en démarches chaleureuses. « ... Si j'étois capable de consolation, écrit Rousseau à M. Boutet, de Soleure où il s'était réfugié, huit jours après l'arrêt du Parlement rendu par contumace, je la trouverois dans les expressions tendres et généreuses dont votre lettre est remplie ; dans la compassion très-obligeante pour moi que M. le duc d'Orléans a fait voir à M. le baron de Breteuil, et dans les lettres de M. le grand prieur, qui m'a fait l'honneur de m'écrire régulièrement. Si vous lisiez les lettres que je conserve, vous ne rougiriez pas

des bontés que vous avez pour moi [1]. » Mais,
à la longue, les mieux disposés finissent par
se refroidir, quand ils ne tournent pas absolument le dos. Ainsi Rousseau, sans s'expliquer autrement, laisse à entendre que
Palaprat, entre autres, n'eut ni cette chaleur,
ni cette ténacité de la vraie amitié : « J'ai
appris, écrit-il au même M. Boutet, la mort
de Palaprat : je l'ai regretté comme un bel
esprit, j'aurois fort souhaité le pouvoir regretter comme un ami solide ; mais l'espèce
en est si rare qu'il y auroit de l'injustice à moi
de me plaindre... [2]. »

Reste à décider si Rousseau était en droit
de se plaindre, et s'il avait des titres bien sérieux à l'affection d'un homme qui savait
pourtant aimer. L'accueil qui lui était fait à
l'étranger par les personnages les plus considérables, non pas sans que le poids des bien-
faits ne vînt parfois lui rappeler ce que sa
position avait de précaire, eût dû le consoler

[1] J.-B. Rousseau, *Œuvres* (Lefèvre, 1820), t. V,
p. 15. Lettre de Rousseau à M. Boutet ; Soleure, 15
avril 1712.

[2] *Ibid.*, t. V, p. 43. Lettre de Rousseau à M. Boutet ; Vienne, 20 janvier 1721.

des maux passés, si l'exil n'était pas toujours
l'exil. Il y avait quatre ans déjà qu'il avait
quitté Paris; ses amis n'avaient pas renoncé
à l'y ramener. Mais il ne pouvait y rentrer
comme un misérable qui compte sur l'indul-
gence et l'oubli de ses juges. Des lettres de
rappel ne détruisaient pas l'effet d'un jugement infamant, et le poëte mettait à son retour des conditions inacceptables, bien que
son honneur ne pût se contenter de moins.
« ... Vous savez parfaitement mes dispositions
à cet égard; M. le grand prieur et tous mes
amis le savoient aussi : et quand il m'a fait
l'honneur de m'écrire qu'il approuvoit ma
délicatesse, et que vous m'avez mandé que
rien ne se feroit que je ne puisse approuver,
je m'étois imaginé que mes amis trouveroient
un moyen, ou de faire tomber la peine sur
celui à qui elle est due, ou du moins de faire
cesser un arrêt injuste qui flétrit ma réputation[1]. » C'était se condamner à un exil éternel qui, à la fin de 1738, fut rompu quelque
temps par un séjour clandestin à Paris, sous

[1] J.-B. Rousseau, *Œuvres* (Lefèvre, 1820), t. V
p. 36. Lettre de Rousseau à M. le baron de Breteuil; Vienne, 30 mars 1716.

un nom d'emprunt [1], exil qu'il lui fallut reprendre, pour expirer deux ans après [2], sur
le sol étranger, mais épuré, mais grandi par
l'infortune, à laquelle il dut ces notes attris-
tées, vibrantes, tantôt navrantes, tantôt rési-
gnées, d'une éloquence qui va parfois jusqu'à
l'inspiration.

[1] Il se faisait appeler *Richer*.
[2] Le 17 mars 1741.

VIII

Un bourgeois au xviie siècle.—La maison de la rue des Jeûneurs. — Un triple meurtre. — Le coupable demeure impuni.—Madame de La Fare.—Sa mort.—Profession de foi
de La Fare.—Entrée prochaine de la duchesse de Bourgogne à l'Opéra.—L'hôtel de la butte Saint-Roch.—Le poëte
Lainez.—M. le Prince l'invite à souper.—Refus du poëte.
— Il n'est pas plus heureux avec Chapelle et Racine. —
L'organiste Moreau.—La Poésie, la Musique et la Danse
attablées au cabaret de la *Barre royale.* — Une orgie chez
La Fare.— Le chevalier de Bouillon. — Louis XIV vieux
gentilhomme de campagne. — Perpétuel engourdissement
de La Fare.—Grande maladie dont il réchappe.—Il expire
sept mois plus tard.— Douleur de Chaulieu.— Madame de
La Sablière aux Incurables. — Reste fidèle à son amour
pour les sciences.—La Fontaine dans son appartement de
la rue Saint-Honoré. — S'entoure de philosophes en terre
cuite.—Le clavecin de Chloris.—La Fontaine se convertit.
— Mort de sa protectrice. — Le bonhomme quitte sa demeure.—Dialogue touchant entre lui et d'Hervart.—Chaulieu perd la duchesse de Bouillon.—Celle-ci foudroyée aux
pieds de son mari. — Comment Saint-Simon envisage ce
terrible événement.

A la fin du xviie siècle, la bourgeoisie était
tout à fait émancipée, et il fallait compter

avec elle. Déjà, en effet, la vraie force était
entre ses mains. C'était dans son sein que se
recrutaient les Parlements, et elle tenait
l'existence entière du royaume à sa disposition
par les traitants grands et petits, depuis le
fermier général jusqu'au plus mince receveur de gabelles. La royauté, toute despoti-
que qu'elle fût, s'était mise à sa discrétion en
confiant ruineusement ses affaires à ces finan-
ciers qui étaient du peuple, bien que le peuple
les eût, et non sans raison, en exécration.
L'élévation de ces parvenus était moins
odieuse à la noblesse, qui s'en arrangeait par
des alliances. Cependant, elle devait être
aussi fatale à la noblesse que favorable à l'é-
mancipation de cette couche moyenne intel-
ligente, ambitieuse, mais patiente dans son
ambition, au bénéfice de laquelle se fera la
révolution de 89. Certes, l'or est le pire
moyen de civilisation, et son action est de
celles qui dissolvent bien plus qu'elles ne
fondent. Mais ici, il s'agissait de renverser ;
et aussitôt que le prestige de l'or est assez
puissant pour faire capituler un préjugé aussi
enace que celui des aïeux, une aristocratie
est perdue.

Bien avant l'*Encyclopédie,* sous Louis XIV,

on pouvait n'être pas noble, être simple bourgeois, et mener un train de prince, avoir
des maisons de campagne somptueuses, hanter les plus grands personnages. La Bazinière
recevait chez lui la reine Christine, et toute
la cour, dès 1658. Cette fusion entre le riche
bourgeois et les gens titrés, d'ailleurs facilitée
par l'éloignement de la cour qui livrait Paris
au Parisien, était un fait vulgaire, et dont la
génération à son déclin s'indignait seule.
Sonning n'était donc pas une exception, c'é-
tait le type de toute une classe de gens auxquels leur fortune, leur esprit, leurs qualités,
leurs vices même tenaient lieu d'illustration
et d'ancêtres. Les rangs ne s'effacent pas,
dans la familiarité la plus grande; mais la
politesse, une courtoisie exquise sont là pour
sauver des difficultés que l'inégalité des conditions pourrait faire naître. Il est vrai que
ce commerce entre le pot de terre et le pot de
fer amenait parfois des conflits où l'homme
de rien était écrasé, comme cela arriva entre
Barthet et le duc de Candale; parfois même
des drames sanglants, destinés à demeurer
impunis et dont on n'eût pas osé percer la
nuit. Nous en citerons un exemple, qui plongea un instant Paris dans une sorte d'effroi, et

25.

qui eût dû donner à réfléchir aux Sonning.

Il existait en 1699, rue des Jeûneurs, un ancien trésorier de l'ordinaire des guerres, du nom de Savary, vivant retiré, mais fort accessible et fort visité d'une foule de monde. C'était le frère de Mathurin Savary, appelé à l'évêché de Séez en 1682, et sacré en 1692. Leur origine était des plus obscures ; Mathurin, pour sa part, avant de prendre les ordres, avait été marchand, ce que nous apprend un couplet du temps sur l'entrée du nouveau prélat dans sa ville épiscopale « en justaucorps violet garni de boutons d'or et en veste or et violet : »

> Avez-vous vu la veste
> Que monseigneur avoit?
> On dit que c'est un reste
> D'étoffe qu'il vendoit [1].

Son frère, le bourgeois, avait une maison commode, une bonne table, mais sans ostentation, sans faste, se contentant d'un domes-

---

[1] *Recueil de chansons historiques* (Bibliothèque impériale. Manuscrits), 1692, t. XXVI, f. 345.—Savary mourut en 1698, le 16 août; il était aumônier ordinaire de la reine. Ce fut le fils de Daquin qui lui succéda.— *Gazette de France*, 23 août 1698.

tique uniquement composé d'un valet et d'une
cuisinière. Ce train modeste n'empêchait pas
de très-grands seigneurs, des personnages de
la plus haute volée de fréquenter ce vieillard
perclus de goutte et qui ne quittait pas son
fauteuil. Le duc de Vendôme, quand il était
à Paris, le voyait souvent. On se demandait
ce qui pouvait attirer là tant de gens de distinction, bien que Savary passât d'ailleurs
pour un homme d'esprit et un épicurien aimable. La réponse à cette question serait-elle
dans un triolet qui courait sur lui et sa
maison ?

> Ma maison est petite ; mais
> C'est une maison de débauche.
> On y boit toujours du vin frais ;
> Ma maison est petite ; mais
> On y mange de bons poulets [1]....

Le reste ne se peut écrire. Mais cela signifie que Savary était une âme charitable, ayant
compassion des peines amoureuses et leur
venant en aide avec une complaisance, un
zèle dignes d'un autre nom. « Il recevoit chez

---

[1] *Recueil de chansons historiques* (Bibliothèque impériale. Manuscrits), 1698, t. XXVIII, f. 6. *Triolet sur
la maison de Savary.*

lui, nous dit Saint-Simon, des parties de toute espèce de plaisirs, mais choisies et resserrées, et la politique n'en étoit pas bannie quand on en vouloit traiter [1].... » Quoi qu'il soit plus que hasardeux de juger un homme sur un vaudeville satirique, nous penchons à croire qu'il y avait dans le fait du triolet plus de diffamation que de calomnie, comme cela ne semble que trop indiqué par le drame épouvantable dont la maison de la rue des Jeûneurs devait être le théâtre. Une personne de la connaissance de Savary se présente chez lui et lui demande à dîner. Savary ordonne à son unique valet d'aller tirer du vin de Champagne. Le survenant, voyant le domestique descendre à la cave, dit qu'il va l'y suivre et veiller à ce qu'il prenne du meilleur, ce qu'il exécute sans que ce badinage ou cette précaution inspire aucun soupçon au vieillard. A peine sont-ils descendus que l'individu ramasse un levier qu'il trouve sous sa main, terrasse le pauvre diable et ne le lâche qu'après s'être assuré qu'il l'avait littéralement assommé. Un chien qui les accompagnait et qui s'était mis à hurler subit le même

---

[1] Saint-Simon, *Mémoires* (Chéruel), t. II, p. 279.

sort. Ce furieux remonte l'escalier, se dirige vers la cuisine, frappe la servante, qui était à ses fourneaux, et l'étend à ses pieds. Il se rue ensuite dans la chambre du maître de la maison et le tue, comme il venait de tuer ses deux gens, en moins de quelques secondes.

Tous ces détails ne furent connus que parce que le meurtrier eut l'audace d'écrire, dans un livre qu'il trouva sur la table, le récit de ce triple crime. Il y avait sur la cheminée une pendule surmontée d'une tête de mort, avec cette devise : « Regardez-la afin de régler votre vie. » On avait écrit dessous : « Regardez sa vie et vous ne serez pas surpris de sa fin. » L'assassin se retira tranquillement, referma la porte sur lui, sans rien soustraire, bien que le couvert fût mis et que la vaisselle d'argent fût sous sa main. L'immobilité qui régnait dans cette maison surprit à la longue. On força la porte et l'on trouva les trois cadavres, sans une goutte de sang, assommés. La justice accourut, fit des fouilles et, parmi les papiers, découvrit une lettre de femme ainsi conçue : « Nous sommes perdus! mon mari vient de tout savoir, songez au remède : il n'y a que Paparel qui puisse ra-

mener son esprit; faites qu'il lui parle, sans
quoi il n'y a point de salut à espérer. » Nulle
signature, nulle date. Paparel était un riche
financier, dont la fille épousa par suite le fils
de La Fare [1], auquel ses richesses faillirent
coûter la vie, et qui ne dut son salut qu'à la
faveur de son gendre près du Régent; personnage d'une débauche repoussante [2] qui ne
peut être comparée qu'à celle de Bullion,
un autre financier du xviie siècle [3]. Cité en
cour, Paparel ne dit rien qui pût mettre sur
la voie, soit qu'il n'en sût pas plus que les
autres, soit qu'il crût plus sage de garder
pour lui le mot de cette sombre énigme. Savary avait été comme lui trésorier de l'extraordinaire des guerres, ils se voyaient, mais
il était loin d'être le plus intime de ses amis,

[1] Françoise Paparel, mariée en 1713 à Philippe-
Charles. marquis de La Fare. Elle mourut d'une
façon singulière, en 1730. — Marquis d'Argenson,
Mémoires (Jannet, 1856), t. I, p. 209.

[2] Voltaire, *Œuvres complètes* (édition Beuchot)
t. XXVIII, p. 310; t. LIX, p. 246.—Dangeau, *Journal*, t. XVI, p. 382, 383, 387, 397, 407. — *Bibliotheca
scatologica*, p. 95.— Deleville, *Dictionnaire d'histoire
naturelle*, t. X.

[3] Dangeau, *Journal*, t. XII, p. 298.

il en était le moindre peut-être par l'origine
et la condition. On voulut voir (et il était, en
effet, difficile de voir autre chose dans ce
crime où le vol faisait défaut) la vengeance
d'un père, d'un frère ou d'un mari, dont la
fille, la sœur ou la femme eût été déshonorée
par l'entremise de Savary[1]. L'on arrêta bien
un marchand de chevaux nommé Poitier[2],
qui, en tous cas, n'eut été qu'un instrument;
mais il fut relâché deux jours après, et l'instruction n'alla pas plus loin. « On n'a jamais
su la cause de cet assassinat, dit Saint-Simon,
mais on en trouva assez pour n'oser approfondir, et l'affaire en demeura là. On ne douta
guère qu'un très-vilain petit homme ne l'eût
fait faire; mais d'un sang si supérieur et si
respecté, que toute formalité tomba dans la
frayeur de le trouver au bout, et qu'après le
premier bruit tout le monde cessa d'oser
parler de cette tragique histoire[3]. » De qui
entend parler Saint-Simon? C'est après s'être
étendu longuement sur le chapitre du duc de

---

[1] Madame du Noyer, *Lettres historiques et galantes*
(Amsterdam, 1720), t. I, p. 368.

[2] Dangeau, *Journal*, t. VII, p. 80, 84, 85; 8, 15 et
17 mai 1699.

[3] Saint-Simon *Mémoires* (Chéruel), t. II, p. 279.

Vendôme, qu'il passe brusquement et étrangement au meurtre de Savary. Madame du Noyer, qui insiste sur le personnel illustre que le vieillard recevait, ne nomme également que M. de Vendôme, auquel, toutefois, le portrait ne ressemble point. Ce « très-vilain petit homme, » d'un sang si supérieur et si respecté, s'appliquerait merveilleusement, en revanche, à M. le Prince, très-vilain, très-petit et très-méchant, quand ses passions étaient en jeu ; ou, peut-être bien encore, à M. le Duc, non moins vilain, et non moins petit, et non moins féroce que son père dans ses colères, comme on l'a dit plus haut. Mais, resterait toujours à connaître la cause d'une aussi atroce vengeance. Savary était sans famille, son frère l'avait précédé d'une année dans la tombe, personne n'était fort intéressé à rechercher le coupable, qui ne se trouva point. Comme tout finissait alors par des chansons, ce qui vint clore cet épisode tragique fut l'épitaphe de la victime sur l'air du *Confiteor* :

> Cy-gist le martyr *Savary*,
> Qui périt sous des coups de hache ;
> Il fut des grands le favory,
> Leur fournissant filles et bardaches :

Il fut aussi fesse-mathieu,
O la belle âme devant Dieu [1] !

Il n'a été question que très-incidemment
de La Fare depuis son mariage. La marquise,
pendant une union qui dura sept années, lui
donna quatre enfants : deux garçons, l'un qui
devint maréchal de France, eut la Toison et
le Saint-Esprit, un peu à l'étonnement de
tous ; l'autre, évêque et duc de Laon ; et deux
filles, la première morte en bas âge ; la seconde mariée dans la suite à son cousin le
marquis de La Fare de Montclar. La jeune
femme périt à l'âge de vingt-quatre ans en
couches d'un cinquième enfant, mort-né sans
doute, car il n'est pas fait mention de ce dernier dans la généalogie de la famille [2]. M. de
Ventelet, à titre d'écuyer, demeurait à la
grande écurie, dans « un petit trou de logis,
à petite porte carrée, » en dehors, quoique

---

[1] *Recueil de chansons historiques* (Bibliothèque impériale. Manuscrits), t. XXVIII, f. 5.

[2] *Généalogie de la maison de La Fare, en Langue-
doc,* par le père Alexis (1766). — Le père Alexis fait
mourir la marquise le 28 décembre 1691 ; Dangeau
indique le 23 novembre (t. III, p. 445). Il n'y a pas
à hésiter sur le choix de ces deux dates : c'est à
celle du *Journal* qu'il faut se ranger.

dépendant du bâtiment, et fort près de la loge du suisse, ce qui avait été l'occasion d'une plaisanterie trop longue pour trouver sa place ici[1]. Madame de La Fare était restée auprès de son père et de sa mère ; cet arrangement, qui faisait du mari presqu'un célibataire, avait cela de bon qu'il n'apportait aucun changement aux habitudes de cet opiniâtre débauché que les années ne faisaient qu'empirer.

La marquise compta peu dans sa vie et dans la société de son temps. C'était la faute de son temps et non la sienne, s'il faut en croire le *Mercure,* qui nous fait d'elle un portrait des plus séduisants. « Jamais aucune personne, dans un âge si peu avancé, n'est entrée dans le monde avec une estime et une approbation si générale. Il y a déjà deux ans que son mérite et mille agrémens qui lui

[1] Tallemant des Réaux, *Historiettes* (Delloye), t. X, p. 247, 248. *Harangue des treize cantons à madame de Ventelet* (Fragments épars). — Madame de Ventelet passait pour une maîtresse femme ; elle ne quitta pas la duchesse de La Vallière dans le temps de sa grande faveur. En 1685, son mari obtint de la cour une pension de trois mille livres, qu'on attribua aux intrigues de cette dame. — Marquis de Souches, *Mémoires* (Adhelm Bernier, 1836), t. I, p. 45.

sont particuliers la font admirer de tout le
monde, et elle n'est encore que dans sa sei-
zième année. Elle est fort grande, d'une taille
libre et dégagée, et soutenüe d'un air noble,
qui, marquant de la fierté, n'en laisse pa-
roistre que ce qu'il en faut avoir pour impri-
mer le respect qu'on doit à son sexe. Elle a
le teint vif et d'un brillant qui efface le plus
beau mélange de blanc et de rouge que l'art
puisse copier sur la nature; des cheveux
d'un blond cendré le plus beau qu'on vist jamais[1]; une bouche qui semble avoir esté faite
pour les amours mesmes, et enfin ce charmant je ne-sçay-quoy qui surpasse la beauté
et au-dessus de tout ce qu'on en peut dire.
Elle sçait l'italien, joüe fort bien du clavecin,
et dance parfaitement et avec une grâce mer-
veilleuse. Quoyque tous ces avantages représentent une personne accomplie, je vous
surprendray en vous disant que ce n'est pas
ce qui luy attire le plus de loüanges. Ceux
qui la connoissent un peu particulièrement,
luy trouvent une finesse d'esprit que l'on

---

[1] On sait à quoi s'en tenir sur ce blond cendré,
qu'elle devait à l'art et non à la nature, qui lui avait
donné des cheveux bruns.— *Les Cours galantes*, t. I,
p. 208.

auroit peine à croire, une délicatesse de sentimens dont rien n'approche, et une sagesse
dans sa conduite qui dément son âge[1]... » Mais
ce fut autant de dons stériles qui ne purent
fixer un mari déjà perdu par l'abus des plaisirs et une débauche effrénée.

La Fare, quatre ans après la mort de sa
femme, légitimait la fille qu'il avait de cette
Louison Moreau, la rivale indigne à laquelle
madame de La Sablière avait dû céder la
place. Nous l'avons dit, leur rupture avait
été le point de départ d'une autre existence
pour l'infidèle qui se plongea jusqu'au cou
dans les ivresses de la table et des sens. Le
beau, l'élégant, le délicat La Fare, le « cher
Philadelphe, » comme elle l'appelait dans ces
moments de tendres épanchements[2], n'était
plus; obèse, replet quant au corps, alourdi
par les libations répétées et une nourriture
trop copieuse, si La Fare se souvenait de ce
qu'il avait été, c'était désormais pour en rougir et pour blasphémer :

---

[1] *Mercure galant,* décembre 1684, p. 211, 212, 213.
[2] Laverdet, *Catalogue d'autographes* du 31 janvier 1854, p. 74, n° 593. Lettre de madame de La
Sablière au marquis de La Fare.

De Vénus-Uranie, en ma verte jeunesse,
    Avec respect j'encensai les autels,
Et je donnai l'exemple au reste des mortels
    De la plus parfaite tendresse.

Cette commune loi, qui veut que notre cœur
    De son bonheur même s'ennuie,
    Me fit tomber dans la langueur
    Qu'apporte une insipide vie.

    Amour, viens, vole à mon secours,
    M'écriai-je dans ma souffrance ;
    Prends pitié de mes tristes jours.
Il m'entendit, et par reconnoissance,
    Pour mes services assidus,
    Il m'envoya l'autre Vénus,
Et d'amours libertins une troupe volage,
    Qui me fit à son badinage.

Heureux, si de mes ans je puis finir le cours
    Avec ces folàtres amours [1] !

Cet autre La Fare, qui succéda au La Fare
des premiers jours, n'en est pas moins un
poëte aimable, plein de verve, d'esprit, de
gaieté, de saillies anacréontiques dont la licence, après tout, n'est qu'au niveau de l'intrépidité des femmes. Il se tenait un jour
dans la galerie de Versailles, tandis que la
duchesse de Bourgogne se rendait à la chapelle. On le sait, avec des traits peu réguliers,

[1] *Poésies de M. le marquis de La Fare* (Londres,
1781), p. 45.

26.

de vilaines dents, la princesse était ravissante et très-capable d'inspirer les plus grandes passions. La Fare, frappé en ce moment de sa beauté, se pencha à l'oreille de son voisin et lui parla bas d'une façon qui fut remarquée de celle que le propos concernait. La duchesse appelle aussitôt ce confident, que La Fare n'avait pas cherché, et veut lui faire répéter ce qui lui a été dit. Celui-ci s'en défend du mieux qu'il peut ; La Fare la supplie de son côté de lui permettre de ne pas satisfaire sa curiosité ; mais la princesse ne veut rien entendre, il faut parler, elle l'exige. La Fare a bientôt pris son parti : « Je disois donc, madame, que si vous étiez une fille de l'Opéra, j'y mettrois jusqu'à mon dernier sol. » Si le mot était osé, il est de ceux qu'une femme pardonnera toujours. Mais voici qui est plus fort. Quelque temps après, la duchesse de Bourgogne, le rencontrant sur son chemin, lui jeta cette phrase au visage : « La Fare, j'entre à l'Opéra la semaine prochaine[1]. » Cela n'est qu'une plaisanterie, mais caractéristique. Ne croit-on pas entendre

---

[1] Le duc de Luynes, *Mémoires* (Paris, 1860), t. V, p. 169.

madame de Parabère ou madame de Phala-
ris, répliquant à quelque gravelure du duc
d'Orléans par une riposte de même trempe ?

L'hôtel de La Fare se trouvait butte Saint-
Roch, non loin de la maison de madame de
La Sablière, située rue Saint-Honoré, en face
de la rue de la Sourdière[1]; ce qui explique
comment eut lieu, à la porte même de la
jeune femme,

> L'aventure tragi-comique
> De la belle qu'il écrasa [2].

C'était toujours le même petit troupeau de
sybarites, s'ébaudissant tantôt à l'hôtel Boisboudrand, tantôt chez Courtin, tantôt chez
Sonning. La société ne changeait pas pour
changer de lieu et de quartier, et c'est ce
qui faisait le charme de ces réunions qui com-
mençaient les coudes sur la table et finissaient trop souvent dessous. Mais ce n'était
pas au premier choc des verres que le vin ve-

---

1 L'une des deux filles de madame de La Sablière, madame de La Mésangère, avait son hôtel
rue de la Sourdière, avec une ouverture dans la
rue Saint-Roch.

2 Chaulieu, *Œuvres* (La Haye, 1777), t. I, p. 112.

nait à bout de tels jouteurs. Par la façon dont
se comportait alors le plus sobre, on se fera
une idée de ces tournois gastronomiques où
présidait un appétit qui n'est plus de notre
âge. On sait quel mangeur intrépide était
Chaulieu; La Fare, l'abbé Courtin, Palaprat
ne lui cédaient guère. Quant au grand prieur
et à son aîné, dont la gourmandise nous est
décrite par Saint-Simon jusqu'à la nausée,
ils dépassaient les limites du possible.

Nous allions oublier Lainez, l'ami plus particulièrement de La Fare, bien qu'il comptât
parmi la société du Temple, et qui vient com-
pléter cette galerie d'originaux. C'était, lui
aussi, un poëte de l'école anacréontique, ne
voyant rien en dehors de la volupté, non moins
jaloux de son indépendance que La Fontaine
et Chapelle, avec lesquels il avait de frappan-
tes affinités, Chapelle surtout. De ses poésies,
nous n'en parlerons point, quoiqu'on les ait
recueillies, d'abord parce qu'elles ne valent
guère et qu'ensuite, comme à Nevers, il fallait les lui dérober, le plus souvent mutilées,
tant son insouciance était grande à cet égard.
« La vie libre et voluptueuse qu'il menoit, et,
éloignée de toute contrainte, dit son biogra-
phe qui avait été son ami, l'ont empêché de

composer des poëmes d'une longue étendue.
Il prenoit ordinairement des sujets qui se
présentoient dans ses parties de plaisir pour
occuper et amuser son génie poëtique. Un
verre de vin de Tocane, un excellent fromage,
un bouchon de bouteille, une bougie qui
éclairoit un repas, et d'autres sujets dans ce
même goût fournissoient des matières à ses
pensées : l'amour et les Grâces ne lui en
fournissoient pas moins. Tous ces sujets
gracieux et aimables lui faisoient produire de
jolis morceaux poëtiques, auxquels il donnoit
le nom de tableaux. Il m'a dit aussi plusieurs
fois, en me parlant des ouvrages qu'il avoit
composés nouvellement : Ami, j'ai à te faire
part d'un pendant que j'ai fait à mon dernier
tableau. »

Ces tableaux n'étaient pas des Teniers, et,
si le bagage avec lequel Lainez se présente à
nous est mince, il laisse peu regretter qu'il ne
soit pas plus ample. Après tout, Lainez était
un de ces poëtes qui payent de leur personne,
un de ces improvisateurs qui éblouissent, mais
dont les œuvres ont besoin de leur parole.
Duclos, dans le siècle suivant, représentera,
à un tout autre degré, ces individualités décevantes que l'on ne retrouve plus dans leurs

écrits; mais Duclos, bien qu'il ait dit , « Mon talent à moi, c'est l'esprit,» avait la prétention d'être un écrivain et un penseur, et Lainez ne songea, en réalité, qu'à vivre de son mieux sans se soucier de cette vaine fumée qu'on appelle la gloire. Il aimait les lettres cependant, et avec une véritable passion. On pouvait être sûr, lorsqu'il n'était pas à table, qu'il était au sein de ses livres. Un de ses amis, après un repas de douze heures, le vit s'établir un matin à la Bibliothèque du roi pour y demeurer jusqu'au soir ; Lainez répondit à son étonnement par un distique latin qu'il improvisa sur l'heure :

Regnat nocte calix, volvuntur biblia mane :
Cum Phœbo Bacchus dividit imperium [1].

Lainez était recherché pour son esprit, son entrain, une conversation inépuisable. Cosmopolite comme Bernier, il avait parcouru l'Europe, une partie de l'Asie et avait fait sa moisson d'observations et de découvertes; il savait être sérieux, quand il le fallait, et il

[1] « Le vin règne la nuit, on feuillette les livres le matin ; ainsi Bacchus partage son empire avec Apollon. »

surprit plus d'une fois aux réunions du comte
de Lyonne par la justesse de ses vues en politique comme en philosophie[1]. Fidèle à ses
amis, il n'était pas homme à les quitter pour
la table d'un grand ; une partie une fois arrê-
tée, toutes les considérations du monde n'eussent pu l'empêcher de leur tenir parole. Cette
triple réputation de poëte étincelant, de convive intrépide et d'honnête homme s'était
faite sans qu'il y prît garde. Un jour, à Fontainebleau, La Faye, capitaine aux gardes
(un ami de madame de Boislandry et de Chaulieu)[2], se promenant sur le parterre du Tibre,
avec le prince de Condé, lui fit remarquer

---

[1] *Poésies de Lainez* (La Haye, 1753), p. xvj. *Vie de
Lainez.*

[2] Gentilhomme ordinaire de Louis XIV, et depuis
attaché à M. le Duc, comme secrétaire des États
de Bourgogne. « C'étoit, nous dit Chaulieu dans une
note qu'il lui consacre, un homme à qui la nature
avoit donné de l'esprit, dont il eût pu faire un usage
agréable, si le mauvais goût de son temps et l'attachement servile aux opinions de La Motte, qui n'eut
jamais d'autre talent pour être auteur et poëte, que
l'envie de l'être, ne lui eût inspiré le mépris des
Anciens et l'amour des Modernes, source de la cor-
ruption et de la décadence totale du goût. » —
Chaulieu, *Œuvres* (La Haye, 1777), t. I, p. 35, 36.

Lainez. Le prince dépêcha aussitôt celui-ci
vers le poëte, qu'il engagea à souper pour le
soir même. Mais Lainez ne s'appartenait pas :
cinq ou six personnes l'attendaient à *l'Image
Saint-Claude,* un cabaret de Fontainebleau, et
Son Altesse Sérénissime n'eût pu qu'avoir de
lui une méchante opinion, en le voyant fausser
compagnie à ces braves gens [1]. Le prince

---

[1] Titon du Tillet, *le Parnasse françois* (Paris, 1732),
p. 526. — Racine fit une réponse du même genre,
quoique différemment motivée, à l'égard d'une invitation à dîner à l'hôtel de Condé. « *Je n'aurai pas
l'honneur d'y aller,* dit-il à l'écuyer dépêché vers lui,
*il y a plus de huit jours que je n'ai vu ma femme et
mes enfants, qui se font une fête de manger aujourd'hui
avec moi une très-belle carpe ; je ne puis me dispenser de
dîner avec eux.* » L'écuyer, ajoute Louis Racine, lui
représenta qu'une compagnie nombreuse invitée
au repas de M. le Duc se faisoit aussi une fête
de l'avoir, et que le prince seroit mortifié s'il
ne venoit pas. Une personne de la cour, qui m'a
raconté la chose, m'a assuré que mon père fit
apporter la carpe, qui étoit d'environ un écu,
et que, la montrant à l'écuyer, il lui dit : « *Jugez
vous-même si je puis me dispenser de dîner avec ces
pauvres enfants, qui ont voulu me régaler aujour-
d'hui, et n'auroient plus de plaisir s'ils mangeoient ce
plat sans moi. Je vous prie de faire valoir cette raison à
Son Altesse Sérénissime.* » — *Mémoires sur la vie de Jean*

n'avait pas été beaucoup plus heureux avec
Chapelle, un jour qu'il l'avait également invité
à dîner avec lui. En attendant l'heure, Chapelle
va faire un tour et rencontre des joueurs de
mail qui l'établissent juge d'un coup épineux.
Sa décision ne satisfit pas moins ceux qu'elle
frappait que ceux qu'elle favorisait, et, tous,
d'une commune voix, le prièrent de s'asseoir
à table avec eux, ce qu'il accepta de grand
cœur ; et, quand il eut à s'excuser auprès du
prince, celui-ci dut se contenter de cette can-
dide raison : « En vérité, monseigneur, c'é-
toient de bien bonnes gens et bien avisés à
vivre que ceux qui m'ont donné à souper. »
D'ailleurs, on sait quelle était sa devise, ce
titre d'un chapitre de Plutarque : « *Qui suit
les grands serf devient.* »

Ce sans-façon, loin de rebuter, avait le
piquant d'un obstacle à vaincre et qu'on

Racine (Lausanne, 1747), p. 181, 182.—L'on voit que,
malgré son état précaire, l'homme de lettres au xvii[e]
siècle n'était pas aussi servile qu'on a pu le croire,
qu'il savait au besoin se montrer indépendant avec
les grands et pratiquer comme tout le monde les
vertus de la famille. Cette petite anecdote fait
aimer Racine et regretter de ne pas le connaître
davantage.

voulait vaincre. La comtesse de Vérue pria,
une autre fois, le même M. de La Faye et
M. de Lasséré, celui qui plus tard demeura
dans la maison de Chaulieu [1], tous deux
amis de Lainez, de lui faire connaître cet
original amusant. Mais, quelque impatience
qu'on eût, il ne fallait pas y songer pour
le moment : tous ses jours étaient enga-
gés ; il ne pouvait se rendre au plus tôt à
l'invitation de la comtesse qu'un tel jour, où
il devait encore rester jusqu'à onze heures du
soir au cabaret de *la Pantoufle,* dans le faubourg Saint-Germain. Madame de Vérue, qui
ne voulait pas en avoir le démenti, envoya,

[1] M. de Lasséré était conseiller au Parlement. Après
la mort de Chaulieu, il alla habiter l'hôtel Boisboudrand, et y fit même de la dépense, comme il résulte
d'une phrase que nous extrayons de la correspondance de Rousseau. «...Je le serois bien davantage
(ravi) de revoir la maison de l'abbé de Chaulieu, en
l'état où M. de Lasséré l'a mise. »—J.-B. Rousseau,
Œuvres (Lefèvre, 1820), t. V, p. 512 ; lettre à M. Titon
du Tillet, le 28 mai 1729.—C'est à M. de Lasséré que
l'on est redevable des poésies de Lainez. Il les avait
retenues de mémoire et les avait transcrites le plus
fidèlement qu'il lui avait été possible. Elles ont été
publiées avec quelques pièces de Cahagne de Ver-
rières, mort à Caen, en 1755.

l'heure convenue, ses deux amis le chercher
en carrosse. Il vint, but, mangea, eut de
l'esprit comme un lutin, récita des vers qu'on
trouva charmants. Un académicien célèbre
(Titon du Tillet a la discrétion de ne pas le
nommer), croyant faire au poëte un compliment, lui dit : « Monsieur Lainez, pourquoi
un homme de votre mérite ne demande-t-il
pas à être des nôtres?—Eh! monsieur, lui répondit-il, qui seroit votre juge[1] ? » Quand on
se sépara, La Faye et Lasséré le reconduisirent
dans le carrosse de la comtesse; mais, au milieu de la rue Taranne, il se fit descendre et
prit congé d'eux sans plus de façon. Son gîte
n'était pas près de là, pourtant : il demeurait
à Passy, où il pouvait respirer, cultiver son
jardin, s'enivrer et faire l'amour « sous quelque heureux feuillage[2]. »

Comme Chapelle, auquel nous l'avons
comparé, il avait toute chaîne en horreur, et
sa fierté, son amour de l'indépendance s'ac-
commodaient mieux d'un commerce entre

---

[1] Titon du Tillet, le Parnasse françois (Paris, 1732),
p. 526, 527.

[2] Poésies de Lainez (La Haye, 1753), p. 27. Portrait de Lainez fait par lui-même, dans lequel il s'in-
titule le nouvel Épicure.

gens d'humeur pareille à la sienne, gais, spirituels et de condition à ne rien exiger. Il
rencontre un matin, dans la rue Saint-Jac-
ques, allant donner ses leçons à ses élèves,
l'organiste Moreau, un original de sa trempe,
qui faisait la musique de ses chansons[1]. L'on
entre à *la Barre royale,* pour boire une bouteille d'un vin dont on disait merveille, et qui
légitima si bien sa réputation que Moreau,
cette première bouteille vidée, descendit pour
en demander une seconde. A ce moment pas-

---

[1] Jean-Baptiste .Moreau ; d'enfant de chœur de la
cathédrale d'Angers, il devint maître de musique à
Langres, puis à Dijon et vint à Paris, mal nippé et
la bourse fort peu remplie. Il trouva un jour le
moyen de se glisser à la toilette de la Dauphine, la
tira par la manche sans plus de gêne et lui demanda
la permission de chanter devant elle un morceau
de sa composition. Cela fit rire la princesse, qui y
consentit. Le succès du compositeur fut complet.
Le roi, sur le récit de la Dauphine, voulut l'entendre et ne tarda pas à se l'attacher. C'est Moreau qui
a fait la musique d'*Esther* et des chœurs d'*Athalie*, de
Racine. — *Anecdotes dramatiques* (Paris, 1775), t. III,
p. 364.— Moreau était marié et n'avait pas beaucoup à
se louer de sa femme, des infidélités de laquelle il
savait se consoler chez Gautier et chez Meyret. —
Poésies de Lainez, p. 43. *Épigramme sur la réconcilia-
tion de Moreau et de sa femme.*

saient sur leurs chevaux trois maîtres à dan-
ser de sa connaissance, allant aussi à leurs
écoliers. Il les invite à boire un coup. Ceux-ci
acceptent, attachent leurs bêtes et le suivent
dans la pièce où Lainez était attablé. L'on se
mit à déjeuner. A six heures du soir on dé-
jeunait encore, oubliant qu'il y eût des écoliers au monde, et, à deux pas de là, de pauvres chevaux qui, aiguillonnés par la faim,
rompirent leurs liens et pénétrèrent dans la
chambre de la servante dont ils ravagèrent le
lit et vidèrent la paillasse à belles dents.
C'était, il faut le dire, le bon temps du cabaret alors, et Lainez et Chapelle n'étaient
pas les seuls poëtes qui le hantassent.
Molière, Racine, Boileau passèrent les meil-
leures années de leur jeunesse à *la Croix de
Lorraine,* au *Mouton blanc* et à *la Pomme de
pin* [1]. Un auteur avait-il à célébrer son triomphe, c'était au cabaret qu'il allait. Il y allait
encore s'il avait à oublier quelque disgrâce
d'amour-propre : « Papa, disait Mimi Dancourt à son père, à la veille de la représenta-

---

[1] Francisque Michel et Édouard Fournier, *Histoire des hôtelleries et cabarets* (Paris, 1851), t. II,
p. 301, 302, 303.

tion des *Agioteurs,* vous irez souper ce soir à *la Cornemuse.* »

L'hôtel de la butte Saint-Roch servait d'asile à de terribles convives, pour lesquels rien n'était impossible, sauf peut-être de s'arrêter à la ligne de démarcation qui sépare le repas copieux de l'orgie. Nous l'avons dit, La Fare était devenu, avec les années, un étrange héros. Une chose peindra d'un trait ce pourceau d'Épicure : à table, ce n'était plus le marquis de La Fare, c'était « M. de la Cochonière ; » on ne l'appelait pas autrement. Nous sommes loin des précieuses, on le voit. Mais, si l'on veut un tableau sincère de ces étranges réunions présidées par un vieillard de soixante-sept ans, s'abrutissant comme à plaisir dans le vin et tous les excès, il faut lire la lettre du chevalier de Bouillon à l'abbé de Chaulieu, où ce bon apôtre raconte une certaine visite qu'il fit à La Fare, leur ami commun :

« ... Je fus voir hier, à quatre heures après midi, M. le marquis de La Fare, en son nom de guerre M. de la Cochonière [1],

---

[1] « De La Cochonière, » ou simplement « Cochon.» Voici un billet de Chaulieu à La Fare, qui débute

croyant que c'étoit une heure propre à rendre une visite sérieuse ; mais je fus bien
étonné d'entendre, dès la cour, des ris im-
modérés, et toutes les marques d'une bac-
chanale complette. Je poussai jusqu'à son
cabinet, et je le trouvai en chemise, sans bonnet, entre son *rémora* et une autre personne
de quinze ans, son fils l'abbé [1] versant des
rasades à deux inconnus, des verres cassés,
plusieurs cervelas sur la table, et lui assez
chaud de vin. Je voulus, comme son servi-
teur, lui en faire quelque remontrance ; je
n'en tirai d'autre réponse que, ou buvez avec
nous, ou allez vous promener. Il ne parla
pas tout à fait si modestement. J'acceptai le
premier parti, et en sortis à six heures du
soir yvre-mort. Si vous l'aimez, vous revien-
drez incessamment voir s'il n'y a pas moyen
d'y mettre quelqu'ordre : entre vous et moi,
je le crois totalement perdu. Il me lut votre
lettre en pleine table, que je trouvai remplie
d'un badinage, d'une philosophie et d'une
fermeté contre les malheurs, qui m'enchanta

ainsi :« Notre féal et bien amé Cochon.»—Chaulieu,
Œuvres (La Haye, 1777), t. II, p. 276.

[1] Le futur évêque de Laon.

et qui m'engagea plus que jamais à être votre disciple, et avec autant de fidélité que
Damis en a eu pour Apollonius de Thiane.
Revenez donc, mon cher maître. Vous trou-
verez mon hermitage prêt à vous recevoir ;
et là, parmi les pots, et avec des minois gracieux, nous tiendrons des propos sur toutes
sortes de chapitres, et je vous remercierai
encore de m'avoir mis en état de jouir des
plaisirs sans remords et d'essuyer les malheurs sans foiblesse.... [1]. »

Ce chevalier de Bouillon était le même
qui, interpellé par son père, lui jetait une si
impudente réponse [2], libertin sans vergogne,
homme cruel et infâme qui, sous un autre
régime, et, s'il n'eût été grand seigneur, eût
péri sur la roue du supplice des meur-
triers. « Il étoit, rapporte Saint-Simon, d'une
débauche démesurée et d'une audace pareille
qui ne se contraignoit jamais de rien ; il disoit du roi que c'étoit un vieux gentilhomme
de campagne dans son château, qui n'avoit
plus qu'une dent et qu'il la gardoit contre

[1] Chaulieu, *Œuvres* (La Haye, 1777). t. I, p. 107,
108, 109. Lettre de M. le chevalier de Bouillon à
M. l'abbé de Chaulieu, étant à Fontenay, en 1711.

[2] *Les Cours galantes*, t. I, p. 123.

lui. Il avoit été chassé et mis en prison plus d'une fois et n'en étoit pas plus sage [1]. » Garçon d'esprit, toutefois, brillant dans l'orgie, aimant le plaisir et y déployant un génie qui n'était pas médiocre. Il est l'inventeur des bals masqués de l'Opéra, et le Régent ne crut pas devoir donner moins qu'une pension de six mille livres à ce bienfaiteur public [2] : c'est là son seul titre à l'immortalité. Tel était l'homme que Chaulieu appelait son élève et auquel il adressait, en 1704, une épître qui commence de la sorte :

> Toi qui, né philosophe au milieu des grandeurs,
> As secoué le joug des vulgaires erreurs;
> Et gai dans tes discours et simple en ta parure,
> Connois pour toutes loix les loix de la nature;
>   Chevalier, reçois ces vers
>   D'une muse libertine,
> Qu'ils aillent sous ton nom, de popine en popine [3]
>   Apprendre à tout l'univers

[1] Saint-Simon, *Mémoires* (Chéruel), t. VIII, p. 392. —Nous avons cité, dans notre premier volume, le meurtre d'un traiteur d'Avignon par le chevalier de Bouillon et ses amis (1695). Ce n'était pas son coup d'essai. Il existe une lettre de Pontchartrain à Deffita, à la date du 8 mars 1691, relative aux violences commises par lui et par d'autres bandits de son humeur chez un boulanger de la rue de Tournon.

[2] Saint-Simon, *Mémoires* (Chéruel), t. XIII, p. 305.

[3] *Popine.* Cabaret, taverne.

Que Fite et La Morillière 1,
Pour n'avoir point de Césars,
Ont pourtant, sous leur bannière,
Leur héros, ainsi que Mars...

Ne perdez pas de vue que c'est au neveu du grand Turenne que l'on parle. Mais il s'agit bien des hauts faits, des exploits, de l'héroïsme de Turenne! Quelle folie, pour un peu de vaine gloire, de risquer dans un enjeu si scabreux des trésors que rien ne pourrait rendre! Qu'un galant aurait bonne grâce, aux Tuileries, éborgné, clopinant, avec une jambe de bois! Ne serait-ce pas le comble de l'absurdité de sacrifier des biens réels à de pareils fantômes?

Que te reviendroit-il de tant de renommée?
        Rien que la chétive lueur,
        Et quelque peu de fumée
        D'une lampe en ton honneur
        Sur ton cercueil allumée;
Et le touchant plaisir, aux pieds du grand Louis,
Enterré près Guesclin, d'infecter Saint-Denis.

¹ Fameux marchands de vin traiteurs. Dancourt, dans le divertissement des *Vendanges de Suresnes*, met Fite sur le même rang que Darlu, Forelle et le fameux Rousseau; il cite également La Morillière ou La Morlière dans *le Galant Jardinier*.—Dancourt, *Œuvres de théâtre* (Paris, 1760), t. IV; p. 271; t. IX. p. 13.

Va, que cette folle idée
Ne trouble pas tes beaux jours.
Vois-tu, près de la guinguette,
Folâtrer, dessus l'herbette,
Vénus avec les amours?
Elle attend, sous cette treille,
Nolet [1] au sortir du Cours.
Joins ce que ton cœur adore
A ce couple libertin :
Qu'en ouvrant les cieux, l'Aurore
Vous trouve tous quatre encore
Yvres d'amour et de vin ;
Et grondez cette pleureuse,
Qui, pour troupe si joyeuse,
S'éveille un peu trop matin [2].

Cette fin est un modèle du genre anacréontique, et repose un peu des vers qui précè-
dent, sans en effacer l'impression pénible.
Cette morale que prêche Chaulieu n'est pas
un paradoxe de rencontre, on la retrouve à
chaque pas dans ses poésies : il n'y a rien de
sérieux, de raisonnable en ce monde en dehors du plaisir des sens, des orgies de l'esprit,
et d'un pyrrhonisme qui met à l'aise et dispense de tout scrupule comme il soulage de

[1] Capitaine aux gardes, homme de bonne compagnie et convive agréable.
[2] Chaulieu, *Œuvres* (La Haye, 1777), t. II, p. 5.
Épître à M. le chevalier de Bouillon, en 1704.

toute épouvante. Plus tard, dans une autre
épître au même chevalier, ce sont les mêmes
idées et les mêmes leçons, un même maté-
rialisme absolu, supprimant tout ce qui pourrait sortir du bourbier où grouillent ces épicuriens devenus avec l'âge monstrueusement
cyniques [1].

Quoi qu'il en soit, le chevalier n'avait que
trop raison en déclarant le marquis totalement perdu. Après avoir mené cette vie
d'ivresse et d'abrutissement une année encore,
La Fare devait périr victime des excès jour-
naliers auxquels se refusaient également et
l'âge et un tempérament usé. Il avait soixante-
huit ans, il était goutteux, « démesuré en
grosseur, » avec ces longs et lourds sommeils
des vieillards et des ivrognes. « Il dormoit
partout, les dernières années de sa vie, nous
dit Saint-Simon. Ce qui surprenoit, c'est
qu'il se réveilloit net et continuoit le propos
où il se trouvoit, comme s'il n'eût pas dor-
mi [2]. » Le couplet suivant vient confirmer

---

[1] Chaulieu, *Œuvres* (La Haye, 1777), t. II, p. 20
et suiv. *Épître à M. le chevalier de Bouillon*, en
1713.

[2] Saint-Simon, *Mémoires* (Chéruel), t. X. p. 203.

l'existence de cet état d'absorption presque
constant dont ses amis plaisantaient :

> Au souper que Damon prépare
> Avec un petit opéra,
> Je ne sçai pas bien si La Fare
> Se plaira :
> Mais je sçai bien qu'il mangera
> Et ronflera [1].

La Fare était prédestiné à périr d'apoplexie
ou d'indigestion, peut-être des deux. Saint-
Simon affirme qu'une indigestion fut le coup
qui l'acheva : « Il étoit grand gourmand, et,
au sortir d'une grande maladie, il se creva
de morue et en mourut d'indigestion. » Mais
il ne spécifie point la maladie, et Chaulieu n'est
pas plus explicite à cet égard. Une première
fois, La Fare avait été à la mort ; l'abbé était
alors loin de son ami, à Fontenay, en proie
à des vapeurs terribles et à un gros rhume de
poitrine qui le retenait au lit fort languissant.
Il voulut partir, se faire porter près du mori-
bond ; son frère, sa belle-sœur et leur fille s'y
opposèrent, et il dut céder à leurs larmes.
« Peut-être ai-je obligation de la vie à l'in-

---

[1] Palaprat, *Œuvres* (Paris, 1712), t. I, p. 182. Discours sur *le Grondeur*.

firmité qui me retient ici, écrit-il à la duchesse de Bouillon. Je serais mort du spectacle. Il a fallu votre courage pour soutenir
l'assaut dont vous me parlez, quand il vous
a recommandé ses enfants. Le bon Dieu vou-
droit-il bien me le rendre? Je n'ose m'en
flatter. » Madame de Bouillon, qui était à Paris
clouée au chevet du marquis, l'entourait, en
effet, de tous les soins d'une affection éprou-
vée et ne le quittait un moment que pour donner de ses nouvelles à l'ami absent. « Je ne
saurois assez vous louer, lui répond Chaulieu
en tête de la lettre que nous venons de citer,
vous rendre de grâces de tous les offices d'a-
mitié que vous rendez à mon pauvre ami. Je
ne faisois que vous aimer; je vous adore...
Votre attention, madame, à m'en donner tous
les jours des nouvelles, est la seule consolation
que je pouvois recevoir [1]... » Mais le mieux
se fit sentir, le danger disparut, et avec l'espérance on vit renaître la joie sur les visages
de ces épicuriens peu faits pour les larmes et
les amertumes de la vie.

---

[1] Chaulieu, *Œuvres* (La Haye, 1777), t. II, p. 181.
182. Lettre à madame de Bouillon; à Fontenay, ce
26 octobre.

Ce n'était, toutefois, reculer que de sept mois une séparation qui devait être éternelle. La Fare mourut le 28 mai 1712. Chaulieu était à Paris et put lui fermer les yeux. En perdant La Fare, il perdait une moitié de lui-même, un ami rare qu'on ne remplace à aucun âge et moins encore sur le déclin des années.

> La Fare n'est donc plus!... La Parque impitoyable
> A ravi de mon cœur cette chère moitié [1]...

Madame de Bouillon était absente, et elle apprit ce malheur par une lettre de Chaulieu où l'on trouve l'accent d'une vraie douleur. « La Fare n'est plus! s'écrie-t-il en prose comme il le fait en vers. J'ai vu mettre le comble aux amertumes de ma vie par la mort du plus tendre et du plus fidèle ami qui fut jamais. Le penchant, la conformité dans les façons de penser, la sympathie dans tous nos goûts et même nos défauts, nous avoit unis. Pendant quarante ans, la raison n'a cessé d'approuver et de cimenter une union qu'un penchant aveugle avoit commencée. Rien de tout cela

---

[1] Chaulieu, *Œuvres* (La Haye, 1777), t. II, p. 46. *Plainte sur la mort de M. le marquis de La Fare.*

n'est plus; et je ne songerois pas à chercher
même à le remplacer, si je ne vous avois
plus... Il n'est que vous seule qui puissiez me
donner la consolation que je ne trouve point
ni dans ma philosophie, ni dans l'empressement que j'ai trouvé dans tous mes amis en
cette triste occasion .... »

Chaulieu fait tort à leur amitié si respec-
table de six bonnes années. Ce fut, comme il
a le soin de nous l'apprendre ailleurs, à son
retour de Pologne, en 1676, qu'il se lia avec
La Fare, chez madame de La Sablière, « une
des plus jolies et des plus singulières femmes
du monde, pour qui il avoit une grande
passion qui a occupé tout le beau temps de
sa vie... » Tout le beau temps de sa vie !
c'est Chaulieu qui le dit. La jeune femme
survécut douze ans à la trahison de son
amant. Cette dernière phase de son existence
fut remplie par les bonnes œuvres, le re-
cueillement, cette philosophie du chrétien
qui détourne la vue des biens périssables et
ne voit que Dieu. Quoique détachée des intérêts et des vanités terrestres, son âme n'était
pas morte à l'amitié, à laquelle elle resta
fidèle jusqu'à la fin. La science, cette vanité
de l'esprit, mais que le ciel ne proscrit pas, ne

laissa point que de l'occuper encore, et nous
voyons un prêtre aveugle, qu'elle avait fait
entrer aux Incurables, lui adresser une lettre
relative à la jonction des deux mers, où il osait
pourtant combattre le sentiment de Bernier,
cet ami si cher à son cœur[1]. La Fontaine,
malgré sa retraite, n'en demeurait pas moins
dans sa maison de la rue Saint-Honoré[2], et y

---

[1] *Journal des Sçavants,* lundy 7 juin 1688, p. 26 à
30. — *Mercure galant,* septembre 1688, p. 147 et suiv.

[2] Cette maison, située, comme on l'a dit déjà, en
face, de la rue de la Sourdière, devait se trouver sur
l'emplacement du n° 205. Du moins, est-ce l'opinion
de M. Lefeuve. — *Les anciennes maisons de Paris sous
Napoléon III.* — On lit dans une lettre de madame de
Coulanges à sa cousine : « ... Mais, une autre fête,
ce fut celle que M. le Duc donna, il y a deux jours,
dans sa petite maison de madame de La Sablière ;
tous les princes et princesses y étoient ; cette maison est devenue un petit palais de cristal : ne trou-
vez-vous pas que ce sont les Lieux Saints aux Infi-
dèles ? » — Madame de Sévigné, *Lettres* (édit. Monmerqué), t. X, p. 82, à Paris, 13 mai 1695. — Cette petite
maison, quelle serait-elle ? M. Walckenaër croit qu'il
s'agit de Rambouillet. Mais Rambouillet était à son
mari, et madame de La Sablière avait cessé de l'habiter depuis sa mort. Rambouillet avait été d'ailleurs
le théâtre de sa vie mondaine, de ses faiblesses et
non de sa conversion ; on ne pouvait donc pas le
gratifier du nom de « Lieux-Saints. » Cette qualifi-

recevait ses amis : d'Hervart, M. de Saint-Dié,
Hessein, le frère de la maîtresse du logis et
Vergier, ce poëte joyeux, qui devait finir si
tristement [1]. Le bonhomme s'était installé,
comme on fait chez soi, avec un certain luxe
relatif dont il était tout fier, et qu'il se complaît à décrire. Sa chambre était toute garnie
des bustes en terre cuite des principaux philosophes de l'antiquité, Socrate en tête. Ajou-
tez à cet ornement un peu sévère la présence
d'un meuble tout moderne, placé là pour
désennuyer ses hôtes.

> Un clavecin chez moi! ce meuble vous étonne.
> Que direz-vous si je vous donne
> Une Chloris, de qui la voix
> Y joindra ses sons quelquefois ?
> La Chloris est jolie et jeune ; et sa personne

çation irait infiniment mieux à la maison de la rue
Saint-Honoré ; à moins, ce que nous ne savons pas,
qu'il ne fût question de la retraite de madame de
La Sablière aux Incurables. Mais, à cet égard, les
indications manquent.

[1] Vergier périt assassiné au coin de la rue du Bout-
du-Monde, dans la nuit du 17 au 18 août 1720, d'un
coup de pistolet à la gorge et de trois coups de poi-
gnard dans le cœur. L'un des assassins était un camarade de Cartouche, le chevalier Craqueur, rompu
deux ans après.

Pourroit bien ramener l'amour
Au philosophique séjour.
Je l'en avois banni; si Chloris le ramène.
Elle aura chansons sur chansons;
Mes vers exprimeront la douceur de ses sons.
Qu'elle ait à mon égard le cœur d'une inhumaine.
Je ne m'en plaindrai point, n'étant bon désormais
Qu'à chanter les Chloris et les laisser en paix [1].

Quoique sur la pente de l'âge, le poëte était encore robuste et ne songeait guère qu'à vivre selon son humeur, sans y regarder de bien près sur les incidents un peu profanes de sa vie. Mais la maladie, mais la menace de la mort vinrent tout à coup le réveiller de ce long sommeil de la conscience; la religion, qui avait frappé à sa porte, fut la bien reçue par ce vieil enfant trop naïf, trop bon, trop aimant pour être incrédule. Nous

[1] La Fontaine, *Œuvres complètes* (édit. Walckenaër), t. VI, p. 541, 542. Lettre à M. de Bonrepaux.—Cette Chloris était sans doute cette charmante mademoiselle Certain, dont La Fontaine fait l'éloge autre part, et qui devait alors avoir vingt-cinq ans. Elle avait un faible pour les poëtes, et Chaulieu n'était pas moins bien avec elle, comme nous l'apprend un huitain à M. de Villiers : « pour l'inviter à venir entendre mademoiselle Certain, dont il était amoureux. »—Chaulieu, *Œuvres* (La Haye, 1777), t. II p. 89, 90.

passerons sur les scènes d'édification dont
l'appartement de la rue Saint-Honoré fut le
théâtre et dont l'abbé Pouget nous a laissé le
récit attachant [1]. Le danger disparut; mais
un grand chagrin lui était réservé. Madame
de La Sablière était morte, le 8 janvier 1693;
il allait falloir quitter cette maison, si longtemps son refuge. Il s'en alla donc, et, comme
il marchait devant lui, il rencontra d'Hervart
qui lui prit le bras : « Mon cher La Fontaine,
je vous cherchais pour vous prier de venir
loger chez moi. — J'y allais, » répondit simplement La Fontaine [2]. Nous défions de trouver, dans tout le traité de Longin, un mot
qui atteigne à ce sublime-là.

La mort de La Fare n'avait dû que res-
serrer encore les liens qui unissaient Chaulieu
et madame de Bouillon. Mais, deux ans plus
tard, l'abbé avait à pleurer cette amie frappée en un instant comme de la foudre. Le duc
de Bouillon était depuis quelque temps malade, à Clichy ; elle va le voir. Il était sept
heures du soir. A peine arrivée, elle tombe à

Œuvres diverses de La Fontaine (1729), t. I, p. 11,
à 27.

[2] Walckenaër, *Histoire de la vie et des ouvrages de
La Fontaine* (Paris, 1824), 3° édition, p. 558.

ses pieds et expire, sans qu'on pût lui donner aucun remède ni pour l'âme, ni pour le corps. » Cet épouvantable spectacle, dit Saint-Simon, fut regardé de tout le monde comme une amende honorable à son mari de sa conduite, dont elle ne s'étoit jamais contrainte un moment [1].... » Quelques torts qu'elle ait eus, il la pleura, il la regretta et témoigna une vraie douleur. Marianne avait soixante-huit ans et avait conservé des vestiges de la beauté de sa jeunesse. Cette mort arriva le 20 juin 1714; en la consignant à cette place ainsi que celle de La Fare, nous anticipons de beaucoup sur les événements. Mais c'est là l'inconvénient inévitable d'un récit qui embrasse et plus d'une action et plus d'un personnage.

[1] Dangeau, *Journal* (addition de Saint-Simon), t. XV, p. 168, 169, 170; mercredi 20 juin 1714. — Saint-Simon, *Mémoires* (Chéruel), t. XI, p. 104.

FIN DU TROISIÈME VOLUME.

TABLE

—

I. La maison de Condé.—M. le Prince.— Son
    portrait.—Rose, secrétaire du cabinet.—Ses
    griefs contre M. le Prince.— Sa maison de
    campagne à Coye. — Voisine de Chantilly.
    —M. le Prince la trouve à sa convenance.
    —Rose ne veut pas la céder. — Manœuvre
    infernale. — Une invasion de renards. —
    Louis XIV prend son secrétaire sous sa
    protection et enjoint à M. le Prince de
    laisser désormais en repos son voisin.—
    Une famille de nains.—Les poupées du sang.
    —Le grand Condé et mademoiselle de Brézé.
    —L'inconvénient de trop hauts souliers.—
    Projets d'établissement pour le duc du
    Maine.—Mademoiselle d'Uzès.— Empresse-
    ment des Condé.—Le choix tombe sur ma-
    demoiselle de Charolois. — *Les Vendanges
    de Suresnes* et mademoiselle Thomasseau.—
    Fiançailles.—Absence remarquée de made-
    selle de Condé. — Son chagrin de s'être vu
    préférer sa sœur. — La duchesse de Mont-
    pensier fait également défaut.— Ses motifs.

— Menées dont elle est l'objet. — Elle se
dépouille pour mettre fin à la captivité de
Lauzun.—Promesses illusoires.—Jouée par
madame de Montespan et Louis XIV.—Mademoiselle de Bourbon. — Les dangers de
la moquerie.— Ressentiment de Mademoiselle.—Toilette de mademoiselle de Charolois.—La bénédiction du lit.—La cérémonie
de la chemise.—Madame de Montespan.—
Sa conduite avant d'appartenir au roi.—Son
sentiment sur mademoiselle de La Vallière.   ]

II.   Enfance du duc du Maine. — Convulsions
occasionnées par le travail de la dentition.
—Il devient boiteux.—La Faculté n'y peut
rien.— L'empirique flamand.— Madame de
Maintenon part pour Anvers avec le petit
prince.— Elle prend le nom de marquise de
Surgères.—M. du Maine revient boiteux de
l'autre pied.— Les Eaux de Baréges.—Accueil que les voyageurs reçoivent sur leur
route.— On s'arrête à Blaye, chez le maréchal d'Albret. — Second voyage à Baréges.
—Séjour à Cognac. — Compagnie d'enfants
servant de garde au prince.—Fagon.—Halte
à Bordeaux. — Étrange aventure arrivée à
madame de Maintenon.—Un abbé à visions.
— Le maçon Darbé à l'hôtel d'Albret. —
Santé chancelante de M. du Maine.— Alertes continuelles.— Esprit précoce du jeune
prince.—Il se meurt d'envie de ne plus porter
de jupes.—En écrit par deux fois à sa mère.
— Un auteur de sept ans. — Épître dédicatoire de madame de Maintenon.—Son affec-

tion pour les enfants du roi.—La maison de
Vaugirard.— Le feu y prend.— Incertitude
de madame de Maintenon. — Réponse curieuse de madame de Montespan. — Dialogue entre Louis XIV et la nourrice.—Tendresse du roi pour M. du Maine.—La jeune
duchesse.—Elle trompe son monde.—Laisse
paraître peu de religion. — Les vapeurs de
M. le Prince.—Il croit être tour à tour lièvre et chauve-souris.—Repas d'outre-tombe
avec Luxembourg et Turenne. — Madame
du Maine se révèle...................... 41

III. L'abbé Lécuyer et madame de Montespan.
—Refus d'absolution à la favorite.—Bossuet
et le duc de Montausier donnent raison au
prêtre.—M. de Condom est chargé de préparer la marquise à une séparation.— Emportements de celle-ci. — Elle essaye en
vain de mettre Bossuet dans ses intérêts.—
Repartie de Bourdaloue à Louis XIV.—Clagny. — Commencements d'Hardouin Mansart.—Madame de Montespan se résigne.—
La reine se réconcilie avec elle.—Les Carmélites de la rue du Bouloi.— Douze cents
ouvriers à Clagny.— Description de ce palais enchanté. — Sollicitude de Louis XIV
envers la marquise. — Efforts de Bossuet
pour rendre durable la conversion des deux
amants.—Retour de la favorite à la cour.—
Visage désolé du prélat.—Entrevue du roi
et de madame de Montespan. — Réserve
dans leurs rapports.—Le jubilé.—Départ du
roi pour l'armée. — Il revient à Saint-Ger-

main.—La chaîne se renoue.—Les confesseurs de Louis XIV. — Les pères Paulin,
Annat, Ferrier, La Chaise et Le Tellier. —
Écueil d'un pareil emploi. — *La Chaise de
commodité.*—La ménagerie de Clagny.—Dépenses prodigieuses.—L'argent manque un
moment.—Grève d'ouvriers au xviie siècle.
—Donation de Clagny.— Madame de Mon-
tespan l'abandonne au duc du Maine, auquel il était substitué.................... 79

IV. Les précepteurs du duc du Maine.— Chevreau.—De Court.—Malezieu.— Le prince
envoie sa chasse aux Jésuites. — Remercîments en vers grecs.—M. du Maine et l'Académie.—La duchesse du Maine astronome.—
Anastasie Serment.—Liée avec Quinault.—
Propos de Pavillon.— Elle baise la main du
grand Corneille.—Madrigal qu'il lui adresse.
— Réplique de la demoiselle. — Voyage à
Naples.—Elle quitte Grenoble et part pour
Paris. — Pourquoi elle y vient. — Un troisième galant. — Sa chienne Blanquette.—
Charles Genest. — Elle lui apprend à faire
des vers. — Genest à la recherche d'une
belle main. — Il s'embarque.—Capturé par
les Anglais et amené à Londres. — Instituteur et maquignon.—Il entre au service de
M. de Nevers. — Ode sur la conquête de la
Hollande.—Mot du père Ferrier.—Genest
se fait abbé.—Genest cartésien.—Bossuet
le prend en amitié. — Un nez phénoménal.
—L'abbé va sur les brisées du marquis
d'Hoquincourt. — Le joueur de gobelets.—

Passion des princes pour le dessin. — Maison de Genest au Plessis-Piquet. — Le valet des Feuillants boit son vin. — Châtenay. — Le duc et la duchesse du Maine chez Malezieu. — Fêtes. — La pyrotechnie au XVIIᵉ siècle. — L'observatoire de Châtenay. — La comédie à Clagny. — *Pénélope.* — La duchesse du Maine monte sur la scène avec Baron. — *Joseph.* — Larmes qu'il fait verser. — M. le Duc se fait fort de ne pas pleurer. — Vaincu dès le premier acte. — La ville moins sensible que la cour............... 119

V. Les Bâtards et le Parlement. — Lettres patentes d'Henri IV. — César-Monsieur et M. de Guise. — Déclaration de Louis XIV en faveur des princes légitimés. — Lettre du duc du Maine au duc de Vendôme. — Le grand prieur n'aime pas la cour. — La comtesse de Brégy, nièce de Saumaize. — La reine de Suède lui offre une province. — *Vous avez, belle Brégis.....* — Questions d'amour *par ordre du roi.* — Aimée de la reine mère. — Elle a place dans son testament. — Restitution au lit de mort. — Madame de Brégy affamée. — Machination diabolique du grand prieur. — Les petits fromages. — Le grand prieur pris en flagrant délit par le Dauphin. — Louis XIV informé de l'aventure. — Défection de M. de La Ferté. — Colère du roi. — M. de Vendôme obtient la grâce du coupable. — Lord Portland. — Le grand prieur lui dispute le pas. — Plaintes de l'ambassadeur. — Querelle au jeu entre

le prince de Conti et le grand prieur.—
Ce dernier à la Bastille. — Embarras et
soumissions des légitimés. — Le grand
prieur obligé de demander pardon à M. de
Conti.—Chaulieu médiocre administrateur.
—Il est remercié. — Crozat lui succède. —
M. de Vendôme dans les remèdes. —Défiguré jusqu'au dégoût.—Il couche avec ses
chiens.—Son existence crapuleuse.— L'é-
vêque de Santo-Donino. — Alberoni. — Un
étrange général d'armée.— Les fraîcheurs
de M. de Vendôme........................ 173

VI.—Portrait du chevalier de Malte, par Gui
Patin. — Le grand prieur de Vendôme.—
Fanchon Moreau. — Une partie à Anet. —
Thévenard et Dumesnil. — Le comte de
Holstein-Ploen. — Le grand prieur jaloux.
—Fanchon infidèle.—Le chevalier de Sully.
—Le financier La Touanne.—Son luxe ef-
fréné.— Sa banqueroute.— Le neveu de la
Moreau et un conseiller de Bretagne. —
Coups de bâton.—Le conseiller traqué par
Fanchon.—Faiblesse du grand prieur pour
elle. — MM. de Vendôme priseurs à ou-
trance. — Un cadeau de Boileau au cheva-
lier de Vendôme.— Commerce lucratif des
valets de chambre de ce dernier.—Abus du
tabac. — Recommandation de madame de
Maintenon à une demoiselle de Saint-Cyr.
— Un couplet de Coulanges.— Les prêtres,
en Espagne, prenant du tabac jusque
sur l'autel. — Bulle d'excommunication
d'Urbain VIII. — Repartie de Palaprat au

maréchal Catinat. — Petite industrie du
poëte. —Son jeu. — Forcé d'y renoncer.—
La fureur universelle du jeu au XVIIᵉ siècle. — Les plus grands seigneurs n'ont
pas honte de donner à jouer. — Priviléges
du Temple. — Lutte entre les huissiers du
lieutenant civil et les officiers du bailli.—
Les domestiques de Chaulieu y prennent
part.—Lettre foudroyante de Pontchartrain.
— L'hôtel Boisboudrand. — Ses habitués.
—Le Génie de mademoiselle de Saint-Martin.— La Chapelle.— La Grange-Chancel
au Temple.—Son succès à la cour.—Protégé
par Racine. — Frénésie de Santeuil. — Les
tablettes de M. le Duc 209

VII. Madame de Mussy. — Ses amours avec
M. le Duc, qui lui fait meubler une maison au
Temple.—Elle se lie avec madame de Bois-
landry. — Le comte d'Albert. — Rupture
avec M. le Duc. — Départ pour l'Espagne.
—Prise de Brihuega.—Mort de madame de
Mussy.— La Société du Temple à l'Opéra.—
La maison de Sonning. — L'abbé Courtin.
—Le duc de Foix.— Périgny.— Jean-Bap-
tiste Rousseau.—Rousseau directeur.—Fé-
licitations et recommandations de Chau-
lieu.—Réponse rassurante de Rousseau.—
Ammonio.—Le carrosse de Lyon.—Retraite
de six semaines. — L'abbé de La Baume et
MM. de Vendôme.—L'astrologue bolonais.
—Tout le monde y court.—La comtesse de
Soissons et madame Henriette.— Un billet
de Louis XIV. — Réponse renversante de

l'oracle.—Étonnement de Louis XIV.—Bontemps amène Primi dans le cabinet du roi.
—Primi avoue tout. — Louis XIV se fait
son compère.—Les transformations d'Ammonio. — Il guérit les fièvres continues.—
Soupçonné d'avoir empoisonné mademoiselle de Fontanges. — Étrange secret de
supprimer la vieillesse. — Énormité du remède.— Il fait horreur à Louis XIV.— Un
antique de contrebande. — Comment la
fraude se découvre. — Primi historiographe.— Mis à la Bastille.—Il en ressort avec
une gratification. — Le comte de Saint-
Mayol. — Ammonio traitant. — Taxé à
60,000 francs. — Rousseau dans l'exil.—Le
grand prieur demeure son ami............ 255

VIII. Un bourgeois au xviie siècle.—La maison de la rue des Jeûneurs. — Un triple
meurtre.—Le coupable demeure impuni.—
Madame de La Fare. — Sa mort. — Profession de foi de La Fare.—Entrée prochaine
de la duchesse de Bourgogne à l'Opéra. —
L'hôtel de la butte Saint-Roch. — Le poëte
Lainez.—M. le Prince l'invite à souper.—
Refus du poëte.—Il n'est pas plus heureux
avec Chapelle et Racine.—L'organiste Moreau.—La Poésie, la Musique et la Danse
attablées au cabaret de la Barre royale. —
Une orgie chez La Fare. — Le chevalier de
Bouillon.— Louis XIV vieux gentilhomme
de campagne. — Perpétuel engourdissement de La Fare. — Grande maladie dont
il réchappe. — Il expire sept mois plus

tard.—Douleur de Chaulieu.— Madame de
La Sablière aux Incurables. — Reste fidèle
à son amour pour les sciences. — La Fontaine dans son appartement de la rue Saint-
Honoré. — S'entoure de philosophes en
terre cuite.—Le clavecin de Chloris.— La
Fontaine se convertit. — Mort de sa protectrice. — Le bonhomme quitte sa demeure. — Dialogue touchant entre lui et
d'Hervart.—Chaulieu perd la duchesse de
Bouillon.—Celle-ci foudroyée aux pieds de
son mari. — Comment Saint-Simon envisage ce terrible événement.............. 291
TABLE........................... 335

FIN DE LA TABLE.

PARIS.—IMPRIMÉ CHEZ BONAVENTURE ET DUCESSOIS
55. quai des Grands-Augustins.

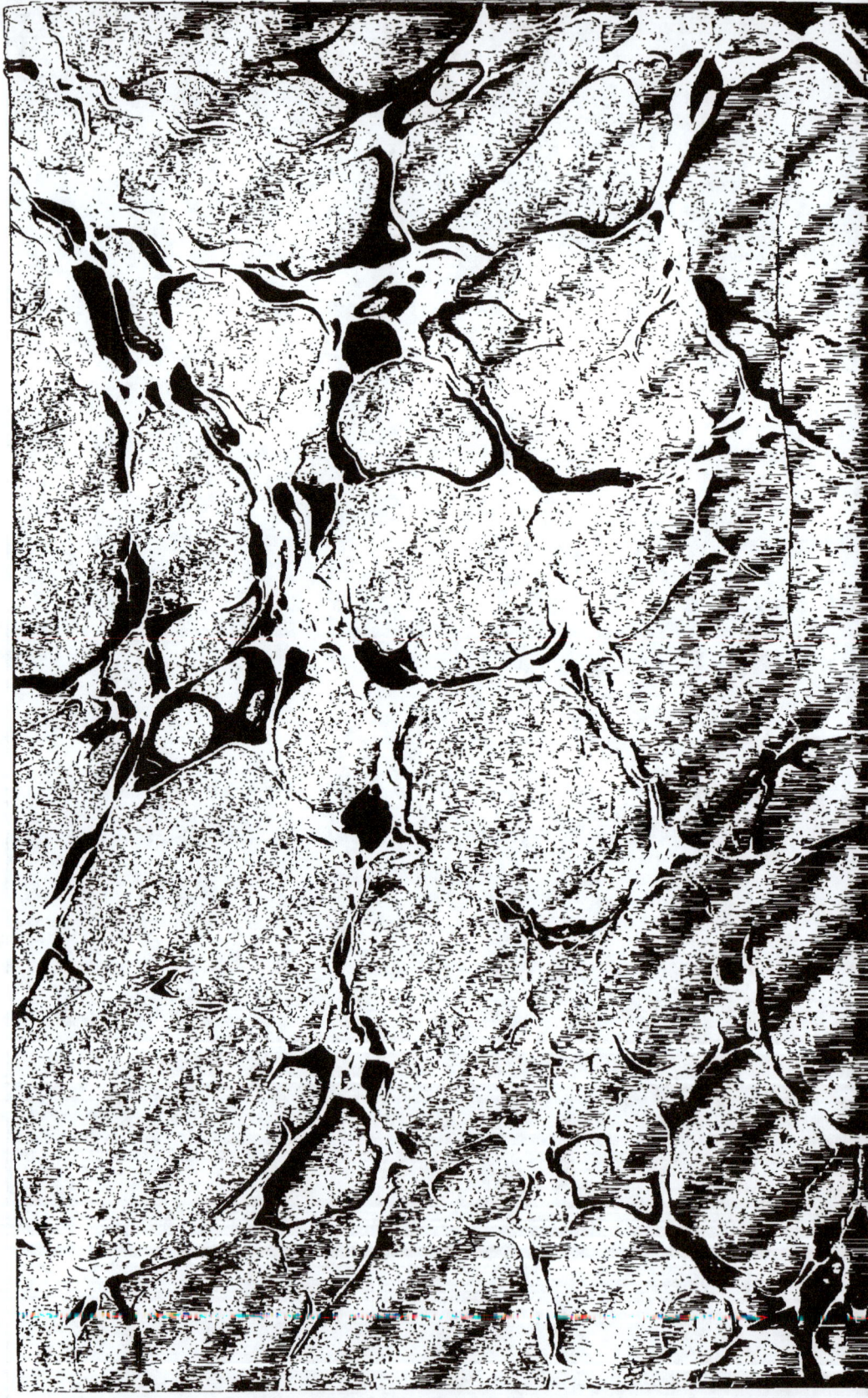

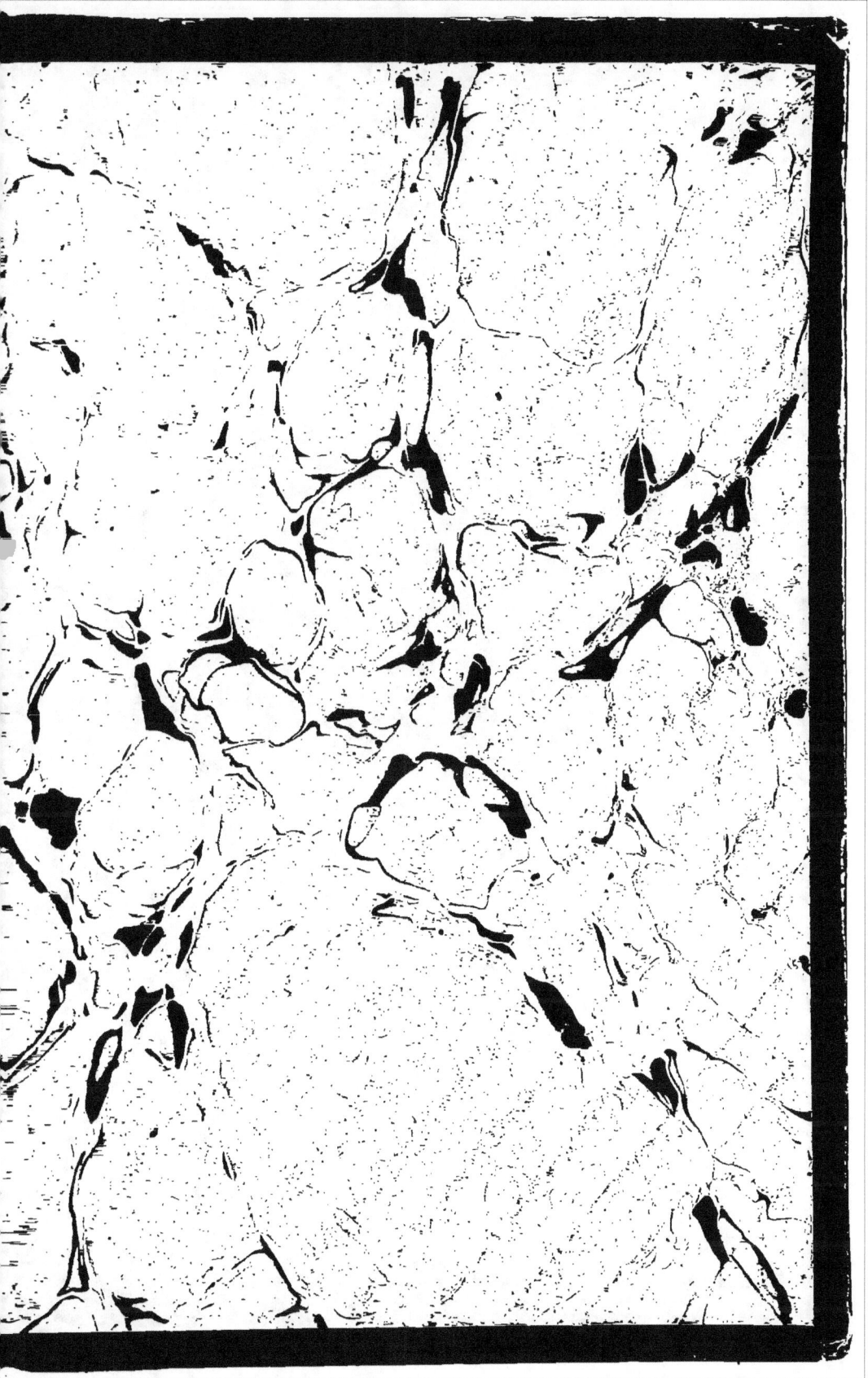